MIL NAVIOS PARA TROIA

NATALIE HAYNES

MIL NAVIOS PARA TROIA

Tradução
Marcelo Barbão

JANGADA

Título do original: *A Thousand Ships*.
Copyright © 2019 Natalie Haynes.
Copyright da edição brasileira © 2023 Editora Pensamento-Cultrix Ltda.
1ª edição 2023.

Todos os direitos reservados. Nenhuma parte desta obra pode ser reproduzida ou usada de qualquer forma ou por qualquer meio, eletrônico ou mecânico, inclusive fotocópias, gravações ou sistema de armazenamento em banco de dados, sem permissão por escrito, exceto nos casos de trechos curtos citados em resenhas críticas ou artigos de revistas.

A Editora Jangada não se responsabiliza por eventuais mudanças ocorridas nos endereços convencionais ou eletrônicos citados neste livro.

Esta é uma obra de ficção. Todos os personagens, organizações e acontecimentos retratados neste romance são também produtos da imaginação da autora e são usados de modo fictício.

Obs.: Esta edição não pode ser vendida em Portugal, Angola e Moçambique.

Editor: Adilson Silva Ramachandra
Gerente editorial: Roseli de S. Ferraz
Preparação de originais: Adriane Gozzo
Gerente de produção editorial: Indiara Faria Kayo
Editoração Eletrônica: Join Bureau
Revisão: Luciana Soares da Silva

Dados Internacionais de Catalogação na Publicação (CIP)
(Câmara Brasileira do Livro, SP, Brasil)

Haynes, Natalie
  Mil navios para Troia / Natalie Haynes; tradução Marcelo Barbão. – São Paulo: Editora Jangada, 2023.

  Título original: A thousand ships
  ISBN 978-65-5622-069-7

  1. Ficção inglesa I. Título.

23-167243   CDD-823

Índices para catálogo sistemático:
1. Ficção: Literatura inglesa 823
Eliane de Freitas Leite – Bibliotecária – CRB 8/8415

Jangada é um selo editorial da Pensamento-Cultrix Ltda.
Direitos de tradução para o Brasil e América Latina adquiridos com exclusividade pela
EDITORA PENSAMENTO-CULTRIX LTDA., que se reserva a
propriedade literária desta tradução.
Rua Dr. Mário Vicente, 368 — 04270-000 — São Paulo, SP — Fone: (11) 2066-9000
http://www.editorajangada.com.br
E-mail: atendimento@editorajangada.com.br
Foi feito o depósito legal.

Sumário

Lista de personagens 11
1 Calíope 15
2 Creusa 17
3 As mulheres troianas 40
4 Teano 45
5 Calíope 49
6 As mulheres troianas 51
7 Pentesileia 55
8 Penélope 65
9 As mulheres troianas 69
10 Briseis e Criseida 73
11 Tétis 107
12 Calíope 110

13	As mulheres troianas	112
14	Laodâmia	114
15	Ifigênia	125
16	As mulheres troianas	132
17	Afrodite, Hera, Atena	138
18	Penélope	153
19	As mulheres troianas	158
20	Enone	162
21	Calíope	170
22	As mulheres troianas	172
23	Penélope	176
24	As mulheres troianas	185
25	Éris	191
26	As mulheres troianas	198
27	Calíope	202
28	Hécuba	203
29	Penélope	215
30	As mulheres troianas	219
31	Polixena	222
32	Têmis	231
33	Penélope	237
34	As mulheres troianas	245
35	Calíope	250
36	Cassandra	251

37	Gaia	258
38	Penélope	261
39	Clitemnestra	267
40	Penélope	291
41	As Moiras	300
42	Andrômaca	302
43	Calíope	313

| Epílogo | 315 |
| Agradecimentos | 319 |

Para Keziah, claro

Lista de Personagens

GREGOS

A casa de Atreu

AGAMENON, rei de Micenas, perto de Argos, na Grécia continental. Filho de Atreu, marido de:

CLITEMNESTRA, rainha de Micenas e mãe de:

IFIGÊNIA, ORESTES, ELECTRA

MENELAU, irmão de Agamenon, marido de:

HELENA de Esparta, conhecida posteriormente como Helena de Troia. Helena era tanto irmã quanto cunhada de Clitemnestra. Ela e Menelau tiveram uma filha:

HERMIONE

Além deles:

EGISTO, filho de Tiestes (irmão de Atreu), era primo de Agamenon e Menelau.

A casa de Odisseu

Odisseu, rei de Ítaca, filho de Anticleia e Laerte. Marido de:

Penélope, rainha de Ítaca, especialista em tecelagem, mãe de

Telêmaco

Em sua casa, também viviam:

Euricleia, criada de Odisseu

Eumeu, leal criador de porcos

Odisseu demorou para voltar para casa ao sair de Troia por causa de (entre muitos outros):

Polifemo, gigante de um olho só, ou Ciclope. Filho de Poseidon, deus do mar

Circe, feiticeira que vivia na ilha de Eeia

Os Lestrigões, canibais gigantes

As Sereias, metade mulheres, metade pássaros, com uma canção que levava os marinheiros à morte

Cila, mulher cachorro com muitos dentes

Caríbdis, redemoinho destruidor de navios

Calipso, ninfa que vivia na ilha de Ogígia

A casa de Aquiles

Peleu era um rei e herói grego que se casou com:

Tétis, ninfa do mar. Eles tiveram um filho:

Aquiles, o maior guerreiro que o mundo conheceu. Seu amigo mais próximo e talvez amante era:

Pátroclo, guerreiro grego e nobre menor. Durante a Guerra de Troia, eles capturaram:

Briseis, princesa de Limesso, cidade pequena perto de Troia

Aquiles também teve um filho:

Neoptólemo

Outros gregos envolvidos na Guerra de Troia são:

Sinon, guerreiro

Protesilau, rei de Fílace, pequeno assentamento grego. Marido de:

Laodâmia, sua rainha

TROIANOS

A casa de Príamo

Príamo, rei de Troia, pai de incontáveis filhos e filhas e marido de:

Hécuba, também citada por Shakespeare. Mãe de:

Polixena, heroína de Troia

Cassandra, sacerdotisa de Apolo, deus do tiro com arco, da cura e da doença

Heitor, o grande herói troiano

Páris, guerreiro troiano e sedutor de esposas de outros homens

Polidoro, filho mais novo de Príamo e Hécuba

Os dois também eram sogros de:

Andrômaca, esposa de Heitor, mãe de Astíanax

Outros troianos envolvidos na guerra incluem:

Eneias, nobre troiano, filho de Anquises e marido de:

Creusa, mãe de Eurileon (conhecido mais tarde pelos romanos como Ascânio)

Teano, esposa de Antenor (conselheiro de Príamo) e mãe de Crino

Criseida, garota troiana e filha de Crises, sacerdote de Apolo

Pentesileia era uma princesa amazona, irmã de Hipólita. Ela não era troiana, mas lutou como aliada dos troianos no último ano da guerra

Enone, ninfa da montanha que vivia perto de Troia

DIVINDADES

Calíope, musa da poesia épica

Zeus, rei dos deuses do Olimpo. Pai de um número incontável de outros deuses, deusas, ninfas e semideuses. Marido e irmão de:

Hera, rainha dos deuses do Olimpo e inimiga de qualquer pessoa que Zeus seduz

Afrodite, deusa do amor, especialmente da variedade luxuriosa. Casada com Hefesto, o deus ferreiro, e amante ocasional de Ares, o deus da guerra

Atena, deusa da sabedoria e da estratégia nas batalhas. Apoiadora de Odisseu, deusa padroeira de Atenas. Adora corujas

Éris, deusa da discórdia. Encrenqueira

Têmis, uma das deusas antigas. Representa a ordem, o oposto do caos

Gaia, outra deusa antiga. Pensamos nela como a Mãe Terra

As Moiras, os Destinos. Três irmãs – Cloto, Láquesis e Átropos – que tinham nosso destino nas mãos

1

Calíope

———·⁞⸗⦃❯⦁◯⦁❮⦄⸗⁞·———

Cante, Musa, ele diz, e o tom de sua voz deixa claro que não está pedindo. Se eu concordasse com seu desejo, poderia dizer que ele intensifica o tom no meu nome, como um guerreiro afiando a adaga em uma pedra de amolar, preparando-se para a batalha da manhã. Mas não estou com vontade de ser musa hoje. Talvez ele não tenha pensado no que é ser como eu. Certamente não pensou: como todos os poetas, ele só pensa em si mesmo. Mas é surpreendente que não tenha considerado quantos outros homens iguais a ele exigem, todos os dias, minha atenção e meu apoio. De quanta poesia épica o mundo realmente precisa?

Todo conflito iniciado, toda guerra lutada, toda cidade sitiada, todo povoado saqueado, toda vila destruída. Toda travessia impossível, todo naufrágio, todo retorno ao lar: todas essas histórias foram contadas inúmeras vezes. Ele acredita, de verdade, que tem algo novo para contar? E acha que poderia precisar de mim para ajudá-lo a acompanhar todos os personagens ou preencher aqueles momentos vazios nos quais a métrica não se encaixa na história?

Olho para baixo e vejo que sua cabeça está encurvada e os ombros, embora sejam largos, estão caídos. A coluna começou a ficar encurvada perto do pescoço. Ele é velho, esse homem. Mais velho do que a voz afiada sugere. Fico curiosa. Em geral, são os jovens que veem a poesia como uma questão urgente. Eu me agacho para ver seus olhos, fechados por um instante pela intensidade da oração. Não consigo reconhecê-lo enquanto estão fechados.

Ele está usando um lindo broche de ouro, pequenas folhas unidas com um nó brilhante. Isso quer dizer que foi recompensado generosamente por sua poesia no passado. Ele tem talento e prosperou com a minha ajuda, sem dúvida. Mas ainda quer mais, e eu gostaria de conseguir ver bem seu rosto na luz.

Espero que abra os olhos, mas já me decidi. Se ele quiser minha ajuda, terá que fazer uma oferenda por ela. É o que os mortais fazem: primeiro pedem, depois imploram e finalmente barganham. Então, darei as palavras que ele quer quando me der aquele broche.

2

Creusa

━━━◆━◦○◦━◆━━━

Um ruído ensurdecedor a acordou, e sua respiração disparou. Olhou ao redor à procura do bebê, antes de se lembrar de que não era mais um bebê; que cinco verões já tinham se passado enquanto a guerra devastava tudo que havia do lado de fora dos muros da cidade. Ele estava no quarto, claro que sim. Começou a respirar mais tranquila e ficou esperando que ele gritasse pela mãe, com medo dos raios. Mas o choro não veio: ele era valente, seu menino. Valente demais para gritar por um raio, mesmo se tivesse sido arremessado pelo próprio Zeus. Ela puxou a manta até os ombros e tentou adivinhar que horas eram. O tamborilar da chuva aumentara. Já deveria ser de manhã, pois ela conseguia ver o outro lado do quarto. Mas era uma luz estranha: um forte tom amarelo alcançava as paredes vermelho-escuras e pintava nelas uma sombra feia que parecia sangue. Como a luz poderia estar tão amarela, a menos que o sol estivesse nascendo? Mas como o sol poderia invadir seu quarto se ela ouvia a chuva batendo no telhado? Desorientada pelos sonhos recentes, demorou algum tempo até perceber que não estava imaginando o cheiro acre que invadia seu nariz. O ruído não fora um raio, mas uma destruição mais terrena; o tamborilar não era chuva, mas o som de madeira seca e palha crepitando no calor. E a luz amarela bruxuleante não era o sol.

Percebendo o perigo, ela pulou da cama, tentando compensar a lentidão anterior. Precisava sair e se afastar do fogo. A fumaça já cobria sua língua com uma fuligem oleosa. Chamou pelo marido, Eneias, e pelo filho, Eurileon, mas ninguém respondeu. Deixou o pequeno quarto – a cama estreita com a manta vermelho-escura que ela mesma tecera com tanto orgulho quando se casou pela primeira vez –, mas não conseguiu chegar longe. Viu as chamas pela janelinha alta bem na frente da porta do quarto, e seus pés deslizaram com toda velocidade pelo chão. Não era sua casa que estava queimando. Era a cidadela: o ponto mais alto da cidade de Troia, que só tivera fogo antes com fogueiras de sinalização, chamas voltadas a sacrifícios ou a Hélio, deus do sol, viajando por cima dela com sua carruagem puxada por cavalos. Agora o fogo superava as colunas de pedra – tão frias ao toque –, e ela ficou olhando, em silêncio, como parte do teto queimava, e uma súbita chuva de fagulhas voou da madeira, pequenos turbilhões de vaga-lumes no meio da fumaça.

Eneias deve ter ido ajudar a combater as chamas, pensou. Teria saído correndo para oferecer ajuda aos irmãos, aos primos, carregando água e areia ou qualquer coisa que pudessem encontrar. Não era o primeiro incêndio a ameaçar a cidade desde que começara o sítio. E os homens fariam qualquer coisa para salvar a cidadela, lugar onde se localizavam as posses mais estimadas de Troia: os tesouros, os templos, o lar de Príamo, rei de todos. O medo que a arrancara da cama diminuiu quando viu que sua casa não estava queimando, que ela e o filho não estavam em perigo, mas – como era comum nessa guerra sem fim – que o marido estava. O medo profundo causado pelo instinto de sobrevivência foi imediatamente substituído por uma dolorosa ansiedade familiar. Ela estava acostumada a vê-lo sair para lutar contra a pestilência dos gregos acampados nos arredores da cidade havia dez anos; tão acostumada ao temor de vê-lo partir e ao paralisante medo de esperar por seu retorno que agora essas sensações tinham se tornado algo quase confortável, como um pássaro escuro empoleirado em seu ombro. Ele sempre voltava para casa, ela pensou. Sempre. E tentou ignorar o pensamento que o pássaro grasnou em sua mente: por que o passado seria garantia do futuro?

Ela deu um pulo quando ouviu outro ruído pavoroso, bem mais alto que aquele que a acordara. Espiou pelas bordas da janela, olhando para as partes mais baixas da cidade. Foi quando viu que não era um incêndio como os outros, exceto pela importância da localização: não estava limitado à cidadela. Bolsões da terrível luz alaranjada estavam piscando por toda a cidade. Creusa murmurou uma oração aos deuses. Mas era tarde demais para oração. Enquanto sua língua formava os sons, ela conseguia ver que os deuses tinham abandonado Troia. Por toda a cidade, os templos estavam queimando.

Ela correu pelo corredor escuro que a levava para a frente da casa, passando pelo pátio que tanto adorava, com muros altos e ornamentados. Não havia ninguém ali; até os escravos tinham fugido. Ela tropeçou na barra do vestido, por isso o enrolou no punho esquerdo para encurtá-lo. Chamou novamente pelo filho – Eneias poderia ter levado o menino para pegar o sogro? Será que havia ido para lá? – e abriu a grande porta de madeira que dava para a rua. Agora ela conseguia ver os vizinhos correndo – ninguém carregava água como ela imaginou que Eneias estaria fazendo, mas apenas sacos com o que tinham conseguido juntar antes de fugir; alguns não levavam nada – e não conseguiu evitar um grito. Havia gritos e berros vindo de todos os lados. A fumaça caía sobre as ruas, como se a cidade estivesse, agora, muito arruinada, com muita vergonha de se mostrar a ela.

Ficou parada na porta, sem saber o que fazer. Deveria ficar em casa, claro, ou o marido não conseguiria encontrá-la quando voltasse.

Havia muitos anos, ele prometera que, se a cidade fosse tomada, a colocaria, com o filho dos dois e o pai dele, e qualquer outro troiano sobrevivente, em um barco para encontrar uma nova cidade. Ela colocara os dedos nos lábios dele, para impedir a saída das palavras. Apenas falar coisas assim poderia convidar algum deus malicioso a transformá-las em realidade. A barba fez cócegas em suas mãos, mas ela não riu. Nem ele: é meu dever, dissera. É uma ordem de Príamo. Alguém deve assumir a tarefa de fundar uma nova Troia, se o pior acontecer. Mais uma vez, ela tentou eliminar a corrente de pensamentos de que ele não voltaria, de que já estava morto, de que a cidade estaria arrasada antes do amanhecer e de que sua casa – como tantas outras – não estaria mais aqui.

Mas como isso podia ter acontecido? Ela apoiou a cabeça na porta de madeira, os rebites de metal negro aquecendo sua pele. Olhou para si mesma e percebeu que a poeira escura já pousara nas dobras do vestido. Aquilo que via acontecer na cidade era algo impossível, porque Troia ganhara a guerra. Os gregos tinham finalmente fugido, depois de uma década de atritos nas planícies, nos arredores da cidade. Eles haviam chegado com seus navios altos tantos anos atrás e o que tinham conseguido, exatamente? As batalhas tinham sido travadas mais perto da cidade, depois mais longe: avançando até os barcos nas praias, depois se aproximando novamente de Troia. Aconteceram combates individuais e batalhas generalizadas. Houve doença e fome em ambos os lados. Grandes campeões tinham caído, e covardes continuaram vivos. Mas Troia, sua cidade, vencera, no final.

Isso acontecera quando: havia três ou quatro dias? Não tinha mais certeza. Mas não duvidava dos fatos. Ela mesmo vira a frota ir embora; subira até a acrópole para ver com os próprios olhos. Como todo o restante da cidade, ouvira os rumores, vários dias antes, de que o exército grego estava se preparando para partir. Com certeza, eles haviam recuado para o acampamento deles. Eneias e os companheiros – ela nunca os viu como guerreiros, porque esse era o papel deles do lado de fora da cidade, não do lado de dentro – tinham debatido a necessidade de um ataque, esperando descobrir o que estava acontecendo, e de causar mais caos. Contudo, ficaram dentro dos muros, observando pacientemente o que iria acontecer. E depois de um ou dois dias sem lanças nem flechas disparadas contra a cidade as pessoas começaram a ter esperança. Talvez outra praga estivesse devastando o acampamento grego. Já acontecera antes, havia algumas luas, e os troianos tinham celebrado, fazendo oferendas de agradecimento a todos os deuses. Os gregos estavam sendo punidos pela falta de piedade, pela recusa insensata em aceitar que Troia não seria conquistada, não cairia aos pés de nenhum mortal. Muito menos de homens como esses, gregos arrogantes com seus navios altos e suas armaduras de bronze brilhando sob o sol, porque nenhum deles podia tolerar a ideia de lutar na escuridão sem ser visto e admirado.

Como todos, Creusa orara por uma praga. Não pensara em nada melhor para pedir em suas preces. Então outro dia se passou, e os barcos começaram a se mover, os mastros balançando enquanto os homens remavam para a saída da baía em direção às águas profundas do oceano. E mesmo assim os troianos ficaram calmos, sem querer acreditar nos próprios olhos. O acampamento, a oeste da cidade, atrás da desembocadura do rio Escamandro, fora uma monstruosidade por tanto tempo que era estranho ver a margem sem ele, como se um membro gangrenoso tivesse sido finalmente amputado. Menos horripilante que antes, mas ainda inquietante. E um dia depois até o navio mais lento havia desaparecido, gemendo com o peso dos homens e com o tesouro pouco merecido que carregavam, arrancado de cada cidade menor na Frígia, de todos os lugares com menos homens e muralhas mais baixas que Troia. Eles remaram até terem vento, aí desenrolaram as velas e partiram.

Creusa e Eneias ficaram nas muralhas da cidade vendo a espuma branca batendo na praia muito depois da desaparição dos navios. Ficaram de mãos dadas, enquanto ela sussurrava as perguntas que ele não sabia responder: por que eles foram embora? Vão voltar? Agora estamos seguros?

❊ ❊ ❊

Um baque alto e distante trouxe Creusa de volta ao presente. Agora ela não podia mais subir à acrópole para procurar Eneias. Mesmo de casa, ela conseguia ver que o telhado da cidadela havia desmoronado em meio a uma nuvem de fumaça. Qualquer homem que estivesse ali estaria morto. Ela tentou não pensar em Eurileon correndo entre as pernas do pai, tentando ajudar a apagar um fogo insaciável. No entanto, Eneias não levaria o único filho para o meio do perigo. Deve ter ido pegar Anquises para levar o velho a um lugar seguro. Mas ele voltaria por Creusa ou esperava que ela o encontrasse nas ruas?

Ela conhecia o coração de Eneias mais que o seu próprio. Ele saíra para encontrar o pai antes que o fogo se espalhasse: Anquises vivia perto da acrópole, onde as chamas estavam queimando com mais ferocidade. Eneias devia saber que o caminho até a casa do pai seria difícil. Teria imaginado que poderia voltar, mas agora via que isso era impossível. Deveria estar indo para os portões da cidade confiando de que ela faria o mesmo. Creusa o encontraria nas planícies, do lado de fora: ele iria para onde recentemente estivera o acampamento grego. Ela parou na soleira da porta por um momento, imaginando o que levaria. Mas os gritos dos homens estavam cada vez mais perto, e ela não reconheceu o dialeto. Os gregos estavam na cidade e não havia tempo de pegar nada valioso, nem mesmo um manto. Ela olhou para as ruas repletas de fumaça e começou a correr.

❊ ❊ ❊

Creusa fora tomada pela atmosfera festiva que se espalhara pela cidade no dia anterior: pela primeira vez em dez anos, os portões de Troia tinham sido abertos. Ela era pouco mais que uma criança, com 12 anos, na última vez que caminhara pelas planícies escamandrianas que cercavam a cidade. Seus pais disseram que os gregos eram piratas e mercenários, navegando pelos mares brilhantes para encontrar lugares fáceis de saquear. Eles não ficariam muito tempo na Frígia, era o que todos diziam. Por que ficariam? Ninguém acreditava no pretexto deles: que tinham vindo recuperar uma mulher que fugira com um dos filhos de Príamo. A ideia era ridícula. Um número incontável de barcos, talvez mil, cruzando oceanos para sitiar uma cidade por causa de uma mulher? Mesmo quando Creusa a viu – quando viu Helena com seu longo cabelo dourado e seu vestido vermelho combinando com o bordado dourado que decorava a bainha e as correntes de ouro que usava ao redor do pescoço e dos pulsos –, mesmo aí não acreditou que um exército teria navegado tudo isso para levá-la para casa. Os gregos tinham vindo pelas mesmas razões de sempre: encher seus cofres com pilhagem e suas casas de escravos. E, dessa vez, quando navegaram até Troia, haviam ido longe demais. Totalmente ignorantes, não sabiam que a cidade não era apenas muito rica, mas estava muito bem defendida. Gregos típicos, disseram os pais de Creusa: para os helenos, todos os não gregos eram iguais, todos eram bárbaros. Não tinham pensado que Troia era uma cidade superior a Micenas, a Esparta, a Ítaca e a todos os lugares que chamavam de lar.

 Troia não abriria os portões para os gregos. Creusa vira a expressão de preocupação do pai quando contou à mãe o que Príamo decidira. A cidade lutaria, e eles não devolveriam a mulher, nem o ouro ou os vestidos dela. Os gregos eram oportunistas, ele disse. Iriam embora antes que as primeiras tempestades de inverno atingissem seus navios. Troia era uma cidade com sorte lendária: o rei Príamo tinha cinquenta filhos e cinquenta filhas, riqueza ilimitada, altas muralhas e aliados leais. Os gregos não podiam ouvir falar de uma cidade assim sem desejar destruí-la. Estava na natureza deles. E os troianos sabiam que era por isso que eles tinham vindo, com a desculpa de recuperar Helena. O rei espartano – as esposas troianas fofocavam quando se reuniam perto da água para lavar as roupas – tinha, provavelmente, enviado Helena com Páris de propósito, para ter a desculpa que precisavam para navegar até ali.

Fossem quais fossem os motivos, quando os gregos montaram o primeiro acampamento ao lado do lar de Creusa, ela era uma criança. E, quando pôde caminhar do lado de fora das muralhas novamente, levava o filho pela mão, que sempre vivera dentro da cidade e nunca correra pelos campos. Até mesmo Eneias, cansado da guerra depois de anos de luta, parecia mais leve quando os portões se abriram. Ele ainda carregava a espada, claro, mas deixara a lança em casa. Batedores haviam informado que nenhum soldado ficara para trás. A costa estava vazia de homens e barcos. Apenas tinham deixado uma oferta de sacrifício, uma enorme coisa de madeira, disseram. Impossível saber a quem os gregos haviam dedicado aquilo ou por quê. A Poseidon, para uma viagem segura de volta para casa, Creusa sugeriu ao marido, enquanto o menino corria pelo meio da lama. A grama voltaria a crescer, ela disse a Eurileon quando caminharam pela primeira vez do lado de fora da cidade. Pensando na própria infância, ela prometera demais. Não estava pensando em todos aqueles pés esmagados, em todas as rodas de carruagem girando, em todo sangue derramado.

Eneias assentiu, e ela viu, por um momento, o rosto do filho no dele, por baixo das grossas sobrancelhas escuras. Sim, talvez fosse uma oferenda ao deus Poseidon. Ou talvez fosse a Atena, que protegera os gregos por tanto tempo, ou a Hera, que odiava os troianos sem importar quantas cabeças de gado eles matassem em sua honra. Eles caminhavam no que recentemente havia sido um campo de batalha em direção à baía. Eurileon finalmente sentiria a areia debaixo dos pés em vez da terra e das pedras. Creusa já sentia a mudança à medida que a lama se tornava mais granulada e tufos de erva marinha brotavam ao redor. Sentiu as lágrimas quentes escorrerem pelo rosto quando o doce vento do oeste soprou em seus olhos. O marido limpou suas lágrimas com a mão cheia de cicatrizes.

– É demais? – perguntou. – Você quer voltar?

– Ainda não.

❊ ❊ ❊

Creusa sentia as lágrimas novamente no rosto, mas elas não eram causadas pelo medo, apesar de o estar sentindo, e apesar de Eneias não estar ali para confortá-la. A fumaça tomava conta das ruas, e era isso que fazia seus olhos se encherem de lágrimas. Ela pegou um caminho que tinha certeza de que a levaria à parte mais baixa da cidade, onde poderia seguir a muralha até chegar aos portões. Passara dez anos trancada em Troia e caminhara por ali inúmeras vezes. Conhecia todas as casas, todas as esquinas, todas as curvas. Embora tivesse certeza de que estava descendo, de repente viu que estava bloqueada: um beco sem saída. Sentiu o pânico subir pelo peito, perdeu o fôlego e se engasgou com a gordura negra que tomava sua garganta. Homens passaram correndo ao lado dela – eram gregos ou troianos? Ela não conseguia mais saber – todos estavam com panos amarrados no rosto para evitar a fumaça. Desesperada, procurou algo que pudesse usar para fazer o mesmo. Mas sua estola estava em casa, e não daria para voltar agora, mesmo se soubesse o caminho de volta, algo do qual não tinha mais certeza.

Creusa queria parar e encontrar algo familiar, algo que lhe permitisse descobrir exatamente onde estava e calcular a melhor rota para sair da cidade. Mas não havia tempo. Percebeu que a fumaça parecia mais dispersa aos seus pés e se agachou por um momento para recuperar o fôlego. O fogo espalhava-se por todas as direções e, apesar de a fumaça impedir sua visão, parecia estar muito próximo. Ela refez os passos até chegar à primeira encruzilhada e olhou para a esquerda, que parecia um pouco mais iluminada, depois para a direita, onde reinava uma profunda escuridão. Compreendeu que deveria se afastar da luz. As partes mais iluminadas da cidade deveriam ser onde o fogo estava mais forte, por isso ela se dirigiu para o lado mais escuro.

✳ ✳ ✳

O sol a ofuscara quando se aproximou, com Eneias, do promontório que abrigara o acampamento grego na parte baixa da planície. O acampamento só era visível dos pontos mais altos de Troia – a cidadela e as torres de observação. Creusa subia nelas sempre que o marido estava lutando do lado de fora. Se pudesse vê-lo lutando na planície, era o que dizia a si mesma, mesmo se não pudesse identificá-lo no meio da lama, do sangue e das espadas brilhantes, ela poderia mantê-lo seguro. E agora aqui estava ele, caminhando ao lado dela, segurando seu braço. Ela imaginara que sentiria forte alívio quando visse a baía vazia e o acampamento abandonado. Contudo, quando ela e Eneias chegaram à areia, ela quase não notou que os barcos não estavam mais, nem os detritos na praia. Como os outros troianos à frente deles, seus olhos foram atraídos para cima, para o cavalo.

Era a maior oferenda de sacrifício que qualquer um deles já vira, mesmo aqueles troianos que tinham navegado para a Grécia antes da guerra. Era outra maneira pela qual os gregos procuravam se diferenciar. As oferendas deles aos deuses eram absurdamente extravagantes. Por que ofertar uma vaca quando poderiam oferecer uma hecatombe? O cheiro de carne queimada do lado de fora das muralhas tomara Troia nos primeiros dias da guerra, quando Creusa não comera nada senão uma caneca de cevada com um pouco de leite. Os gregos estavam fazendo de propósito, ela sabia: exibindo seu gado morto na frente de uma cidade sitiada. Mas seria necessário muito mais que fome para quebrar a vontade dos troianos. E, quando a guerra se arrastou por vários anos, ela pensou que os gregos deveriam se arrepender da generosidade inicial aos deuses. Se tivessem ficado com mais gado, poderiam ter um rebanho bem grande agora, talvez pastando as ervas marinhas e sustentando os soldados que iam ficando cada vez mais magros.

Mas essa oferenda era tão grande que enganava os olhos. Creusa desviou o olhar por um momento e ficou chocada novamente quando voltou a olhar aquelas enormes tábuas de madeira. A oferenda erguia-se acima deles, três ou quatro vezes a altura de um homem. E, apesar de ser rudimentar – o que mais se poderia esperar dos gregos? –, a figura de um cavalo era perfeitamente identificável: quatro pernas e uma longa cauda de mato; um focinho, embora não tivesse crina. A madeira fora cortada com machado, de maneira desajeitada, mas as tábuas tinham sido pregadas com bastante precisão. Faixas tinham sido amarradas ao redor da cabeça para mostrar seu *status* de sacrifício.

– Você já tinha visto algo assim? – ela murmurou ao marido. Ele balançou a cabeça. Claro que não.

Os troianos aproximaram-se do cavalo com cautela, como se ele pudesse ganhar vida e tentar mordê-los. Era ridículo ter medo de uma imitação, mas como isso poderia ter sido tudo que um exército invasor deixara para trás? Os homens começaram a discutir o que deveria ser feito, e suas mulheres ficaram mais afastadas, sussurrando entre si sobre a estranha besta. Talvez devessem empilhar grama e galhos aos pés da criatura e queimá-la? Se fosse uma oferenda a algum deus pedindo um bom vento para voltarem para a Grécia – como parecia provável, embora Creusa tivesse ouvido que eles faziam sacrifícios piores no passado –, então os troianos poderiam infligir um último golpe contra os inimigos com a destruição daquilo? Será que isso impediria que o deus dirigisse sua boa vontade aos gregos? Ou eles deveriam pegar o cavalo e dedicá-lo aos próprios deuses?

O que começou como uma conversa sussurrada se transformou em gritos. Homens que haviam lutado lado a lado, irmãos em armas e sangue, estavam gritando com os conterrâneos. O cavalo deveria ser queimado ou poupado? Jogado no mar ou arrastado para a cidade?

Creusa gostaria de poder pedir silêncio e se deitar nas dunas, esticando os braços e as pernas, sentindo a areia na pele. Já fazia tanto tempo que não se sentia livre. Qual era a importância, para os troianos, da oferenda dos gregos? Ela agarrou a mão de Eurileon e o colocou perto de suas pernas, enquanto Eneias avançava apertando o braço de Creusa à medida que se afastava. Ele não queria ser arrastado para a discussão, mas não podia se esquivar de seu dever como um dos defensores de Troia. Os homens haviam experimentado uma guerra muito diferente da das mulheres que os esperavam, cuidavam deles e os alimentavam ao final de cada dia. Para Eneias, era o que Creusa percebia: o lugar onde estava agora – onde gostaria que todos desaparecessem para que pudesse desfrutar de paz com o marido e o filho – ainda era um campo de batalha.

De repente, todos ficaram em silêncio, e uma figura passou lenta e dolorosamente por Creusa, a túnica vermelho-escura ao redor do pé retorcido. Príamo caminhava como o velho que era, mas ainda mantinha a cabeça erguida como um rei. Sua orgulhosa rainha, Hécuba, caminhava ao lado dele, para onde estava a multidão. Ela não ficava atrás, como as outras mulheres.

– Chega! – disse Príamo, a voz tremendo um pouco. Eurileon começou a puxar o vestido de Creusa, chamando sua atenção para algo que vira – um besouro cavando a areia aos pés deles –, mas ela mandou que se calasse. Nada nesse primeiro dia fora da cidade estava acontecendo da maneira como ela imaginara; só queria jogar um pouco de luz sobre os piores momentos de sua vida. Ela esperara muito pela chegada do dia em que o filho veria, pela primeira vez, os animais que viviam na costa. E agora estava mandando que ele ficasse quieto para que o rei pudesse falar com seus súditos furiosos.

– Não briguemos entre nós – disse Príamo. – Hoje não. Vou ouvir o que vocês pensam, um de cada vez.

Creusa ouviu os argumentos em favor de todos os destinos possíveis para o cavalo e percebeu que não se importava muito com o que Príamo decidiria. Queimar o cavalo, manter o cavalo: que diferença faria? O último homem a falar foi o sacerdote Laocoonte, um homem corpulento com cabelos negros encaracolados e oleosos que sempre gostara muito do som da própria voz. Estava bastante convencido de que o cavalo deveria ser queimado ali mesmo. Era a única maneira de aplacar os deuses, disse, que tinham punido Troia por tantos anos. Qualquer outra coisa seria um erro catastrófico.

✼ ✼ ✼

A fumaça de incontáveis incêndios subia ao redor dela, e Creusa tropeçou quando tentava abrir caminho até as muralhas da cidade. Achava que estava indo na direção certa, mas não tinha como ter certeza. Seus pulmões estavam sofrendo, como se ela estivesse correndo para o alto de uma colina. Não conseguia ver nada à frente e caminhava com as mãos esticadas, uma para a frente, para amortecer a queda se tropeçasse, a outra à direita, para acompanhar os edifícios por onde passava. Era o único modo de estar segura de que estava avançando.

Creusa tentava evitar que os pensamentos se traduzissem em palavras; mantinha-os em forma nebulosa antes de abandoná-los, mas não havia como negar: a cidade não podia ser salva. Tantos incêndios destruíam tudo em todas as direções. Cada vez mais telhados de madeira haviam pegado fogo, e a fumaça ia ficando mais espessa. Quantas coisas poderiam pegar fogo em uma cidade de pedra? Pensou em tudo o que poderia queimar na própria casa: suas roupas, sua cama, os tapetes que ela tecera enquanto esperava Eurileon. Uma súbita sensação de perda ardeu nela, como se estivesse pegando fogo. Perdera sua casa.

Dez anos temendo que a cidade iria cair, e agora estava caindo ao seu redor, enquanto ela corria.

Mas como isso podia ter acontecido? Troia vencera a guerra. Os gregos tinham ido embora, e, quando os troianos encontraram o cavalo de madeira, haviam feito exatamente o que o homem disse que deveriam fazer. E, de repente, Creusa sabia o que queimara sua cidade. Dez anos de um conflito cujos heróis já tinham terminado nas canções dos poetas, e a vitória não pertencera a nenhum dos homens que lutaram fora dos muros, nem a Aquiles, nem a Heitor, os dois mortos havia muito tempo. Em vez disso, pertencia ao homem que eles tinham encontrado no bambuzal, perto do cavalo, que disse que seu nome era – não conseguia se lembrar. Um som sibilante, como uma cobra.

✳ ✳ ✳

– Sinon – chorou o homem. Duas lanças estavam apontadas para seu pescoço, e ele caíra de joelhos. As sentinelas troianas o encontraram nos arbustos baixos, na margem mais distante do Escamandro, quando se abria para encontrar o mar. Tinham levado o prisioneiro – um de cada lado, armados com facas, além das lanças – até o meio dos homens troianos. As mãos do prisioneiro estavam amarradas nos pulsos, e havia marcas vermelhas ao redor dos tornozelos, como se tivesse sido amarrado ali também.

– Quase não o vimos – disse um dos guardas, cutucando o prisioneiro com a ponta da lança. O homem reprimiu um grito, embora a lança não tivesse furado sua pele. – Foram as fitas vermelhas que chamaram nossa atenção.

O prisioneiro tinha aparência estranha: o cabelo dourado caía encaracolado até os ombros e, mesmo que já tivesse sido tratado com óleos, agora estava tomado pela lama, que cobria boa parte da pele do homem. Ele usava uma tanga, nada mais. Estava descalço. E, mesmo assim, tinha fitas brilhantes amarradas ao redor das têmporas. Não parecia possível que um homem tão sujo – parecia mais um animal que um homem, pensou Creusa – tivesse alguma parte tão limpa e bonita. O prisioneiro soltou um uivo lamentável.

– O que deveria ter me matado antes é a causa da minha morte agora!

Creusa não conseguia esconder o desgosto pelo grego sujo e chorão. Por que as sentinelas não o tinham matado assim que o encontraram?

Príamo levantou dois dedos da mão esquerda.

– Silêncio – disse. A multidão acalmou-se, e até os soluços do prisioneiro diminuíram. – Você é grego? – perguntou. Sinon assentiu. – E mesmo assim foi deixado para trás?

– Não foi intencional, rei – Sinon levantou as mãos para limpar o muco do rosto. – Fugi deles. Os deuses vão me punir, eu sei. Mas não poderia aceitar ser... – ele parou de falar.

– Controle-se – disse Príamo –, ou meus homens vão matá-lo onde está ajoelhado, e seu sangue alimentará as gaivotas.

Sinon deu um último soluço e recuperou o fôlego.

– Perdoe-me.

Príamo assentiu.

– Você fugiu deles?

– Fugi. Embora tenha nascido grego e lutado ao lado dos meus compatriotas durante toda a vida – respondeu Sinon –, cheguei aqui com meu pai quando ainda era menino. Ele morreu combatendo há muitos anos, assassinado pelo seu grande guerreiro, Heitor – um murmúrio atravessou a multidão troiana. – Por favor – continuou Sinon, olhando ao redor pela primeira vez –, minha intenção não é desrespeitá-los. Estávamos em lados opostos. Mas Heitor não o matou usando subterfúgios. Ele o derrubou no campo de batalha e não tirou nada de seu cadáver, nem mesmo o escudo do meu pai, finamente trabalhado. Não guardo rancor contra a família de Heitor.

A perda de Heitor fora tão terrível, e tão recente, que o rosto de Príamo se fechou, e parecia, aos olhos de Creusa, que ele perdera a razão por um instante. Na frente dela, e diante de todos, ele não era o rei, mas um velho destruído, cujo antigo pescoço quase não conseguia suportar as correntes douradas que ainda usava. O prisioneiro parecia ter notado a mesma coisa, pois engoliu em seco, e, quando falou de novo, sua voz estava mais baixa, falando apenas com o rei. Creusa teve que se esforçar para ouvi-lo.

– Mas meu pai tinha inimigos, poderosos inimigos entre os gregos – continuou Sinon. – E tivemos o infortúnio de entrar em hostilidades com dois homens em especial, embora jure que nem meu pai nem eu fizemos algo para merecer isso. Mesmo assim, Calcas e Odisseu ficaram contra ele e, claro, contra mim, desde o início.

Ao ouvir o odiado nome de Odisseu, Creusa não pôde evitar um arrepio.

– Um inimigo de Odisseu tem algo em comum conosco – disse Príamo, lentamente.

– Obrigado, rei. Ele é o homem mais odiado. Os soldados gregos comuns o odeiam; a maneira como ele desfila, como se fosse um poderoso guerreiro ou um nobre rei. Ele está longe de ser um guerreiro excepcional, e Ítaca, seu reino, como ele o chama, não é nada mais que um monte rochoso que não causa inveja a nenhum homem. Mas nosso líder, Agamenon, e os outros sempre o trataram como herói. E, como consequência, sua arrogância apenas aumentou.

– Sem dúvida – disse Príamo. – Mas nada disso explica por que você está aqui ou por que seus conterrâneos desapareceram de modo tão inesperado. E o nome de Calcas não me é familiar.

Sinon piscou várias vezes. Conseguia perceber, pensou Creusa, que deveria apresentar sua história rapidamente ou perderia a chance de falar para sempre.

– Os gregos sabiam, havia algum tempo, rei, que deveriam ir embora. Calcas é o principal sacerdote e tem apelado aos deuses por boas notícias. Mas a resposta deles tem sido a mesma, desde o último inverno: Troia não cairá perante um acampamento do exército grego do lado de fora de seus portões. Agamenon não queria ouvir isso, claro, nem seu irmão, Menelau. Mas no final não puderam mais defender sua posição. Os gregos estavam com saudade de casa. A guerra não poderia ser vencida, então era melhor levar o butim que haviam conquistado e ir embora. Esse argumento foi defendido por muitos homens...

– Inclusive você? – perguntou Príamo.

Sinon sorriu.

– Não nas discussões formais – ele falou. – Não sou rei, nunca teria permissão para falar. Mas entre nós, os soldados comuns, sim: concordava que deveríamos partir. Acreditava que nunca deveríamos ter vindo. E isso me fez impopular. Não com os soldados que pensavam igual. Mas com os líderes, os homens que tinham apostado suas reputações na guerra, com Odisseu. No entanto, eles não podiam argumentar com uma mensagem vinda diretamente dos deuses. Relutantes, concordaram em voltar para casa.

– E o deixaram para trás como punição? – perguntou Príamo. Os guardas tinham relaxado as lanças um pouco, assim Sinon não via as pontas mais em sua garganta quando falava.

– Não, rei – ele chupou as bochechas manchadas de lágrimas e lama por um instante. – Conhece a história da viagem dos gregos até Troia? Como juntamos nossa frota em Áulide, mas não conseguimos navegar porque os ventos tinham desaparecido?

Ao redor dele, os troianos assentiram. Era uma história que todos tinham ouvido e contado: como os gregos haviam ofendido a deusa Ártemis, e ela tirara o vento deles até ser apaziguada. Eles haviam feito isso de maneira horrível, com um sacrifício humano. Qual troiano não conhecia essa crueldade típica deles?

— Quando chegou a hora de voltar para a Grécia, Calcas e Odisseu tramaram um plano juntos – continuou Sinon. – O rei de Ítaca não podia resistir à oportunidade de se livrar de mim.

Creusa olhou novamente para as fitas vermelhas ao redor da cabeça do prisioneiro e sentiu um ardor atrás das pálpebras. Ele não podia estar dizendo uma coisa tão terrível.

— Vejo que entendeu o que estou dizendo, rei – disse Sinon. – Calcas anunciou na assembleia dos gregos que os deuses tinham escolhido um sacrifício, e que era meu sangue que desejavam beber em um altar improvisado. Houve certa reclamação entre os soldados, mas melhor eu que eles.

— Entendo – disse Príamo. – Eles queriam sacrificá-lo como um animal.

— Fizeram mais que isso; chegaram a me preparar. Amarraram meus pulsos – Sinon levantou os braços para mostrar as cordas sujas que ainda mantinham suas mãos unidas. – E os pés. Passaram óleo no meu cabelo e amarraram faixas em volta dele. Tudo nesse sacrifício deveria ser perfeito, claro. Mas os nós ao redor dos meus tornozelos não estavam tão apertados quanto esses – mostrou as mãos –, e, quando as sentinelas não estavam olhando, eu me soltei.

Isso explicava os vergões ao redor de seus pés.

— Eu sabia que os guardas logo iriam me arrastar para o altar. Então, primeiro rastejei e depois corri o mais rápido que consegui do acampamento. Quando ouvi os gritos, quase tinha chegado aos bambus, por isso me deitei e me escondi.

As lágrimas começaram a escorrer novamente dos olhos do homem, e os do rei ficaram igualmente úmidos. Creusa sabia que também estava chorando. Era uma história horrível, mesmo para aqueles que conheciam bem a barbárie dos gregos. A esposa de Príamo, Hécuba, olhava sem comentar: sua boca era uma linha curta e fina; as sobrancelhas cinzas pareciam desenhadas.

— Ouvi os homens me procurando — disse Sinon. — Ouvi como cortavam o mato com chicotes e lanças. Eu estava desesperado para fugir, mas sabia que não podia correr o risco de ser visto. Então, esperei pela noite mais longa da minha vida, orando a Hera, que sempre foi minha protetora. E, na manhã seguinte, minhas orações tinham sido atendidas. Os gregos tinham decidido fazer essa oferenda de madeira aos deuses, em vez de sacrificar uma vítima involuntária. Construíram-na, dedicaram-na à deusa e foram embora sem mim. Assim, apesar do meu azar, consegui viver mais alguns dias do que seria meu destino. Agora você vai me matar, rei, e com razão: sou um dos homens que veio atacar sua cidade e mereço ser tratado como inimigo, mesmo sendo apenas um menino quando me trouxeram aqui. Não tenho família que possa pagar um resgate. Então, não imploro que envie meu corpo a algum parente de luto. Não tenho nenhum. Tenho apenas um pedido a fazer.

— Qual? — perguntou Príamo.

— Pegue o cavalo.

✳ ✳ ✳

Creusa caíra com força e podia sentir o sangue escorrer pelas pernas quando se levantou. Não conseguia ver quase nada à frente, embora o calor nas costas fosse uma garantia de que estava indo pela única rota possível. Será que tudo atrás dela estava queimando? Ela não tinha coragem de olhar, sabendo que, se o fizesse, o brilho do fogo a deixaria cega quando se virasse outra vez para a escuridão. Era isso — pensando nas coisas práticas que podia e não podia fazer — que a mantinha de pé, quando nada na vida a preparara para o que estava acontecendo. Embora ela quisesse levantar o vestido e correr, preferia dar passos curtos e rápidos para minimizar a possibilidade de bater em algo.

Ela percebeu que assim era melhor quando se viu no que pensava ser outro beco sem saída. A ponto de cair em desespero, achou que estava vendo, em meio a tanta fumaça, uma passagem estreita à esquerda, passando entre duas casas. Estava tentando se lembrar de quem eram aquelas casas e onde ela poderia estar, quando um grupo de soldados saiu daquela que estava mais distante. Creusa encolheu-se contra a parede do lado oposto aos homens, e eles não a viram. Estavam rindo ao cruzarem o beco que Creusa planejava usar. Ela não precisava ouvir suas palavras para saber que os homens haviam matado quem tivessem encontrado na casa. Creusa esperou que desaparecessem antes de ter coragem de segui-los. Ficou feliz de não ter conseguido se lembrar quem morava naquelas casas. Não queria saber de quem era a garganta que aqueles homens tinham acabado de cortar.

Ela passou os dedos pela parede ao lado, indo mais devagar agora, para ter certeza de que os homens não pudessem vê-la atrás deles. Quando o beco finalmente voltou a ser uma rua, viu que encontrara seu objetivo. Conseguira chegar às muralhas da cidade.

※ ※ ※

– Pegue o cavalo – disse Sinon. – Ao fazer isso, tirará o poder deles. Foi construído aqui e dedicado a Atena, protetora dos gregos. Eles acreditaram que, por ser tão grande, vocês, troianos, não teriam chance de arrastá-lo para sua cidade. Viram ao longe, na planície, a altura de sua acrópole e riram pensando que seria impossível que vocês pegassem o cavalo.

– Como sabe? – perguntou Hécuba. O grego dela era rudimentar, mas claro.

– Perdoe-me, rainha, não entendo – respondeu o prisioneiro.

– Como sabe o que eles pensavam do cavalo? – ela repetiu. – Se estava escondido entre os bambus, temendo pela vida. Você disse que eles construíram o cavalo depois de sua fuga. Então, como sabe o que falaram?

Creusa pensou ter visto um pouco de aborrecimento no rosto do homem. Contudo, quando ele falou novamente, sua voz ainda estava trêmula com a tristeza.

– Esse tinha sido o plano original, minha senhora. Antes de Calcas e Odisseu tramarem essa conspiração contra mim. Os gregos queriam construir um cavalo gigante e investi-lo com todo o poder que pudessem. Então, queriam deixá-lo do lado de fora de sua cidade para provocá-los: sinal de que a deusa iria levá-los para casa em segurança. É o tipo de gesto arrogante irresistível a Agamenon.

Hécuba franziu a testa, mas não disse mais nada.

– Então, por favor, rei – ele acrescentou –, roube deles a possibilidade de uma viagem segura. Leve o cavalo para sua cidadela antes do anoitecer. Seus homens conseguirão arrastá-lo. Eu mesmo posso puxar uma corda, se me permitirem. Qualquer coisa para punir esses impiedosos gregos que teriam me matado sem hesitação. Se me deixar ajudá-los a arrastar o cavalo até o ponto mais alto de sua cidade, deixarei-me morrer pela espada de qualquer um de seus homens no momento em que a tarefa estiver concluída. Juro.

– Não – Laocoonte, o sacerdote, não pôde mais se controlar. – Eu imploro, rei. O cavalo foi amaldiçoado, e nós também o seremos se permitirmos que entre em nossa cidade. O homem fala com língua falsa. Ou está nos enganando, ou foi enganado. Mas o cavalo não deve entrar em nossa cidade. Vamos queimá-lo, como propus.

Ele levantou o braço carnudo e enfiou a lança na lateral do cavalo. Ela vibrou por um instante, zumbindo no silêncio chocante que se seguiu às suas palavras.

Creusa não tem certeza do que aconteceu em seguida. Não viu as cobras, embora muitos outros tenham afirmado terem-nas visto. Não estava olhando para os bambus. Olhava para o homem, Sinon, e seu rosto sujo e ilegível. O único sinal de que ele conseguia entender as palavras de Laocoonte foi o tremor de seus bíceps contra as cordas que ainda o prendiam. Ela achou que os filhos de Laocoonte haviam simplesmente corrido para a água. Por que não o fariam? Eles, havia muito, estavam cansados de ouvir os homens discutirem e – como todas as outras crianças de Troia – nunca tinham ido à praia antes; nunca haviam brincado na areia. Então, claro que tinham saído para caminhar, seguindo o rio até chegarem às ondas da praia. Os dois haviam entrado nas águas rasas antes que alguém notasse que tinham desaparecido.

As algas formavam ali grandes galhos, Creusa sabia. Quando era criança, sua cuidadora a avisou que jamais entrasse na água em busca dos tentáculos verde-escuros. Embora as pontas das algas fossem finas e uma criança pudesse rompê-las, o corpo da planta era grosso e fibroso. Era muito fácil tropeçar e perder o equilíbrio. E com certeza foi o que aconteceu com os filhos de Laocoonte. Um deles deve ter prendido o pé no meio das algas e caído. Não acostumado à corrente, entrou em pânico e, lutando, acabou se enrolando ainda mais. O outro, tentando ajudar o irmão arrastado para baixo da água, acabou na mesma situação. Os gritos por ajuda foram desviados pela brisa do litoral.

Quando Laocoonte correu – tarde demais – para salvá-los, as algas marinhas assumiram uma forma maligna. Gigantescas serpentes marinhas enviadas pelos deuses para punir o sacerdote por profanar, com sua lança, a oferenda dedicada a eles, alguém falou. Assim que as palavras foram pronunciadas, muitos acreditaram nelas.

Enquanto o sacerdote chorava na areia abraçando o corpo dos filhos afogados, a escolha de Príamo não poderia ser outra. Os deuses tinham punido o sacerdote, então os troianos deveriam considerar o aviso e seguir as palavras do prisioneiro, Sinon. Eles colocaram troncos debaixo do cavalo e o arrastaram pela planície, os homens revezando-se para puxar as cordas. Rolaram o cavalo pela cidade, embora ele quase não passasse pelos caminhos de carroças que cortavam as ruas. Eles o empurraram até a cidadela e comemoraram quando chegou ao ponto mais alto, e os homens esfregaram os braços doloridos e enrolaram as cordas. Príamo declarou que um sacrifício deveria ser feito aos deuses, seguido de um festival. Os troianos celebraram novamente quando as fogueiras foram acesas, e carne começou a ser cozinhada. Serviram o vinho primeiro para os deuses e depois para si. Afinal, Troia vencera a guerra.

❊ ❊ ❊

E Creusa virou-se e olhou a cidade em chamas. Alcançara as muralhas, mas agora conseguia ver que o fogo chegara primeiro. Não podia avançar até os portões, como planejara: o caminho estava em chamas. Se pudesse escalar o muro onde estava, talvez conseguisse escapar. Mas era muito alto, muito íngreme, e não havia nada em que se agarrar. Os homens que ela seguira não eram mais uma ameaça: afogados pela grossa fumaça, tinham perdido a vida perseguindo a matança. Ela conseguia ver o corpo deles no chão à sua frente, já tomado pelo fogo.

Entendeu a situação mais rápido que os pássaros que cantavam sobre sua cabeça – em tetos que ainda não tinham queimado –, embora o céu estivesse negro, e a lua, escondida pela grossa fumaça cinza. Os incêndios pela cidade eram tão brilhantes que as aves achavam que já era de manhã, e Creusa sabia que iria se lembrar dessa esquisitice – o fogo, os pássaros e a noite transformada em dia – pelo resto da vida.

E foi o que aconteceu, embora importasse pouco, porque ela estava morta muito antes de o sol nascer.

3

As Mulheres Troianas

—◆◇◆—

As mulheres esperavam na praia, os olhos vazios voltados para o mar. O cheiro amargo das algas verdes e as hastes de bambu marrom quebradas lutavam contra o fedor de fumaça em suas roupas e em seus cabelos emaranhados. Depois de dois dias, os gregos estavam finalmente completando o saque sistemático da cidade calcinada, e, enquanto as mulheres esperavam para descobrir a quem pertenciam agora, agrupavam-se ao redor da rainha, como se suas últimas brasas pudessem mantê-las aquecidas.

Hécuba, figura pequena e dura com olhos semiescondidos, estava sentada em uma pedra baixa alisada pela água e pelo sal. Tentava não pensar no marido, Príamo, morto por um terrível grego agarrado a um altar, o sangue escuro escorrendo pelo peito, enquanto a cabeça caía para trás por causa da espada do assassino. Ela aprendeu outra coisa quando a cidade foi tomada: os velhos não morriam como os jovens. Até o sangue deles escorria mais lento.

Fechou a boca com força. O bandido que matara um velho implorando pela proteção de um deus pagaria pela crueldade, pelo desrespeito e pela falta de piedade. Era a única coisa que ela tinha para se agarrar, agora que todo o restante estava perdido: um homem não poderia desrespeitar a santidade do templo de um deus e continuar a viver e a prosperar. Havia regras. Mesmo na guerra, havia regras. Os homens poderiam ignorá-las, mas os deuses, não. E matar um homem quando ele dobrava os joelhos rígidos em busca de santuário? Tal comportamento era imperdoável, e os deuses – como a rainha dos restos esfumaçados de Troia sabia muito bem – raramente estavam dispostos a perdoar.

Ela mordeu a parte interna da bochecha, acolhendo o gosto metálico. Começou a listar mentalmente, de novo, os filhos que haviam morrido em combate, os que morreram em emboscadas, os que tinham morrido havia duas noites, durante o saque da cidade. Com a morte de todos eles, outra parte dela secava, como a pele de animais deixada muito tempo ao sol. No fim, ela pensara, quando Heitor morreu, quando o carniceiro Aquiles levou seu filho mais guerreiro, mais valente, não havia nada mais que pudesse murchar dentro dela. Mas um dos deuses – ela não ousava dizer o nome de Hera – deve ter ouvido até mesmo aquele pensamento arrogante e decidiu puni-la ainda mais. E tudo por causa de uma mulher. Tudo por causa daquela prostituta espartana calculista. Ela cuspiu o sangue na areia. Seu desejo de vingança era total e fútil.

Ela viu um pássaro fazendo uma curva e voando de volta à praia. Era um sinal? Todos sabiam que o voo dos pássaros trazia mensagens dos deuses, mas apenas sacerdotes habilidosos conseguiam ler a linguagem das asas. Mesmo assim, ela tinha certeza de que essa mensagem era simples: lembrá-la de que havia um menino – um, de todos os seus lindos filhos, tão alto, tão forte – que ainda estava vivo.

E só porque os gregos não sabiam onde ele estava ou quem era. Seu filho mais novo, levado para fora da cidade à noite e escondido com um velho amigo na Trácia. Um amigo a quem eles haviam pagado generosamente. Até aliados precisam de encorajamento para apoiar o lado perdedor, dissera Príamo. E Troia fora o lado perdedor por muito tempo: apenas as fortes muralhas e a obstinação a tinham mantido firme contra os gregos por dez longos anos.

Ela e Príamo haviam embrulhado os pertences do menino ao redor de quatro anéis de ouro torcidos e amarraram o pacote fechado antes da partida dele.

– Dê dois ao seu anfitrião quando chegar – disseram. – Esconda os outros dois e jamais conte a ninguém.

– Então, para que servirão? – ele perguntou, um garoto preparado e confiante.

– Você saberá se precisar – ela respondera, pousando os dedos sobre o ombro do menino, para olhar bem nos olhos dele, que era muito alto. – Os homens farão mais por um estranho se ele tiver ouro a oferecer – ela mostrou como os galhos de metal macio cediam em suas mãos, permitindo que separasse uma pequena parte como suborno, se precisasse.

Não disseram nada ao escravo que acompanhava o filho: a atração pelo ouro seria muito forte, e seu menino teria uma faca entre duas costelas antes de estar a um dia de viagem de casa. O segredo era vital, e ela orou aos deuses para que o filho percebesse que sua vida estaria em jogo se não ficasse quieto. Seu marido o advertiu, e ela também. Ele não era o único filho vivo dela quando a beijou pela última vez e partiu por uma passagem pouco conhecida do lado norte da cidade. Mas ela sabia, quando chorava e se despedia dele, que ele seria.

Ela sentiu um breve arrepio e apertou o xale ao redor dos ombros. Os gregos estavam demorando na cidade. Olhando cada canto, caso não tivessem visto algo brilhante; gananciosos como gralhas. Ouro e bronze tinham sido roubados de todo esconderijo, empilhados na areia para serem divididos entre os homens. Cuidadosamente, já que a distribuição desigual do butim causara muitos problemas entre eles no último ano. Haveria muita trapaça, claro. Homens já tinham sido pegos enfiando pequenas peças de metal precioso nas roupas. Um grego, ela ouvira, fora encontrado pelos companheiros com um anel de ouro escondido entre a bochecha e o dente e havia sido retalhado no rosto pela tentativa de enganá-los. Ele não esconderia mais nada na bochecha agora. Nem mesmo os dentes.

As mulheres estavam esperando, indefesas e arrasadas. O que acontecia depois do fim do mundo? Polixena sentou-se aos pés de Hécuba e, distraída, esfregava a mão na panturrilha da mãe, como uma criancinha. Andrômaca estava sentada um pouco separada, com a sogra. Não era troiana de nascimento, mas se casara com Heitor e se tornara um deles. Seu bebê estava aninhado sob o queixo, choramingando um pouco – o barulho e o pânico tinham perturbado seu sono. E Cassandra olhava o oceano, a boca se movendo sem emitir nenhum som. Havia muito tempo aprendera a ficar quieta, mesmo se não conseguisse deter o fluxo de palavras que brotava dos lábios.

Nenhuma das mulheres chorava. Maridos, pais, irmãos e filhos mortos eram feridas abertas em todas elas. Tinham chorado por várias noites e arrancado os cabelos e as roupas. Mas os gregos que as guardavam tinham pouco tempo para lamentos. Polixena tratava de uma marca escura no olho, e agora as mulheres estavam em silêncio. Todas haviam prometido a si mesmas e às outras que fariam o luto de maneira solitária, quando pudessem. Mas todas sabiam que nunca mais ficariam em solidão. Quando uma guerra terminava, os homens perdiam a vida. Mas as mulheres perdiam todo o restante. E a vitória não deixou os gregos mais gentis.

Polixena soltou um grito baixo e gutural, que se fundiu ao ruído dos biguás e não foi ouvido pelos captores. Por mais que tentasse suprimir a dor, não conseguia.

– Será que tudo isso poderia ter sido evitado? – ela perguntou à mãe. – Troia tinha que ser derrotada? Não havia nenhuma chance de termos sido salvas?

Os ombros de Cassandra estremeceram com o esforço para se conter. Ela tremeu com a força do desejo de gritar que disssera a eles cem, mil, dez mil vezes. E que nenhum deles ouvira, nenhuma vez. Eles não ouviram, não conseguiam ver, mas ela podia ver o futuro, o tempo todo, para sempre. Bem, não para sempre. Conseguia ver o próprio futuro tão claramente quanto via todo o restante. Sua brevidade era o único consolo.

Hécuba olhou para a filha e passou os dedos pelos cabelos de Polixena. Não ligou para a fina camada de fuligem que ficou em sua palma. Não conseguia olhar para suas mãos tocando a filha, sabendo que as mãos de um grego iriam desonrá-la antes da chegada da noite. A única questão era qual homem ficaria com cada uma de suas filhas, de suas noras. Quem, não se ou quando.

– Não sei – disse ela. – Os deuses sabem. Você deve perguntar a eles – e, quando olhou o mar, sobre a cabeça de seu séquito sofrido, percebeu que estava faltando uma das mulheres troianas. – Onde está Teano? – perguntou.

4

Teano

—··⸬◦❱◗◯◖❰◦⸬··—

Teano, esposa de Antenor, mãe de quatro filhos e uma filha, inclinou-se para acender a vela e piscou com a chama pequena e esfumaçada. Mãe de quatro filhos que não a enterrariam quando sua hora chegasse. Quatro filhos que não tinham sobrevivido à guerra. Filhos eliminados pela loucura do filho de outra mulher. Suas lágrimas vinham da fumaça e da raiva que queimava em seu interior, como o pavio da vela que ela colocava no centro da mesa. O marido estava sentado diante dela, a cabeça entre as mãos retorcidas. Ela não tinha nenhuma pena dele: a guerra se arrastava pelo décimo ano do lado de fora das muralhas da cidade, e ele era velho demais para lutar. Ela teria dado o restante da vida dele – viveria sem problemas como viúva – para passar um único momento com um dos filhos mortos.

– Você deu a Príamo todas as chances de considerar seus avisos – ela disse, enquanto Antenor balançava a cabeça. As sobrancelhas cinzas grossas dele abriram caminho por trás dos dedos, e ela passou os braços ao redor da vela e puxou as mãos dele para a mesa. – Todas as chances – repetiu. Seus olhos translúcidos se encontraram com os dela, e ela ficou imaginando se parecia tão velha e frágil para ele quanto o marido parecia para ela: cabelo branco, pele enrugada, a tristeza estampada no rosto.

– Ele se recusa a ouvir – disse o marido. – Não consegue ver nada além dela.

Sua esposa cuspiu no chão. Só havia uma "ela" em Troia, e fora assim nos últimos dez anos. Dez anos que tinham levado suas quatro joias mais preciosas.

– Você o serviu direito – ela disse. – Anos se passaram desde que você o aconselhou, pela primeira vez, a devolver a prostituta ao marido.

– Anos – repetiu Antenor. Eles tinham repetido essa conversa tantas vezes antes que para ele parecia uma canção cuja letra se sabe de cor, como um homem conhece o caminho de volta para casa. Era simplesmente parte dele.

– Príamo é muito orgulhoso – continuou a esposa. – A deusa me disse isso, mais de uma vez.

O marido assentiu. Teano era sacerdotisa de Atena quando ele a viu pela primeira vez, com os pais, no templo. Havia quantos anos isso acontecera? Ele não conseguia se lembrar. Ela era uma garotinha, isso sabia, com olhos brilhantes e uma inteligência afiada que fora, com os anos, atenuada pela impaciência.

– Fiz a oferta do manto – ela lembrou a ele. As mulheres de Troia tinham bordado um manto cerimonial ornamentado para a estátua da deusa, e Teano o dedicara a ela no verão anterior. Não ajudara em nada a tirar o apoio de Atena aos gregos e favorecer os troianos. Eles poderiam, murmurou Teano quando o corpo do filho mais novo foi trazido de volta do campo de batalha, ter oferecido a ela uma pilha de trapos, pelo que ela fizera. O marido implorou que ela não blasfemasse, mas, com apenas uma filha viva – Crino –, a esposa não sentia nenhuma vontade de ouvir. A deusa fora bastante clara, disse Teano: devolvam Helena a Menelau. Expurguem a contaminação de nossa cidade. Enviem dez crateras[1] de ouro, as maiores e mais belas de Príamo, e dez tapetes finos vermelho e dourado com ela. Enviem Páris para se rebaixar perante o homem cuja esposa ele roubou e implorar por perdão. Se isso não fosse possível, a esposa acrescentara, o filho ultramimado de Príamo teria que pagar com a vida por suas besteiras. Não era um preço absurdo por raptar a esposa de um homem, ignorando gerações de tradição, que manda um convidado respeitar o anfitrião.

— Príamo não vai forçar o filho a se humilhar — disse Antenor.

— Se humilhar! — ela gritou. — Reputações só podem ser perdidas se ainda não tiverem sido mergulhadas na lama. Somente um homem iludido poderia pensar que Páris tem alguma reputação além da de mulherengo, e a mulher que divide sua cama sempre será conhecida como prostituta.

— O rei não consegue ver isso.

— Ele não terá escolha — Teano fez uma pausa. — Mas você tem — a conversa jamais fora por esse caminho antes. Ela viu os olhos do marido piscarem, quase não conseguindo ver a expressão dela. — Você ouviu a mensagem, Antenor. Sabe que eles vão agir esta noite.

— Pode ser que não — ele falou, a voz falhando. — A mensagem só dizia que estão esperando em algum lugar perto.

— Você sabe onde — ela falou sem paciência. — Estão dentro do cavalo. Só podem estar ali.

— Mas quantos homens caberiam dentro de umas tábuas de madeira, Teano, mesmo se a suspeita estiver correta? Cinco? Dez? Não é suficiente para derrotar uma cidade como Troia. Não é nem perto de ser suficiente. Somos cidadãos orgulhosos que resistimos a dez anos de guerra. Não podemos ser derrubados como crianças em um forte de madeira.

— Mais baixo — ela o repreendeu. — Crino está dormindo.

Ele deu de ombros, mas falou mais baixo.

---

[1] Jarros semelhantes a ânforas. (N. do T.)

– Você sabe que estou certo.

– Só sabemos metade da história – ela respondeu. – Os gregos fizeram um grande *show* indo embora. E se não tiverem ido? E se estiverem esperando que alguns poucos guerreiros tenham sido levados para dentro da cidade em um cavalo que foi uma oferenda? E se esses homens abrirem os portões da cidade a um exército inteiro?

O rosto dele se contorceu de dor.

– Troia seria destruída – ele falou. – Eles saqueariam e queimariam tudo.

– E matariam os homens, escravizariam as mulheres – ela continuou o pensamento dele. – Todas as mulheres. Sua esposa, Antenor. Sua filha.

– Precisamos avisar a eles – ele falou agitado, olhando ao redor. – Devo ir correndo até Príamo agora e avisar a ele, antes que seja tarde demais.

– Já é tarde demais – disse ela. – O cavalo está dentro da cidade. Só há uma coisa que você pode fazer e nos salvar.

– Qual? O que você planejou? – ele perguntou.

– Vá até os portões da cidade – disse ela. – Abra você mesmo.

– Você está louca – ele afirmou.

– Os guardas já devem ter deixado seus postos. Eles acreditam que os gregos foram embora. Acham que só há um grego em solo troiano, e é aquela víbora, Sinon.

O marido esfregou a mão direita no braço esquerdo, como se estivesse sentindo dor.

– Ele abrirá os portões se você não o fizer – ela disse. – E vão recompensá-lo por sua coragem, em seu lugar.

– Você quer que eu traia nossa cidade? Nosso lar? – ele perguntou.

– Quero que nossa filha viva – ela disse. – Vá agora antes que seja tarde demais! E rápido, marido. É nossa única chance.

O velho voltou carregando uma pele de animal e uma mensagem desolada. Devia pregar a pele de pantera na porta de casa, e os gregos a poupariam.

5

Calíope

─────❖❖❖─────

Cante, Musa, diz o poeta, e desta vez ele parece irritado. Faço o que posso para não rir quando ele balança a cabeça, desapontado. Como o poema dele pode continuar errado? Primeiro, ele tinha Creusa, e ela o encheu de confiança. Todos os temas épicos cobertos: guerra, amor, serpentes marinhas. Ele era tão feliz guiando-a pela cidade, procurando por Eneias. Você viu como ele desfrutou das descrições do fogo? Achei que poderia se engasgar com os epítetos. Mas então ela se perdeu quando ele estava quase terminando o prefácio.

Eu o levei direto para a costa, para que pudesse ver o que acontecia com as mulheres que fugiram dos incêndios, e ele nem notou que as sobreviventes não estavam melhor que a pobre Creusa. Não tenho certeza de se poderia deixar mais óbvio, mas ele não entendeu nada. Não estou oferecendo a ele a história de uma mulher durante a Guerra de Troia; estou oferecendo-lhe a história de todas as mulheres na guerra. Bem, a maior parte delas (ainda não decidi se vou falar de Helena. Ela me dá nos nervos).

Estou dando a ele a chance de ver a guerra dos dois lados: como foi causada e quais foram suas consequências. Épica em escala e em assunto. E aqui está ele, lamentando-se por Teano, porque a parte dela na história está completa, e ele acabou de descobrir como descrevê-la. Poeta idiota. Não é a história dela nem a de Creusa. É a história de todas. Ao menos será, se ele parar de reclamar e começar a compor.

6

As Mulheres Troianas

———•⋅╬⋅═•❯◎❮•═⋅╬⋅•———

Os biguás negros circulavam sobre elas, mergulhando um a um na superfície do mar escuro, a garganta emplumada pulsando com peixes quando reapareciam. Hécuba passou o peso de uma perna para a outra. Todo seu corpo doía de se sentar nas pedras, a dor espalhando-se da base da coluna para todos os ossos. Estava com fome, mas não disse nada às suas mulheres. Elas também deviam estar famintas. Era tolice achar que a fome e a sede desapareceriam só porque a vida delas estava arruinada. Até escravos precisavam comer.

Hécuba olhou para as mulheres e as crianças ao redor dela, tentando contá-las. Tinha a esperança de que faltasse alguma família, um punhado de troianos que poderia ter fugido no caos causado pela fumaça. Contou as filhas e as noras antes de passar para as outras mulheres. Percebeu que a doce Creusa não estava ali. O marido dela, Eneias, sobrevivera a dez anos de conflito; teria morrido quando a cidade foi incendiada? Ou escapara com Creusa e o filho? Hécuba fez uma breve oração a Afrodite para que isso tivesse acontecido. Talvez, enquanto via os pássaros se banqueteando na água, Eneias e a esposa estivessem navegando atrás de um novo lar, longe da destruição dos soldados gregos.

– Quem mais não está aqui? – ela perguntou a Polixena, que estava deitada na areia perto dela, de costas para a mãe. A filha não respondeu. Talvez estivesse dormida. Hécuba contou novamente. Creusa, Teano e a filha de Teano, Crino. Desaparecidas.

Uma jovem com olhos vazios e pele clara, sentada perto de Polixena com um pequeno pente na mão (de madeira, não de marfim, por isso teve permissão de ficar com ele), respondeu no lugar da filha. Hécuba não conseguiu se lembrar do nome dela. A comoção fora muito grande. Ela era a filha de... Não. Essa também não estava.

– A família de Teano foi poupada – ela falou.

– Poupada? – Hécuba olhou para a garota com espanto. Os gregos não pareciam estar com vontade de poupar ninguém. – Por quê?

Mas antes de fazer a pergunta ela já sabia. Sabia que Antenor traíra a cidade. Seu conselho cauteloso de apelar aos gregos e perguntar os termos pelos quais os troianos poderiam devolver Helena não tinham sido em benefício da cidade, mas em benefício próprio.

A jovem deu de ombros.

– Não sei. Só vi que os soldados passaram pela casa dele. Havia uma pele de leopardo pregada na porta. Os gregos a viram e se dirigiram com suas espadas e tochas para a casa seguinte. Era um sinal.

Ela parou. A casa seguinte era a dela.

Hécuba bufou. Os traidores de duas caras, amigos de seus inimigos, inimigos de seus amigos. No entanto, quando abriu a boca para expressar seu desprezo por essa traição, fez uma pausa. O comportamento de Antenor fora desprezível, por certo, mas não havia como negar que ele conseguira um destino melhor para suas mulheres do que Príamo conquistara para sua família. Teano e Crino: mulheres livres; Hécuba e as filhas: escravizadas.

Ela viu que Andrômaca, esposa de seu filho Heitor (a viúva de Heitor, ela se corrigiu mais uma vez), estava ouvindo a conversa, embora não falasse nada. Ela não falava nada desde o dia anterior, quando os soldados gregos a trouxeram para fora da cidade, empurrando-a de um para outro, agarrando seus seios e rindo, antes de jogá-la com as outras mulheres troianas. Andrômaca segurara seu bebê com força nos braços quando caiu de joelhos. Não percebeu quando uma pedra afiada fez um arranhão em seu tornozelo, que começou a sangrar. Hécuba olhou feio para os homens, e um deles fez um sinal para evitar o mau-olhado. Hécuba bufou. Seria preciso mais que um gesto para combater o mar infinito de dor que ela desejava a todos eles.

Hécuba ficou pensando se Andrômaca estava fazendo a mesma coisa que ela, repassando os nomes na cabeça. Creusa estava morta ou escapara de alguma forma. Mas Teano, Crino: o nome delas seria acrescentado às maldições que Hécuba jogaria todas as manhãs assim que acordasse e todas as noites antes de dormir. Ela não era tão tola para acreditar que teria a chance de punir todos os traidores, assassinos e malfeitores que haviam contribuído para a queda da cidade. Contudo, faria os deuses se lembrarem quem eram eles. Eles se vingariam daqueles que quebraram seus juramentos. Era tudo que ela podia desejar.

Hécuba teria ficado surpresa se descobrisse que a nora estava pensando exatamente o oposto. Creusa, Teano, Crino: pelo menos três mulheres troianas estavam livres, vivas ou mortas. Andrômaca ficou feliz por elas. Para todos os lados que olhava, conseguia ver apenas mulheres na mesma condição que ela: escravizadas, propriedade de soldados e bandidos. Mas havia três que não pertenciam a ninguém.

Polixena acordou gritando. Ninguém a repreendeu, embora os soldados gregos que haviam sido colocados para cuidar das mulheres parecessem incomodados. Todas estavam tendo pesadelos agora. Hécuba sentiu como a respiração da filha ia se acalmando ao vê-la e perceber onde estava. Ainda vivendo um pesadelo, porém menor do que tivera no sono. Polixena gemeu baixinho ao se sentar nos joelhos da mãe.

– Fico sonhando que a cidade ainda está de pé.

Hécuba assentiu. Ela já aprendera que os piores sonhos não eram aqueles nos quais as muralhas queimando caíam sobre ela, ou aqueles em que homens armados a perseguiam, nem aqueles em que os conterrâneos queridos eram mortos na frente dela. Eram aqueles em que o marido voltava à vida, quando o filho ainda sorria, quando a filha se preparava para seu casamento.

– Quando você soube que tomariam Troia? – perguntou Polixena.

A mãe pensou por um segundo.

– Soubemos que esse dia viria quando a amazona caiu – ela disse. – Eu e seu pai já imaginávamos antes. Mas no dia em que a amazona morreu, foi aí que soubemos, com certeza.

7

Pentesileia

———— ·::≡•❯❮•≡::· ————

Elas eram tão parecidas, as garotas amazonas, que, quando Hipólita morreu, Pentesileia sentiu que fora privada de mais que uma irmã. Perdera o próprio reflexo. Desde que conseguia se lembrar, sabia como se parecia ao olhar para a outra: toda mudança na própria pele, toda linha, quase toda cicatriz combinavam com o corpo da pessoa que ela mais amava. E, quando Hipólita caiu – o rosto franzido com a dor, a flecha perfurando as costelas –, Pentesileia sabia que estava perdendo a irmã e a si mesma ao mesmo tempo.

Elas sempre usaram armas. Muito antes de saber andar, Hipólita ensinara Pentesileia a atirar pedras nos corredores da casa da mãe. Quanto mais cresciam, mais afiadas ficavam as lâminas: espadas de madeira e lanças com pontas macias logo foram trocadas por armas reais. E ela adorava. As duas adoravam. Havia algo tão incrivelmente delicioso em ser jovem e forte. As garotas cavalgavam por horas em cavalos quase idênticos: trotavam gentilmente e depois galopavam pelas partes mais baixas das montanhas, o cabelo em tranças apertadas para que ficasse no lugar, preso debaixo dos capacetes de couro reluzentes. Elas desmontavam nas cercanias da floresta e deixavam os cavalos, corriam até desmaiarem no chão, sem forças nem para gemer da dor nos pulmões. Ficavam deitadas no meio dos cones de pinheiro olhando o céu entre os ramos mais altos das árvores e sabiam que não havia ninguém vivo que pudesse ser mais feliz que elas.

E os jogos que elas inventavam. Subir as colinas pegando seixos brancos ou um ninho de pássaros abandonados, voltar ao fundo do vale para adicioná-los à pilha de tesouros do bosque, cada uma de olho, com inveja, no conjunto da outra, maravilhadas com a rapidez e a força da irmã. E o teste de velocidade que Hipólita sempre vencia. As duas garotas ficavam uma ao lado da outra em um terreno aberto e contavam: preparar, pronto, já! Pentesileia colocava uma flecha no arco e atirava para o alto, formando uma elegante parábola. Ao mesmo tempo, Hipólita começava a correr, rindo da própria habilidade de cobrir o máximo de terreno tão rapidamente que, quando a flecha começava a descer, ela já estava esperando, pronta para agarrá-la com a mão. Ela nunca falhou, até a última vez.

E assim Pentesileia perdera a irmã, mais querida para ela que a própria vida. Não só isso. Ela fora a responsável pela morte da irmã. Um acidente, disseram os outros, tentando confortá-la. Como se pudesse existir algum consolo para isso. E porque perdera a coisa que mais adorava, e porque não havia apenas perdido, mas também destruído, e como não havia possibilidade de que pudesse continuar vivendo sem Hipólita, Pentesileia resolveu morrer.

No entanto, a morte em si não seria suficiente. Para o terrível crime que cometera, só conseguia encarar uma morte: a de um guerreiro, na batalha. Não importava qual batalha. A única exigência era que deveria haver um guerreiro habilidoso o suficiente para matá-la. A maioria dos homens (Pentesileia não era arrogante, apenas conhecia seus talentos) não tinha a capacidade de vencer uma amazona em combate. Havia um homem, no entanto, sobre o qual até as amazonas sussurravam.

Mais rápido até que elas, uma ouvira falar. O guerreiro mais rápido que existiu. E assim Pentesileia levou suas mulheres para a longa viagem ao sul, até a lendária cidade de Troia.

A viagem não foi árdua para as amazonas, que eram um povo nômade. Seus cavalos eram fortes e cavalgavam do amanhecer ao anoitecer sem nunca se cansarem. Elas dormiam pouco durante as horas escuras e começavam a viajar novamente quando o sol se levantava no dia seguinte. Se suas mulheres queriam impedir a princesa – implorar que reconsiderasse seu plano de morrer –, elas a respeitavam demais para fazê-lo. Cavalgavam e lutariam ao lado dela. Se ela estivesse decidida a morrer, morreriam ao lado dela também.

A chegada das amazonas não foi uma surpresa completa para o rei Príamo, cujos guardas já tinham ouvido um rumor de que as mulheres viajavam para o sul. Dois troianos partiram para se encontrar com Pentesileia e perguntar quais eram suas intenções. Qual lado ela apoiaria nesse décimo ano da guerra nas planícies escamandrianas? O lado grego ou o troiano? As mulheres iam atacá-los ou defendê-los? Príamo enviara dois grandes tripés de ouro e tigelas incrustadas de joias para tentar uma aliança com as amazonas. Pentesileia aceitou tudo sem nem olhar. Não se importava com enfeites (que importância teriam essas bugigangas para uma mulher que vivia sobre um cavalo?), mas não queria ofender recusando-os.

– Vou lutar por seu rei – ela disse. – Voltem para casa e diga a ele que as amazonas vão lutar contra os gregos e que enfrentarei Aquiles e vou matá-lo ou morrer tentando.

Ela não falou que esses dois resultados eram igualmente desejáveis para ela. Os guardas fizeram uma reverência e tentaram adulá-la com agradecimentos desesperados. Mas ela os afastou. Não precisava saber que Príamo era grato por seu apoio. Claro que era. A história do que acontecera a seu filho, o corajoso Heitor, o maior guerreiro troiano, espalhara-se até as fronteiras ao norte do império citiano: como Heitor defendera sua cidade por dez longos anos e liderara seus homens em muitas vitórias famosas. Pentesileia sabia, todos sabiam, como ele lutara com um homem vestido com a armadura de Aquiles e o matara; como, por um breve momento, os troianos acreditaram que o próprio Aquiles morrera e como empurraram os gregos de volta ao acampamento, o dia da maior vitória em toda a guerra. Mas, então, Heitor retirou a armadura do grego caído e descobriu, enfurecido, que não era Aquiles, mas outro homem, Pátroclo, usando as armas de Aquiles e lutando no lugar dele. A raiva de Aquiles quando ouviu falar da morte do amigo foi instantânea e implacável; Pentesileia sabia como ele rugira como um leão da montanha e jurara vingança contra Heitor e qualquer troiano que cruzasse seu caminho. Aquiles cumpriu sua palavra e caminhou pelo campo, destroçando todo homem que via, até se encontrar com Heitor. Pentesileia sabia como Aquiles matou Heitor (o sangue arterial grosso e negro espalhado pela lama sob seus pés) e gritou com prazer selvagem. Como mutilou o cadáver do inimigo e amarrou tiras de couro em seus pés, transformando o homem em carcaça, sem pensar na falta de piedade de suas ações. Como passeou com o corpo do príncipe troiano pelas muralhas da cidade, arrastando o cadáver machucado três vezes diante dos olhos dos pais abalados, da pobre esposa, do filho pequeno que nada entendia.

Claro que Príamo estava grato por ter as amazonas como amigas. O homem não tinha mais nada.

Pentesileia e suas mulheres fizeram acampamento perto do rio Simóis, um pouco ao norte de Troia: suas barracas eram esparsas e simples, peles de animais amarradas ao redor de estacas de madeira. Elas não tinham nada além do abrigo sob o qual dormiam e da armadura que usavam na batalha. Mesmo o suprimento de comida era escasso: as amazonas desdenhavam o luxo dos amigos troianos. Comida simples, o mínimo que podiam produzir, e só. Qualquer outra coisa apenas as deixariam mais lentas. Pentesileia não enviou uma embaixada aos gregos: não tinha nenhum desejo de fazer um anúncio formal de sua presença. Eles logo saberiam que ela estava ali, quando liderasse suas mulheres à batalha na manhã seguinte, ao lado dos troianos.

Embora o chão fosse rochoso e duro, Pentesileia dormiu a noite toda, pela primeira vez desde que a irmã morrera. Seria sua última noite de sono, ela sabia, então talvez Hipnos tivesse decidido torná-la agradável. Quando acordou antes do amanhecer, esticando os longos braços em preparação para receber sua armadura, estava ansiosa pelo início da batalha. Comeu com suas mulheres um mingau quente de nozes cozido sobre as brasas do fogo da noite anterior. Conversaram pouco e só falaram de táticas.

Então, ela voltou para sua barraca e colocou o traje de guerreira. Primeiro, o quitão amarelo-escuro, uma túnica curta amarrada na cintura com um cinto de couro marrom grosso que também mantinha a bainha da espada. Depois, acrescentou sua estimada capa de pele de leopardo, que lhe dava calor e ferocidade em igual medida. Esses homens, esses gregos veriam que não podiam assustá-la, uma mulher que poderia correr mais que um leopardo e cortá-lo ao meio. As patas da criatura apareciam penduradas debaixo da túnica, as garras batendo nas coxas dela quando se movia. Ela amarrou as tiras das sandálias de couro ao redor das panturrilhas musculosas e pegou o capacete. O capacete de Hipólita, com sua pluma alta de crina de cavalo escura e suas serpentes incrustadas, enrolava-se ao redor do rosto dela. Quando a rainha amazona cavalgasse para a batalha, iria vestida como a irmã, como a maior guerreira de todas. Pegou o escudo, redondo, duro, de couro vermelho amarrado a cinco camadas de pele de bezerro. Colocou a espada na bainha e agarrou a longa lança, testando o peso e a ponta afiada. Ela estava pronta.

Seu cavalo, uma égua alta e cinza com uma mordida violenta, esperou pacientemente enquanto Pentesileia fazia uma trança de sua crina. Nenhum guerreiro agarraria a crina de seu cavalo por baixo e, se tentasse, era provável que ficasse sem os dedos. Quando tudo estava preparado ao seu gosto, Pentesileia virou-se e olhou para suas mulheres, aqueles reflexos imperfeitos dela mesma. Suas amazonas eram joias do norte montanhoso brilhando nessas terras baixas. Iam defender uma cidade que nunca tinham visto antes de ontem e defenderiam mulheres e crianças que não conheciam. Sentiu uma onda no peito e demorou um instante para identificar o sentimento de orgulho debaixo do luto sempre presente. Hipólita não poderia ser ajudada, mas Troia ainda podia ser salva, e suas mulheres seriam as libertadoras.

Ela tomou as rédeas na mão que segurava o escudo, para que seu braço de ataque ficasse livre. Deixara cair o arco quando Hipólita morreu e, mesmo depois da pira funerária, quando se lembrou de que o perdera, ela não retornara ao lugar em que caíra, pois sabia que nunca mais atiraria outra flecha. Mas suas mulheres eram todas excelentes arqueiras e tinham amarrado as aljavas nas costas, equilibrando os arcos nos ombros. Como os gregos poderiam se igualar a elas?

As amazonas montaram seus cavalos e começaram a cavalgar os últimos estádios até o campo de batalha. Quando partiram do solo mais baixo da margem sul do Simóis, ouviram as trombetas ao longe anunciando a abertura dos portões de Troia. Em pouco tempo, as mulheres de Pentesileia já estavam do outro lado do flanco dos guerreiros troianos, e logo à frente deles, que era o lugar delas. Os troianos eram agora, notou Pentesileia, um grupo esfarrapado de guerreiros. Onde estavam os heróis sobre os quais ela ouvira nas canções dos bardos?

Heitor estava morto, claro, mas onde estavam Páris, ou Glauco, ou Eneias? Ela franziu a testa observando os homens e não viu nenhum de grande altura ou força evidente. Os bíceps deles não eram páreo para os dela. Os heróis devem estar entre eles, mas não eram os homens que ela esperava encontrar.

Quando os guerreiros gregos se aproximaram do acampamento deles a oeste, ela sentiu a respiração acelerar. Aqueles homens eram pouco mais numerosos que os troianos. Era isso que sobrara dos lendários mil navios que haviam levado seus homens à costa arenosa de Trôade? Quantos morreram, ela se perguntou, e quantos simplesmente tinham desistido e voltado para casa? Mesmo assim, entre os gregos, ela conseguia ver alguns poucos homens de estatura significativa, as armaduras e os escudos ornamentados mostrando que eram da nobreza. Claro que em algum lugar estava o homem que traria a morte que ela tanto desejava.

Então ela viu o brilho suave das plumas vermelhas e pretas do capacete dele. Ele não carregava nenhum escudo porque (ela ouvira falar) só temia os deuses. Nenhum troiano o superara na batalha durante todos esses anos, e o único homem que oferecera alguma mínima resistência fora o pobre Heitor: morto e profanado, enterrado com atraso. E, quando matara Heitor, ele não se importava mais se vivia ou morria, igual a ela. Esse homem, claro, era quem Pentesileia procurava. Aquiles era rei dos mirmidões, e seus escudos negros estavam espalhados atrás dele. Esse era o homem que levava a morte dela nas mãos.

O combate entre esses dois guerreiros foi – por toda a importância para o povo de Troia – incrivelmente breve. Ninguém, nem mesmo suas mulheres, poderia dizer se Pentesileia entrara na batalha mais para morrer que para matar. Mas o resultado foi esse, de qualquer maneira. Aquiles era a criatura viva mais rápida; muito mais que um lince, que vagava pelas montanhas; muito mais que Hermes, que carregava mensagens de Zeus aos homens. E muito mais que Pentesileia.

Ela e suas amazonas foram direto para os mirmidões, que abriram caminho como formigas. Contudo, depois de dez anos de guerra, eles estavam endurecidos pela batalha: conheciam o terreno como a casa deles. As amazonas, acostumadas a lutar nas duras montanhas do norte, estavam menos seguras. Mas seus cavalos logo entenderam que a lama ampla e macia era tão traiçoeira quanto caminhos estreitos de pedra. As arqueiras miraram e mataram os homens-formigas no flanco direito. Aquiles girou para ver quem atacava seus homens – depois de ter passado tanto tempo sendo temido e evitado no campo de batalha, quem poderia ser tão audacioso a ponto de atacá-lo?

Esses novos cavaleiros tinham chegado havia pouco e não eram muitos. Seus homens – ele rapidamente percebeu que dez deles já haviam caído – estavam recuando, o medo espalhando-se entre eles como a praga que atacara tantos gregos no inverno passado. Aquiles não veria seus homens derrotados. Aquele que cavalgava por trás dos arqueiros, espada em punho, seria o rei deles? Era o que acreditava: os outros cavalgavam ao seu redor, como se o estivesse protegendo para um combate individual. Bem, Aquiles daria o que ele estava pedindo. Em menos tempo que um piscar de olhos, ele atirou a lança curta. Sua mira era infalível. A haste zumbindo até entrar no pescoço do cavalo do rei, que caiu, as patas dianteiras dobradas. Mas o rei não ficou com medo: pulou agilmente do corcel caindo e aterrissou de pé. Sobre a cabeça de seus homens, os olhos dos dois líderes se encontraram, e ambos sabiam que seria uma luta até a morte. Aquiles gritou ordens, e seus homens pararam de retroceder e se prepararam para a próxima nuvem de flechas.

Como fizera tantas vezes antes, Aquiles se movia, impassível, pelo campo de batalha. Não era muito mais forte ou corajoso que os outros homens. Um pouco, mas qualquer homem poderia ter um dia de sorte e matar um soldado melhor. Todavia, ninguém encostara a mão em

Aquiles porque nunca conseguira chegar perto o bastante para tentar. Todo homem naquela planície sabia algo que as amazonas ignoravam: que a verdadeira força de Aquiles estava em sua impressionante e quase impossível velocidade.

Assim, em um instante, ele estava a centenas de metros de Pentesileia e, no seguinte, ao lado dela, com a espada enterrada em seu pescoço. Ele deu uma pequena sacudida, como fazem os cães de caça com a presa, e olhou com pouco interesse para o sangue que esguichava da garganta do adversário manchando sua túnica. Ele derramara tanto sangue de homens ao longo dos anos... Que diferença faria mais um? Arrancou sua espada e ficou olhando o rei cambalear e cair de joelhos. A cabeça de Pentesileia curvou-se para trás, e o capacete caiu no chão. E somente aí o maior guerreiro vivo percebeu que matara uma mulher.

Sentiu uma súbita pontada de vergonha. Não porque nunca tivesse matado uma mulher antes. Ele tinha uma vaga lembrança da maioria das pessoas que matara: uma morte era muito parecida com a outra, afinal. Mas os mirmidões tinham devastado tantas cidades na vizinha Frígia durante essa guerra que ele devia ter matado dezenas de mulheres. Nem todas haviam se oferecido como escravas ou concubinas: algumas haviam se recusado a abandonar os maridos ou preferido tentar proteger os filhos, os quais ele também acabaria matando, momentos depois. Ele não poderia se lembrar de nenhuma delas. Até o rosto de Heitor, o único homem que matara com raiva, não porque era para isso que estava ali, mesmo essa imagem desaparecia de sua mente após tantos meses. Contudo, o rosto contorcido de dor na frente dele era diferente de tudo que vira, e ele sabia que, finalmente, cometera um ato do qual se arrependeria. Essa mulher era sua imagem espelhada, como Pátroclo o fora. Ele suspirou quando o sangue borbulhou entre os lábios dela. Ele, que nunca demonstrara hesitação ou medo. Viu os olhos dela se nublarem, como se cataratas estivessem se formando. Viu a boca dela aberta falando uma única frase, então viu a luz escurecer. Ele olhou para o céu, tomado pelo horror, e ouviu uma voz áspera rir atrás dele. Virou-se e enfiou a espada no homem, sem pensar: jamais saberia quem matara. Viu outros gregos se afastarem dele, com medo de que se voltasse contra eles também. Não prestou atenção neles, pensando apenas na mulher e na boca dela cheia de sangue.

Ficou pensando se outra pessoa teria morrido dizendo as palavras "Obrigado".

8

Penélope

Meu querido marido,

pode ser, realmente, que tenham se passado dez longos anos desde que você navegou de Ítaca para se unir a Agamenon e os outros reis gregos na indigna busca para trazer Helena de volta de Troia? Foram mil navios que navegaram, afinal? É o que os bardos cantam agora. Mil navios, todos navegando por oceanos perigosos na esperança de encontrar a esposa de um homem. Continua sendo, tenho certeza de que você concorda, uma situação surpreendente.

Não o culpo, Odisseu, claro que não. Sei que fez o máximo para evitar me deixar, sendo eu ainda uma esposa jovem, nosso filho com apenas meses de vida. Fingir-se de morto poderia ter funcionado um pouco melhor, mas fingir-se de louco também era uma boa ideia.

Ainda me lembro daquela cara arrogante de Argolis, quando você jogou sal sobre os campos. Ele pensou que você estivesse louco. Em minhas lembranças, você estava fazendo as caras mais medonhas, e o homem olhava para mim com pena. Um bebê com um louco; nenhuma mulher deveria suportar um destino desse. Você esteve perto de conseguir evitar o recrutamento deles. Tão perto de ficar comigo, deixando os outros gregos entregues a esse juramento louco.

Mas claro que Agamenon desvendaria sua artimanha. Nunca vou me esquecer de como ele mandou que seus homens arrancassem Telêmaco dos meus braços e o colocassem na terra à sua frente. Testando sua loucura, colocando em risco seu filho: você continuaria a arar a terra e cortaria os membros gorduchos do próprio filho? Ou veria o bebê, o reconheceria e pararia? Você vai me desculpar por dizer que não tenho certeza de se já desejei alguém morto com tanto entusiasmo como Agamenon naquele dia. E não se esqueça de que cresci em Esparta, por isso passei mais tempo com Helena que qualquer outra pessoa.

Às vezes, quando o clima me afeta e o vento sopra por nossos salões do norte, faço uma oração pela morte de Agamenon. Costumava desejar que ele morresse em batalha, mas agora desejo um final mais vergonhoso ao homem: uma rocha caindo, talvez, ou um cão raivoso.

Você não poderia continuar fingindo loucura nessas circunstâncias, entendo. Para proteger seu filho, nosso filho, você precisava parar e, ao fazê-lo, revelar a verdade. E, embora tenha chorado ao ver sua partida na manhã seguinte, tive certeza de que estaria de volta antes do fim do ano. Afinal, quantas luas seriam necessárias para encontrar uma esposa infiel?

Primeiro os dias se arrastaram, depois os meses. Então as estações e finalmente os anos. Dez anos, agora, e Menelau ainda não conseguiu nem persuadir a esposa a voltar para casa nem aceitar que ele é uma pessoa insuportável e encontrar uma nova esposa, menos exigente que Helena.

Parece impossível que você esteja longe há tanto tempo. Nunca viu o filho andar, ou o ouviu falando, ou viu como se balança nos galhos mais baixos do velho pinheiro que cresce ao lado do muro leste de seu palácio. Ele se parece mais comigo que com você, sabe?

Tem a minha compleição: alto e esbelto. E, apesar de amá-lo do fundo do coração, fico pensando nas outras crianças que poderíamos ter tido se você o tivesse matado aquele dia. Teríamos perdido nosso primeiro filho, mas poderíamos ter tido outros quatro.

É indigno de minha parte pensar essas coisas, eu sei. Mas as estações mudaram tantas vezes, marido, e não sou mais uma garota. Implorei aos deuses que o trouxessem para casa antes que eu ficasse estéril. E talvez minhas preces tenham sido atendidas agora, porque há rumores por toda a Grécia, mesmo em nosso lugarzinho escarpado, de que a guerra finalmente terminou. É verdade? Não tenho nem coragem de perguntar. Mas os vigias acenderam seus faróis, e as notícias correm de uma colina para a outra: por fim, os gregos ganharam. Sei que você teve uma participação na vitória, Odisseu. Conto a Telêmaco que o pai dele é o homem mais inteligente que já andou pela Terra. "Mais inteligente que Eumeu?", ele pergunta. A intenção dele não é insultá-lo, claro. Ele gosta de Eumeu. Digo que sim, que você é mais inteligente que o criador de porcos. "Mais inteligente que você, mãe?", ele pergunta. "Não, querido", digo a ele. Não tão inteligente assim. Então faço cócegas nele, para não me perguntar como sei.

No entanto, se ele perguntasse, e eu tivesse que responder, diria isso. Eu não teria deixado que eles vissem que eu não estava louca nem teria machucado meu filho, meu lindo menino. Teria passado o arado sobre meu próprio pé e o cortado em pedaços antes de machucar nosso filho ou deixar que os argivos me levassem daqui. A dor teria sido terrível, mas passageira. Eles certamente teriam pensado que você estava louco a ponto de se cortar. E, mesmo se tivessem dúvidas, seria difícil que o tivessem levado a bordo dos navios com os pés jorrando sangue. Um homem que não consegue ficar de pé não consegue lutar.

Mesmo assim, é fácil ser sábio *a posteriori*, não é verdade? Disse que não o culpava pelo que aconteceu, e não o culpo. Você fez o melhor que podia com uma falange de homens observando cada movimento seu. E quase foi suficiente. Mas você está longe há muito tempo, Odisseu, e é hora de voltar para casa.

    Sua adorada esposa,

    Penélope

9

As Mulheres Troianas

———◆◆◆———

Hécuba estava com os olhos semicerrados voltados para o sol enquanto a maré subia. Suas mulheres aglomeravam-se ao redor dela, em silêncio: ela ainda era a rainha, até serem separadas e levadas. Os guardas haviam permitido que caminhassem até o rio e pegassem água com qualquer recipiente que tivessem. Quem poderia imaginar, quando ela fugiu de casa no meio da noite e da fumaça, que parar para pegar uma velha caneca amassada poderia significar a diferença entre passar sede e poder beber? Quando viu que Hécuba não tinha nada para beber, uma das mulheres mais jovens deu a própria caneca à rainha e passou a dividir outra com sua irmã. Hécuba aceitou, sem agradecer.

Hécuba exigiu que os guardas trouxessem comida para as mulheres, e eles riram. Contudo, depois de um tempo, um saco de comida foi trazido, com um caldeirão amassado e alguns gravetos para fazer uma fogueira. Andrômaca, tendo amarrado o bebê ao peito, armou a fogueira. As chamas logo se acenderam entre suas mãos rápidas. Polixena teve a permissão de pegar mais água, uma vez que os guardas sabiam que ela não tentaria escapar. Como poderia com a mãe idosa sentada à margem? As mulheres prepararam um caldo ralo, temperado apenas com o pouco de sal que tiraram das grossas algas úmidas que podiam ser encontradas na costa. Comeram aquilo sem reclamar. Os guardas disseram que haveria grãos mais tarde, assim as mulheres poderiam fazer pão nas brasas da fogueira. Hécuba queria perguntar a eles por quanto tempo manteriam as mulheres na praia sem abrigo, a não ser as rochas em que estavam sentadas, e as roupas rasgadas, mas sabia que não gostaria de nenhuma resposta.

Essa seria a última vez que ela veria suas mulheres. Quando os gregos tivessem terminado de saquear a cidade, voltariam para o acampamento, perto da praia. Iriam debater entre eles, ou talvez um dos anciãos decidiria, e as mulheres seriam divididas entre os líderes das diferentes tribos gregas, em ordem de importância. Então cada mulher seria separada da família, das amigas, das vizinhas, e entregue a um estranho cujo idioma ela não falava. Hécuba sabia um pouco de grego, embora preferisse não saber. Talvez uma ou duas das outras também soubessem. No entanto, quando uma cidade era saqueada, tudo dentro dela era destruído, até suas palavras.

A mente de Hécuba pregava peças nela: se você pudesse escolher ficar com uma dessas mulheres, quem escolheria? Como se tivesse direito a esse tipo de desejo. Olhou para suas mulheres e admitiu para si mesma que sabia a resposta, mesmo assim. Andrômaca não tinha seu sangue, então não a escolheria, apesar de gostar da garota, que fora uma boa esposa para seu filho favorito e dera um filho a ele. E Cassandra era um tormento, como um inseto mordendo a mãe, todo dia desde que fora tomada pela loucura. Fora uma criança adorável, lembrava-se Hécuba. Cabelo escuro e olhos profundos como poças pedregosas. Corria pelos amplos salões de pedra com os irmãos e as irmãs, sempre o centro das atenções. Então, um dia aconteceu. Ela apareceu na entrada do templo de Apolo, as roupas rasgadas, o cabelo emaranhado.

Cassandra não conseguiu falar durante dias, apenas gaguejava e tremia, como se as palavras estivessem desesperadas para escapar de seus lábios, mas não conseguiam passar pelos dentes. Depois que voltou a falar, com a serva que cuidara dela desde que era bebê, as palavras não faziam sentido. Ela falou de uma coisa terrível após a outra, um desastre que aconteceria, depois outro e outro. Ninguém suportava ouvi-la prever a morte e a destruição em todos os cantos. Hécuba mandou que fosse trancada em seu quarto, esperando que se acalmasse com o tempo: ninguém precisava ouvir seus gritos sobre chamas engolfando a cidade e sobre tantos homens morrendo do lado de fora dos muros e dentro das próprias casas. Mas logo os escravos não quiseram mais levar comida a ela, nem mesmo sob a ameaça de serem açoitados. Cassandra falava a eles sobre sua morte iminente, e a dos pais ou a dos filhos. E, apesar de não fazer sentido – ninguém acreditava em uma palavra que a garota demente dizia –, isso os inquietava. Um dia, Cassandra gritava e chorava... Hécuba parou. Não conseguia se lembrar. A filha estava histérica, como sempre. Os detalhes não importavam – e Hécuba batera forte no rosto dela. Cassandra agarrou a mão da mãe e ficou segurando-a, tremendo. E Hécuba continuou batendo com a mão esquerda, até que houvesse marcas vermelhas de dedos no rosto da filha, com feridas profundas no lado direito, causadas pelos grossos anéis de ouro de Hécuba.

A partir daquele dia, Cassandra repetira suas maldições e loucuras em voz baixa. Sua família e os escravos ainda faziam sinais contra o mau-olhado quando a viam, mas era mais fácil ignorá-la. Mesmo agora, quando as mulheres esperavam descobrir para onde iriam e a quem pertenceriam, Cassandra continuava murmurando. Ela não se atrevia mais a falar alto.

Então Hécuba sabia que, se pudesse manter uma das mulheres consigo nos próximos meses e anos, seria Polixena. Sua filha mais linda. A mais jovem, com cabelo dourado bastante diferente de qualquer outra mulher troiana. As pessoas costumavam dizer que ela devia ter sido favorecida por uma deusa com tanta beleza, e, mesmo assim, Polixena nunca foi vaidosa. Era uma garota doce e atenciosa, a favorita de todos. Hécuba estremeceu, pensando em qual grego ficaria com ela. O açougueiro Neoptólemo, que matara Príamo, o pai de Polixena, quando ele se agarrava aos altares e pedia refúgio? O desonesto Odisseu? O idiota Menelau?

Ela não disse nada, mas, de repente, Polixena ficou inquieta, como se pudesse sentir os pensamentos da mãe. Estendeu os braços acima da cabeça e sentou-se sobre os calcanhares.

– Não acho que foi a amazona – ela falou. A mãe engoliu uma resposta irritada. Já tinha uma filha cujas declarações não faziam sentido, não precisava de outra.

– Você não acha que foi a amazona? – perguntou Andrômaca, calmamente. Recuperara a fala, por fim. Mas o bebê ainda dormia, e ela esperava que continuasse assim. Quando ele acordasse, estaria esfomeado, e ela tinha uns poucos grãos amolecidos em leite para dar a ele.

– Troia não caiu por causa da morte de Pentesileia – disse Polixena. – Caiu porque os deuses quiseram. Estávamos quase salvos antes, lembram-se? Mas os deuses devem ter mudado de opinião. Nem mesmo uma amazona poderia ter feito qualquer diferença.

– Antes?

– Quando levaram a filha do sacerdote, mamãe. E a garota de Limesso.

10

Briseis e Criseida

Ninguém precisou perguntar qual filha do sacerdote, embora Troia tivesse muitos sacerdotes, e eles tivessem muitas filhas. Se alguém citava a filha de um sacerdote, sempre estava falando de Criseida, filha de Crises. Quem mais teria sido esperta o bastante para escapar de uma cidade sitiada e suficientemente descuidada para ser capturada pelos gregos?

Eles mataram o pastor que levava seu rebanho nas partes baixas das montanhas e com quem ela saíra para se encontrar às escondidas. Ele tinha medo mortal de que os gregos o vissem em uma noite enluarada e o matassem quando levava o rebanho para saciar a fome. Mas nunca contou sua ansiedade para ela, porque era tímido e não queria parecer medroso na frente de uma garota que parecia muito destemida. Assim, quando finalmente chegou a noite em que uma dupla de guardas gregos – caçando nos arredores da cidade, procurando por ovos de pássaros – encontrou os dois, ela estava totalmente despreparada para o que viria.

Eles o mataram, exatamente como o jovem temia que aconteceria. Mas ela não viu o sangue escorrer do peito dele, porque estava muito escuro, e deixara cair a tocha quando os homens a atacaram e tiraram-lhe o objeto da mão. O chão estava úmido, e a chama se apagou imediatamente. Ela sentiu as mãos gordurosas dos homens em sua pele e em suas roupas quando eles a arrastaram para o acampamento. Ela ficou com medo, mas não gritou, porque ainda estava mais preocupada de ser descoberta pelos troianos que de ser morta pelos gregos, apesar de perceber que isso era ridículo. Ela pensou na doce boca do pastor e sentiu profunda dor ao se dar conta de que nunca mais o beijaria.

Quando os homens a empurraram para a costa, longe da cidade, ela viu as chamas sagradas queimando no templo de Apolo, na cidadela de Troia. Seu pai estaria atendendo ao deus naquela hora. A dor que sentia pela perda do pastor redobrou quando percebeu que abandonara seu pai.

Crises tinha as costas largas, cabelo escuro e era servo de Apolo. Sua esposa morrera ao dar à luz a filha. Sua força vital declinara com o bebê e nunca se recuperou. Pálida e acinzentada, com cachos de cabelo emaranhados no rosto esbranquiçado, ela morreu antes de a filha completar um dia. O viúvo destroçado não tinha apetite pela paternidade e deu a criança, ainda sem nome, a uma ama de leite sem instruções sobre se a criança deveria ser amamentada ou deixada para morrer nas encostas do monte Ida. Quando o luto diminuíra e ele conseguiu voltar a ficar na presença da menina, outras pessoas haviam dado nome para a filha. Criseida, filha de Crises.

Criseida era parecida com a mãe. Cabelo castanho-escuro até os ombros e olhos quase negros. Sua pele era dourada, e ela dava passos curtos e cuidadosos, como uma dançarina. Entretanto, se a mãe fora uma mulher paciente e obediente, sempre onde deveria estar, agulha em uma mão e lã na outra, Criseida era teimosa feito mula. As pessoas diziam que o espírito problemático entrara nela quando era bebê, porque não conseguiam encontrar outra explicação para o fato de que, quando havia algum problema na cidade, Criseida sempre parecia estar envolvida.

E agora ela arranjara problemas fora da cidade. Os troianos mais jovens haviam crescido debaixo de um cerco: não conheciam outra vida. Para Criseida, com apenas 16 anos nesse décimo aniversário da guerra, a cidade era tanto seu lar quanto sua prisão. No entanto, ao contrário das filhas de Príamo – Polixena e as outras –, ela se recusava a se comportar. A cidade estava repleta de caminhos secretos que poderiam levar uma garota aventureira até a planície, se ela tivesse coragem suficiente para encontrá-los. Nunca pensou que outros filhos e filhas de Troia pudessem não querer procurar um ponto de fuga da cidade ou que os caminhos estivessem abandonados por medo, não por desconhecimento.

Havia um caminho que consistia em túneis debaixo das muralhas da cidade, atrás do templo de Apolo, onde seu pai passava os dias. Foi esse que Criseida usou para escapar e se encontrar com o pastor. Ela sentiu uma nova onda de tristeza pelo garoto de boca macia e depois uma injeção de raiva contra o pai que deixara a engenhosa e entediada filha sozinha, durante horas, do lado de fora do templo, enquanto ele atendia às necessidades do deus. Ele sabia que ela faria alguma travessura – ela sempre fazia. Uma vez, ela apanhara de um sacerdote sênior por brincar com os cabritos criados perto do templo para serem sacrificados. Não eram animais de estimação, ele gritara enquanto suas grandes mãos quadradas batiam no rosto e nos braços dela, eram animais sagrados. Como ela ousava contaminá-los com suas mãos infantis? O pai dela ficou parado olhando o homem bater na filha. Demorou para ela entender a expressão dele, mas acabou concluindo que ficara envergonhado pela atitude dela. E, mesmo assim, ele a deixava sozinha, sabendo que iria se meter em problemas. Foi tomada por outra emoção: talvez ele não se importasse com o que acontecia com a filha.

Talvez ela testasse sua paciência com muita frequência; talvez ela o envergonhasse profundamente.

Ficou pensando se poderia tentar fugir dos guardas gregos; nenhum deles parecia alcançar a mesma velocidade que ela. Mas a lembrança da expressão desapontada do pai quando a via e da mortificação dele quando ela fora capturada por infrações menores a impediram de fugir. Isso a distraiu, e ela não percebeu que seu ritmo estava diminuindo, até que um dos soldados gregos cutucou sua cintura, agarrando sua pele e rindo quando ela gritou.

O medo de irritar o pai tivera influência muito maior no comportamento dela que qualquer outra coisa, percebeu. Desde que descobrira o túnel, explorara muitas vezes a planície e as encostas mais baixas das montanhas, escondendo-se atrás das árvores e das rochas para não ser vista pelos vigias troianos ou por qualquer um que pudesse contar a Crises. Nunca pensara que poderia ser capturada pelos soldados gregos e morta na hora, o sangue manchando os tufos de mato entre a areia a seus pés. Também nunca pensara que ser capturada pelos gregos poderia ser pior que ser morta por eles.

Quando chegou ao acampamento, ouviu muitos gritos, e houve vários empurrões, mas ela entendia pouquíssimo do que era dito pelos homens. Eles falavam um idioma diferente ou era tão somente um dialeto? Ela não conseguia saber. Todos estavam com suas couraças e armas: o barulho do metal batendo contra o metal era tão alto que fazia seus dentes doerem. No fim, ela foi empurrada para dentro de uma barraca. Piscou os olhos com a luz da tocha e apertou a capa ao redor do corpo. A barraca estava repleta de mulheres, outras prisioneiras, abraçadas entre si, como se estivessem se protegendo do frio. Criseida olhou para o rosto delas, na esperança de vir alguém que conhecesse. Mas todos os seus amigos e parentes estavam seguros atrás dos muros da cidade, onde ela deveria estar. Essas mulheres eram estrangeiras, e nenhuma falou com ela.

Sentiu-se atraída pelos olhos azuis brilhantes de uma mulher alta e magra que estava perto, mas, de alguma forma, distante delas. O cabelo dela era extraordinário, como ouro à luz do fogo, e a pele, muito branca. Ela lembrava a estátua criselefantina de Ártemis, que ficava no templo, perto do santuário de Apolo, onde seu pai era sacerdote. Mas a estátua era obra de artesãos trabalhando a pedra, pintando as vestes, revestindo o rosto com finas camadas de marfim e os olhos com lápis-lazúli. Criseida sempre pensou que jamais veria nada tão lindo na vida, até agora, quando viu que a estátua era uma cópia pálida dessa mulher, ou alguém que se parecia muito com ela. A filha do sacerdote se pegou pensando que, enquanto ficasse perto dessa mulher de ouro e marfim, tudo estaria bem, então caminhou até ela e tentou se conter para não tocar o cabelo dela.

– Onde eles a encontraram? – perguntou uma das outras mulheres. A luz brilhava atrás dela, que não era mais que uma silhueta. Criseida demorou um segundo para perceber que entendera o que a mulher estava dizendo. Seu sotaque era pesado, mas falavam o mesmo idioma.

– Na borda da planície – ela respondeu. – Na base da montanha.

A expressão da mulher alta não mudou. A mulher na sombra virou-se para Criseida e a observou atentamente. Criseida só conseguia ver a tocha brilhando nas pupilas da mulher, mas conseguia sentir seu aborrecimento.

– Você não é pastora – disse a mulher. – Dá para ver isso apenas olhando para você. Veio da cidade, não é? Como foi capturada do lado de fora?

Criseida não tinha como responder.

– Onde eles a encontraram? – perguntou em vez de responder.

– Limesso – disse a mulher. – Todas fomos capturadas em Limesso e Tebas.

Criseida fez uma pausa.

— Estão perto?

A mulher bufou.

— Você nunca saiu de Troia antes desta noite, não é? — Criseida não falou de suas incursões anteriores ao redor da cidade. Nenhuma dessas mulheres ficaria impressionada por seu espírito aventureiro, como ficavam seus colegas em Troia.

— Sim — a mulher continuou. — Limesso está a um dia de viagem daqui. Os gregos atacaram a cidade. Todo esse tempo tentando entrar na sua casa sem sucesso. Precisam de outros lugares para conseguirem comida. Eles já saquearam toda cidade entre aqui e Limesso — sua voz ficou mais suave. — Não me admira que você não tenha ouvido falar dos lugares que estão tomando agora. Ampliam cada vez mais a rede deles a cada ano. Nunca estão felizes, a menos que estejam tomando o que não lhes pertence e queimando tudo que não conseguem carregar.

— Foi o que fizeram na sua cidade? Saquearam e queimaram? Seus homens não conseguiram lutar e impedir? — perguntou Criseida. Quem eram essas pobres mulheres que tinham sido abandonadas por seus homens? Os guerreiros troianos, seu pai entre eles, eram muito mais corajosos que os maridos e filhos dessas mulheres.

— Que homens? — perguntou a mulher. — Eles mataram todos os nossos homens.

— Todos eles? — perguntou Criseida. Seu pai dissera, muitas vezes, que os gregos não eram guerreiros melhores que os outros homens. Não eram mais corajosos, nem mais fortes, nem mais amados pelos deuses. Ele mentira para ela?

— Você não vê muita coisa dentro das muralhas da sua cidade, não? — falou a mulher. — É o que os gregos fazem. Matam os homens, escravizam as mulheres e as crianças. Estão fazendo isso em toda a península. E é o que vão fazer em Troia, quando as Moiras decidirem — Criseida balançou a cabeça. Esse dia não chegaria. Seu pai fazia sacrifícios a Apolo e oferendas todas as manhãs e era um dos vários sacerdotes nos templos dedicados a todos os deuses em toda a cidade. Os deuses não abandonariam Troia, tão cheia de servos deles. Claro que não o fariam. – Suas muralhas não vão impedi-los para sempre – acrescentou a mulher. – Você pode ser a primeira mulher troiana a ser capturada, mas prometo que não será a última. E, quando forem atrás de suas irmãs e de sua mãe – Criseida não se deu ao trabalho de corrigi-la –, seus homens serão tão úteis quanto os nossos. Um soldado não pode lutar se estiver morto no chão, e os gregos nos superavam tanto que nunca tivemos nenhuma chance. Eles não são um exército, esses gregos. São uma peste.

– Sinto muito pelo que você perdeu – disse Criseida, usando a fórmula que ouvira o pai dizer tantas vezes.

A mulher abaixou a cabeça por um breve momento.

– Nossas perdas serão comuns – ela falou. – Guarde sua tristeza.

Criseida olhou para o outro lado e acabou encarando a mulher alta com olhos azuis.

– Sinto muito pelo que todas perderam – falou.

Finalmente a estátua de cabelo dourado abaixou a vista e pareceu percebê-la pela primeira vez.

– Obrigada – falou. Sua voz era baixa e suave, o sotaque menos gutural que o da outra mulher.

– Posso me sentar ao seu lado? – perguntou Criseida.

A mulher na sombra respondeu pela estátua.

– Você pode se sentar onde quiser, troiana. Os homens vão nos dividir de manhã. Não vai fazer nenhuma diferença.

– Só por esta noite, então – disse Criseida. Ela estava convencida de que, se tivesse esse desejo concedido, sua sina melhoraria. – Não tenho mais ninguém – acrescentou.

A estátua bateu no chão ao lado dela, e as duas se sentaram juntas.

– Também não tenho ninguém – disse a mulher, baixinho.

– Ninguém? – perguntou Criseida. Um sentimento inadequado de afeição começou a tomar conta dela. Se essa mulher também estava sozinha, então Criseida, paradoxalmente, se sentia menos sozinha. A mulher balançou a cabeça. De perto, parecia menos uma estátua, agora que Criseida conseguia ver os pequenos pelos dourados na pele dela.

– Ele matou a todos – ela respondeu. – Meu marido, meu pai, meus três irmãos. Estavam lutando para defender nosso lar, e ele os cortou como se fossem hastes de trigo.

Sua voz era estranhamente melódica; então, mesmo quando contava sua terrível história, Criseida imaginava que era um poema, uma canção sobre outra mulher, sobre outra família perdida. Ela não podia imaginar essa mulher experimentando algo tão terrível.

– Foi tão rápido. Um momento, e eles estavam ali, armados, prontos para atacar. Depois estavam no chão, todos de uma vez. No início, pensei que estivessem armando um truque. Há uma pausa, sabe, antes que o sangue comece a fluir por baixo deles.

Foi isso o que acontecera com o pastor? O sangue dele fizera uma pausa assim? Criseida não se animava a interromper a mulher, quando perdera tanto, e Criseida, em comparação, tão pouco: só um garoto, só esta noite, ainda se lembrava do calor daqueles dedos ao redor de seu pulso. Sentiu os olhos arderem, mas não perderia o controle, porque não queria distrair essa mulher da história dela.

– Um segundo antes que isso acontecesse, eles ainda poderiam estar vivos. Mas, então, começou a escorrer debaixo deles, tanto, mais do que você pode imaginar. Ele matou a todos, como as pessoas falaram que faria. E pensei que havia perdido todos, quando vi uma mulher de cabelo grisalho, louca de dor como uma bacante, lançar-se sob as patas do cavalo dele. Ela não tinha nenhuma arma. Não sei o que estava tentando fazer. Derrubá-lo, matá-lo, se matar? Seu cavalo nem parou de andar. Simplesmente se inclinou um pouco para a direita, pareceu que ele nem mexeu o braço com a espada, e lá estava ela no chão também, com a garganta cortada. Não entendi, a princípio, que era a minha mãe que ele havia matado. Minha mãe caída ali no chão duro, perto dos homens que ela havia perdido. Então, quando digo que não tenho nada, saiba que falo a verdade. Eles me levaram antes que eu pudesse jogar um punhado de terra sobre eles, então nem isso eu tenho.

Criseida virou-se para a mulher cujos olhos não estavam inchados, cujo cabelo não estava desalinhado e cuja túnica não estava rasgada. A mulher percebeu isso e balançou a cabeça.

– Eles não verão minha dor – falou. – Não merecem. Farei o luto da minha família quando estiver sozinha.

– E se nunca estiver? – perguntou Criseida.

– Então chorarei por eles no escuro da noite – respondeu a mulher –, quando ninguém estiver olhando. Qual é o seu nome, criança?

– Criseida – disse a filha do sacerdote. – Qual é o seu?

– Briseis – respondeu a mulher de olhos azuis.

❊ ❊ ❊

Criseida encostou-se nas costas de Briseis quando o céu começou a clarear. Não dormira. Nunca estivera tão próxima de tantas mulheres: a morte prematura da mãe fez com que crescesse em uma casa quase sempre vazia. Ela sempre quis uma irmã, quase tanto quanto quis ter uma mãe. Ela passou a noite pensando na família de Briseis, os corpos caídos sem serem enterrados, enquanto a alma deles deveria estar vagando pelas margens do Lete, sem nada para o barqueiro, nenhuma forma de cruzar o rio e entrar no Mundo Inferior, até alguém sentir pena e jogar um pouco de terra sobre eles. Quanto tempo teriam que esperar?

Mas Briseis cumpriu sua palavra. Não chorou ou se lamentou. Apenas espalhou o manto no chão aos seus pés. Mostrou que havia espaço para Criseida também. A garota enrolou-se ao seu lado e sentiu o calor irradiando do corpo da mulher. Seu cabelo dourado tinha o perfume de ervas e algo que Criseida não sabia o que era. Um cheiro animal, reconfortante.

A mulher com quem conversara na noite anterior – Criseida jamais descobriu o nome dela – recebera comida e água dos gregos. Ela fez um caldo quente e sem sabor para as mulheres, o qual Criseida comeu mesmo assim. Quando as abas da barraca se abriram e dois homens mandaram que todas saíssem, foi um alívio, porque a espera terminara.

As mulheres foram colocadas em linha pelos guardas, em uma ordem que significava algo para eles, mas não para elas. De vez em quando, eles se levantavam e discutiam se alguém deveria ficar à esquerda ou à direita da vizinha. As mulheres mais velhas estavam mais distantes de Criseida, e ela ficou se perguntando se estavam sendo organizadas por idade. Mas isso não parecia exato: Briseis ficou ao lado dela, embora houvesse duas outras garotas com idade claramente mais próxima à dela. Depois de mais puxões e empurrões, ela acabou no fim da fila. Entendia um pouco do que os homens diziam, mas a velocidade e o tom gutural impediam que acompanhasse a conversa.

Ela se concentrou no acampamento, que se estendia dos dois lados e na frente dela até o mar, e nos altos navios que haviam navegado para Troia tantos anos antes. As barracas estavam agrupadas, sujas e castigadas pelo clima, com gado com aparência faminta em pequenos currais dispersos. Ela se virou para trás e viu a fortificação no lado norte do acampamento, estacas de madeira afiadas apontando para a cidade, como flechas. Um dos homens agarrou seu braço e a puxou de volta, para que ficasse de frente como as outras. Ela não gritou e teve certeza de que Briseis ficou impressionada com seu autocontrole. Se uma mulher que perdera tanto conseguia ficar calma, Criseida também conseguiria.

Elas ficaram na fila, esperando, enquanto o sol aparecia atrás das nuvens da manhã e as apanhou com seu brilho impiedoso. Criseida olhou para a fileira de mulheres e viu medo nos olhos delas. Algumas nem tentavam esconder: choravam abertamente, arranhando a própria pele e arrancando os cabelos. Criseida quase desejou poder fazer o mesmo: chorar pelo pai ausente e pela perda do pobre pastor. Mas não permitiria que esses homens, esses inimigos de Troia, a vissem com medo. Ela era a filha de seu pai, e nenhum grego a veria chorar.

Por fim, um arauto levantou sua corneta até os lábios e fez um chamado. Os homens não apareceram todos ao mesmo tempo, mas aos poucos, de todas as direções, e começaram a se juntar na frente de Criseida. Os soldados vieram em grupos com outros que usavam as mesmas roupas, as mesmas armas, o mesmo lar. Criseida tentou se lembrar da lista de gregos para os quais o pai orava que Apolo amaldiçoasse: beocianos, mirmidões, argivos, etolianos. Pareciam cansados da guerra, ela pensou, como os homens de Troia. Tantas cicatrizes em rostos e braços. Tantos outros mancando de feridas que ela não conseguia ver.

Ficou olhando para o rosto zombeteiro dos soldados gregos quando se amontoavam na frente das mulheres. Olhou para os navios deles. Ela seria colocada em um deles e levada para a Grécia? A ideia parecia absurda e inevitável. Sabia que não poderia nem pensar na possibilidade de ser levada embora de Troia e nunca mais ver seu lar ou as pessoas que conhecia. Preferiu se concentrar no navio e em pensar em como seria navegar pelo oceano. Ela nunca estivera na água, não tinha lembrança de ter tocado o mar. O pai, alguma vez, a levara à praia quando criança? A ideia do pai usando as vestes sacerdotais ao lado de uma criança brincando no raso era absurda. Como ele dissera muitas vezes, Criseida nascera para desapontá-lo, e nunca decepcionara nisso.

Ela ouviu um murmúrio correr entre o grupo de homens. Os últimos deles estavam chegando, os líderes de cada tribo, ela imaginou. Esses homens pareciam mais altos que seus soldados: pescoços e braços grossos. Talvez apenas caminhassem de maneira mais confiante, pensou. E suas roupas eram mais novas, sem tantos remendos e reparos. Deve ter sido um desses homens que matara a família de Briseis: quando ela contou sua história, descrevera um grande guerreiro, um homem de prodigiosa velocidade e crueldade. Não poderia ter sido um soldado comum. Ela procurou pela multidão para ver se conseguia adivinhar qual era. Mas, ao olhar, lembrou-se de que cada um desses líderes matara um homem que ela conhecia nos últimos nove anos: um primo, um tio, o pai de um amigo. Pensou, de repente, que não havia sentido em querer ser entregue a um ou a outro homem, quando todos eram igualmente maus. Em vez disso, começou a torcer por Briseis. Gostaria que ela evitasse o homem que tirara tudo dela.

Todavia, se os deuses estavam por perto, não estavam prestando atenção em Criseida. O arauto falou mais devagar que os outros gregos, gritando para ser escutado pelos que estavam no fundo. O butim, agora, seria concedido aos comandantes que haviam se destacado nos ataques recentes, ele explicou. Os homens celebraram.

— Primeiro, para o rei de Micenas — gritou o arauto. — Para Agamenon.

Suas palavras se perderam em um mar de gritos, nem todos de aprovação, percebeu Criseida. Um homem corpulento, com cabelos grisalhos em forma de V. Esse era o mais poderoso de todos os gregos, ela sabia. O rei dos reis e irmão de Menelau, cuja esposa estava agora abrigada na cidadela de Troia com seu amante, Páris. Agamenon era um dos que tinham reunido os gregos para a campanha contra Troia. Ele acalmou o barulho dos soldados argivos com um pequeno gesto de mão e deu um passo à frente.

— Para Agamenon — repetiu o arauto —, o prêmio concedido é escolher a primeira escrava.

Agamenon mal olhou para a linha de mulheres diante dele.

— Vou ficar com essa — disse, apontando para Criseida com a cabeça. Uma mão masculina agarrou Criseida por trás e a empurrou na direção do rei argivo. Os homens riram quando ela tropeçou, mas conseguiu ficar de pé. Ela sentiu uma dor no pé, e ficou agradecida, porque isso a distraiu, e não olhou para o velho gordo que acabara de tomá-la para si.

— Venha — disse Agamenon. — Não, espere — ele se virou para o arauto. — Distribua todas as mulheres e depois vamos levá-las aos nossos alojamentos. Quero ver, primeiro, qual será a escolha dos outros.

Seus homens celebraram novamente. Criseida voltou ao seu lugar.

— Segundo — gritou o arauto —, para o maior guerreiro entre nós, Aquiles.

O ruído foi ensurdecedor. Era o homem mais adorado entre os soldados. Criseida viu a expressão de Agamenon quando percebeu que os gritos para si mesmo tinham sido breves. O rosto do velho — Agamenon era mais velho que o pai de Criseida; ela tentava não sentir nojo — estava consumido pela inveja. Criseida olhou para o lado mais barulhento. Aquele devia ser Aquiles, flagelo dos troianos, saindo de uma fila de guerreiros vestidos de preto. Cabelo e pele dourados, como um deus. Os troianos disseram que era o filho de uma deusa, uma ninfa do mar, agora ela entendia o motivo. Ele era bonito, mesmo com expressão cruel na boca. Ele não fez nenhum gesto para silenciar seus soldados. Simplesmente abriu a boca, sabendo que eles ficariam quietos.

— Vou ficar com a que está ao lado dela — falou. Ele se virou para o homem que estava ao lado dele, um pouco mais baixo, um pouco menos musculoso, um reflexo mais escuro de si mesmo. O homem assentiu. — A de cabelo amarelo — confirmou Aquiles. Seus homens celebraram novamente, e Briseis soltou um som baixo. Ninguém, a não ser Criseida (os ouvidos na altura dos lábios da mulher), conseguiu ouvir. No entanto, ela soube imediatamente que os deuses haviam ignorado as orações pela nova amiga. Fora esse homem, Aquiles, que matara a família de Briseis na frente dela. E agora ela pertencia a ele, e não havia nada que nenhuma das duas pudesse fazer. Mesmo assim, Criseida não choraria. Nem Briseis, embora as duas mulheres estivessem tensas como a corda de um arco. Elas não quebrariam.

A distribuição do restante das mulheres e de uma pilha de objetos de ouro e prata que fora saqueada das casas delas demorou bastante tempo. Mas Criseida ouviu pouco do que foi dito. Encostou os dedos nas costas da mão de Briseis, e as duas ficaram juntas sob o sol escaldante, metamorfoseando-se de pessoas em propriedades. Quando tudo terminou, os guardas gritaram com ela, divertindo-se com o susto.

– Se você tem algo na barraca, agora é a hora de pegar – disse um deles. Ela ia falar que não tinha nada para pegar, quando Briseis pegou sua mão e acenou para os guardas. As duas foram andando até a barraca onde haviam passado a noite.

– Não tenho nada – disse Criseida.

– Tem, sim. Aqui – Briseis procurou no manto em que as duas mulheres tinham dormido e pegou uma pequena bolsa de couro. – Pegue esses. Você precisa colocá-los no vinho quando ele pedir que lhe sirva um pouco.

Criseida olhou para a bolsa, em silêncio.

– Você está ouvindo? – perguntou Briseis, sacudindo o braço da amiga. – Coloque um pouco disso no vinho dele. Ele bebe adoçado com tanto mel que nem sentirá o gosto. É importante.

– O que vai acontecer? – Criseida sussurrou. – Isso vai envenená-lo?

Briseis negou com a cabeça.

– Vai deixá-lo... – ela fez uma pausa. – Vai deixá-lo pouco interessado em você. Ou impotente. Ele poderá ficar com raiva quando isso acontecer. Poderá até bater em você. Mas continuará impotente, você entende? – Criseida assentiu.

Briseis conhecia os piores medos dela antes que ela mesma soubesse. Uma mecha de cabelo caiu sobre seu rosto, e Briseis a arrumou, sem pensar, prendendo o cabelo da menina atrás da orelha.

– Se ele ficar muito zangado, você deverá perguntar se ele tem uma filha – continuou Briseis. – Ele fica melancólico quando pensa na filha. Vai ficar menos propenso a machucá-la.

– Obrigada – falou Criseida. – Mas o que você vai fazer? Não precisa disso para si mesma?

Briseis deu de ombros.

– Vou dar um jeito – ela falou. – Não precisa se preocupar comigo.

– Vou vê-la novamente? – perguntou Criseida.

– Com certeza. O acampamento não é tão grande assim. Os homens sairão para lutar muitas vezes, então vamos nos encontrar. Pelas manhãs. Ao lado do rio. Vai se lembrar?

Criseida assentiu novamente. Ela nunca esqueceria nada que Briseis lhe dissesse.

❋ ❋ ❋

Briseis caminhou cinco passos atrás do homem que matara sua família. Observou como as panturrilhas macias dele – incrivelmente sem marcas após todos esses anos de guerra – se inchavam quando os pés tocavam o chão. Ele era alto, com ombros amplos, e estreito na região dos quadris. Seus bíceps eram grossos como as ancas de um touro. Mas ele pisava com tanta leveza que o couro de suas botas nem rangia quando ele se movia. O homem que caminhava ao lado dele não era tão alto, nem tão forte, nem tão musculoso. Seu cabelo era mais escuro, um marrom-dourado, e sua pele estava coberta de pequenas tatuagens de guerra: as linhas vermelhas de feridas havia muito cicatrizadas. Ele tinha que esticar o passo um pouco além do comprimento natural para manter-se ao lado de Aquiles. Briseis via os quadris dele se contraírem enquanto ele tentava manter o ritmo. Era este homem que olhava para trás, a cada poucos passos, para verificar se ela estava atrás deles. Ele não poderia ter pensado que ela fugiria: estava cercada pelos mirmidões – os homens de Aquiles. Mesmo assim, ele se virava para olhar para ela, depois para Aquiles.

– Velho tolo e pomposo – Aquiles estava falando. – O desespero dele me dá nojo, posso sentir isso nele.

– Claro que ele está desesperado – disse o homem menor. Seu tom era tranquilizador, como se estivesse acalmando um cavalo ansioso. – Ele sabe o que todos sabem: que você é o maior dos gregos. Isso o deixa mal, a inveja. É algo que o corrói por dentro.

Aquiles assentiu.

– Quantas vidas mais terei que tirar? – ele perguntou e, de repente, começou a se lamentar como uma criança. – Antes que me deem o que é meu por direito?

– Os homens o valorizam – respondeu o amigo. Mas ele falou devagar; seu tom era mais de consolo. – Não é surpreendente que Agamenon não reconheça sua superioridade. O que restaria a ele?

– Seu próprio orgulho oco – retrucou Aquiles. – Que é tudo que ele merece. Não é filho de uma deusa, não tem nada na ancestralidade a não ser sangue amaldiçoado e sorte. E anda por aí envaidecido com um sentido de autoestima equivocado, escolhendo primeiro o tesouro conquistado pela minha espada, e somente ela – o amigo não disse nada, mas Briseis ainda sentia a tensão crescendo entre eles. – Não só pela minha espada – Aquiles se corrigiu.

– A maioria do butim foi conquistada por sua espada – murmurou o amigo.

– Pelos meus mirmidões, sob meu comando – concordou Aquiles.

Briseis o vira atacando sua cidade, a espada balançando do alto do cavalo, abatendo qualquer pessoa que não saísse do caminho. Seu pai idoso, seu forte marido, seus jovens irmãos, sua mãe enlouquecida, mortos um após o outro, sem nenhuma pausa para considerar a importância dos oponentes, sua capacidade de lutar. Ele massacrou os limessianos com a mesma facilidade com que respirava. Seus homens eram necessários apenas para uma coisa: juntar o tesouro, as mulheres, as crianças que o massacre desse homem conquistara para eles. Aquiles estava tentando consolar esse homem por suas proezas marciais menores, percebeu Briseis, ao mesmo tempo que o amigo tentava acalmá-lo.

Que curioso, ela pensou. Dois guerreiros determinados a serem gentis um com o outro.

— Ele escolheu a garota errada — sorriu o homem menor.

Aquiles olhou para ele.

— Claro que sim — falou. — Ele pegou a da ponta. Porque os guardas a colocaram lá, era certo que ele a escolheria. Como outros homens a julgaram a mais bonita, ele os seguiu. É um seguidor de homens, em todas as coisas. Até mulheres.

— Não consigo imaginar por que organizaram as mulheres assim — respondeu o segundo homem. — Um cego pode ver que ela é a mulher mais bonita que já capturamos. A própria Helena não é mais perfeita.

Aquiles sorriu, o rosto assumindo uma doçura que Briseis sabia ser falsa.

— Não consegue imaginar? — perguntou.

O homem parou de repente, mas Aquiles continuou, e o amigo precisou correr para alcançá-lo.

— Você os subornou! — exclamou.

Aquiles riu.

— Claro que subornei. Você disse que a queria, e quero que seja sua. Eu a teria escolhido primeiro, como era meu direito. Mas sabia que você prefere que eu não volte a discutir com Agamenon sobre isso. Então, manipulei tudo em seu favor. Sabia que ele nem perceberia, porque a outra era mais nova. Mas você gostou mais dessa — o homem não disse nada. — Você não está bravo, está? — perguntou Aquiles, e Briseis ouviu, novamente, a criança por trás do homem.

— Claro que não — falou o amigo, dando um tapinha no braço do guerreiro. — Estou surpreso. Não achei que você pensasse nesses subterfúgios.

— Foi ideia de Nestor — respondeu Aquiles. — O velho fará qualquer coisa para manter a paz, você sabe. Mesmo que signifique enganar o rei em sua escolha.

— Agamenon escolhe primeiro – disse o segundo homem. – Ele nunca poderá dizer que não escolheu.

— Imagine a cara dele quando olhar aquela garota sob a luz de uma tocha esta noite e perceber que ela é pouco mais que uma criança – disse Aquiles. – Você deveria enviar sua garota, todos os dias, recolher água o mais próximo possível das barracas dele, para que veja o que perdeu.

— Certamente – disse o homem. – Eu mesmo vou levá-la para ver a expressão dele e lhe contar em detalhes.

— Só isso já terá feito o suborno valer a pena – comentou Aquiles. E, sem falar nada, com os olhos voltados para o chão, Briseis continuou caminhando atrás deles.

※ ※ ※

Criseida estava sentada em um banquinho do lado de fora da barraca do comandante argivo, sentindo o ar limpo e salgado. A barraca de Agamenon fedia como um estábulo sujo. O homem parecia incapaz de perceber o azedume grosso que tomou a garganta dela. E nenhum de seus conselheiros parecia disposto a falar algo. Eles riam dele pelas costas, Criseida vira. O homem baixo e corpulento com olhos astutos – Odisseu – e o jovem que parecia uma árvore robusta – Diomedes – faziam caretas um para o outro quando Agamenon ficava de costas. Eles achavam os aposentos pessoais dele tão repugnantes quanto ela.

Mas ao menos Criseida tinha as ervas que Briseis lhe dera. Ela seguira as instruções da mulher mais velha e colocara umas pequenas folhas no vinho de Agamenon assim que o sol começou a mergulhar sobre o mar. Todas as noites, o comandante se virava para ela, agarrava qualquer parte dela que pudesse alcançar, mas caía em uma inconsciência quase mortal antes de conseguir fazer algo mais que arrancar inutilmente suas roupas. Criseida ficou pensando se estaria dando a ele doses muito altas. Ela não estava muito preocupada em envená-lo, embora sentisse que teria problemas se Agamenon fosse encontrado morto com espuma nos lábios. Mas olhava a pequena bolsa de couro todos os dias, tentando calcular quando as ervas acabariam. Briseis poderia conseguir mais ou indicar as plantas que ela precisava encontrar? Ou, o que parecia mais provável, trouxera a mistura com ela de Limesso? Criseida sentiu um aperto no estômago ao pensar que não havia mais ervas que não aquelas da bolsa que estava segurando.

Sentada atrás das barracas, demorou um momento para notar a agitação na frente do campo argivo, o som de homens e cascos passando rápido pelo chão úmido. Ouviu gritos, sussurros abafados e mais gritos, e, no final, a voz de Agamenon exigindo saber quem pedia uma audiência com ele.

Criseida preferia ficar longe da vista dos soldados, mantendo-se em lugares nos quais se juntavam outras mulheres capturadas e acompanhantes: perto das panelas e do riacho no qual lavavam as roupas. Mas foi superada pela curiosidade e deu a volta na barraca, mantendo-se perto dela, na esperança de não ser notada.

De todas as humilhações que caíram sobre ela nos últimos dias – as mãos a tocando, os olhares lascivos, a risada zombeteira –, essa fora (ela pensou depois) a pior. Pois, quando olhou pelo canto da barraca para ver o que causava toda aquela confusão, viu o pai parado diante do rei argivo, o cajado na mão e a touca cerimonial cobrindo o cabelo. Ele era, provavelmente, um ou dois anos mais novo que Agamenon, pensou: ele e sua mãe tinham tentado ter um filho durante anos, mas nunca tiveram sorte. Criseida fora a última chance deles, o último golpe de sorte da mãe. Mas ele parecia velho e pequeno entre esses gregos. Uma multidão silenciosa de soldados argivos se juntou atrás dele.

Criseida ficou paralisada de medo e vergonha. Sentiu a escravidão mais intensamente agora que durante os dias em que passara lavando e limpando para o rei grego e as noites em que o drogava e dormia o mais distante possível dele, no chão duro da barraca. Que o pai – que mal parecia tolerá-la – tivesse vindo resgatá-la contradizia tudo o que ela acreditara sobre ele: que nunca viria implorar a um grego por ninguém, muito menos por Criseida. E agora ele estava tão perto que poderia chamá-lo e pedir perdão por todos os erros que cometera e trouxera os dois a esse momento, o pai que ela acreditava que jamais voltaria a ver. Seus olhos coçaram com uma sensação pouco conhecida, e ela percebeu que estava a ponto de chorar. E, ao mesmo tempo, sentiu profunda vergonha pelo pai parecer tão pequeno. Em sua cabeça, ele era igual a qualquer um desses gregos. Mas, quando estava parado entre eles, conseguia ver que era apenas um homem. Somente um sacerdote.

Contudo, era um sacerdote que conhecia seu valor para o deus que servia. Humildade nunca foi um traço de Crises, e, embora fosse pedir pela liberdade da filha, ele não imploraria. Quando Agamenon parou diante dele, seu pai inclinou a cabeça, mas só por um instante. Ele não se ajoelhou. Em vez disso, falou como se estivessem realizando uma transação comercial.

– Rei Agamenon, peço que devolva minha filha – disse Crises. Seu tom era moderado, até suave. Mas Agamenon (como Criseida sabia, mas não o pai) não reagiria bem à mansidão. Era um homem a quem os gritos saíam mais fáceis que a fala e desconfiava de qualquer um que se comportasse de maneira diferente.

– Não estou com sua filha, sacerdote. Quem foi que disse isso?

– Apolo me contou.

Um murmúrio percorreu a multidão. Alguns homens zombavam abertamente do pai dela, um sacerdote velho e louco, com uma opinião inflada da própria importância e segurança. Mas alguns deles ficaram quietos, tentando ouvir mais.

– Então você interpretou mal a mensagem de Apolo, velho – disse Agamenon. – Sacrifique mais uma ou duas cabras e veja se isso melhora sua compreensão.

De novo, os homens riram. Todos sabiam que Troia tinha poucos animais para sacrifícios. Uma cidade sitiada estava limitada nas oferendas, o que só aumentava a crença dos gregos de que os deuses os favoreciam contra os troianos.

Criseida sentiu a vergonha no lugar do pai. Suas bochechas ficaram vermelhas, ela podia sentir o calor subindo pelo rosto. Por que ele não poderia ser mais... ela procurou a palavra, mas não conseguiu encontrá-la. Por que ele não poderia ser menos ele mesmo? Era isso que ela queria perguntar. Ele exigira que ela mudasse o comportamento inúmeras vezes (embora ela nunca obedecesse). Mas ele (a garota via isso com a clareza recém-adquirida de uma pessoa de fora) era igual. Igual a ela. Passou os dedos pelo rosto. Talvez nem todo o calor viesse da vergonha.

– Você não pode enganar o Arqueiro, tampouco vai me enganar – respondeu o pai, a raiva por baixo da voz calma. Criseida ouvira esse tom muitas vezes antes. – Você está com Criseida, e exijo a devolução dela.

Com a menção ao nome da jovem, os soldados argivos ficaram menos confortáveis e não zombaram dele. Agamenon ficara com uma garota troiana, não foi, na última divisão de espólio? E alguém a chamara por aquele nome, não?

– Você ousa exigir algo de mim? – riu Agamenon. Mas não havia alegria nessa risada, e, embora ela só conseguisse ver a nuca dele, Criseida sabia que não havia felicidade em seus olhos. – Você é um convidado indesejado neste acampamento – continuou Agamenon. – É graças à minha boa vontade ao seu deus que ainda não está morto. Não teste minha paciência.

– Apolo vai punir qualquer homem que ferir seus servos – disse Crises.

Criseida quase sentiu pena de Agamenon, conhecendo a natureza obstinada do pai. Ela sabia que, por mais desesperada que estivesse por deixar o acampamento grego e voltar para casa, nem conseguia imaginar como seria terrível a punição que receberia do pai. Ele batera nela por desobedecer-lhe no passado, quando a escala de suas travessuras fora relativamente menor. O que faria se Agamenon, de repente, amolecesse e permitisse que Criseida voltasse com ele? Criseida só queria voltar para Troia. Mas não se enganaria em relação às consequências que o pai exigiria por essa humilhação de seu papel de sacerdote perante um exército invasor.

– Apolo não vai punir nenhum homem que o expulse deste acampamento por ser insolente e insensato – disse Agamenon. – Nenhum homem pode ofender a paciência dos inimigos dessa maneira e esperar que nada aconteça.

– Muito bem – disse Crises, que dava a impressão de ser um pouco mais alto. Ele parecia quase aliviado, pensou Criseida. O pai preferia conflito ao compromisso; preferia uma batalha a uma discussão. – Essa é sua resposta? Não vai devolver minha filha, como exige Apolo?

– Não vou devolver sua filha. Acho que está blasfemando, velho. Você não é tão devoto quanto quer que acreditemos. Não são exigências de Apolo que está falando em meu acampamento, são suas.

– Se prefere acreditar nisso, claro que não posso convencê-lo de outra coisa – seu pai estava quase sussurrando agora. Essa parte silenciosa de sua raiva fora a mais assustadora para Criseida quando criança. – Não posso. Mas Apolo pode.

Agamenon gritou ordens a dois homens.

– Levem-no para o outro lado das fortificações. Não vou matar um sacerdote, apesar de merecer. Ouviu isso? – gritou a Crises. – Você vai deixar meu acampamento sem nenhum ferimento, embora sua arrogância seja intolerável.

Crises ficou parado por um segundo, até que dois soldados se posicionaram atrás dele e o agarraram pelos braços. Quando o empurravam, conseguiu ver Criseida quase escondida atrás da tela da barraca.

Ela sentiu o rosto vermelho de novo, praticamente como se ele tivesse dado um tapa nela. "Vou levá-la para casa", ele sussurrou, e, naquele momento, não pareceu (mesmo se sentindo humilhada) uma ameaça; era mais uma promessa. Quando ela pensou naquilo à noite, enquanto o rei grego dormia como se parecesse morto em sua barraca nojenta, ela não entendia como Crises sabia que ela estava ali ou como conseguira ouvi-lo, quando ninguém mais parecia notar que ele falara.

❋ ❋ ❋

Briseis sentou-se no divã baixo e penteou o cabelo. O amigo de Aquiles, Pátroclo, estava olhando para ela, como fazia todas as noites desde que ela chegara ao acampamento dos mirmidões.

— Nunca tinha visto cabelo dessa cor — ele falou baixo. — Parece mel derramando de uma jarra.

Briseis ouvira esses elogios, e muitos outros parecidos, desde criança. Tanto homens quanto mulheres já tinham parado seu caminho para tocar o cabelo dela e comentar a cor extraordinária. Ela devia agradecer à sua beleza pelo marido, pela escravidão e pela vida, ela sabia. Se o marido não tivesse pedido sua mão, se os gregos não a tivessem notado, ela poderia ser uma mulher livre. Ou ter sido morta no ato.

— Você sempre teve esse ar tão triste? — ele continuou. Ela reprimiu a vontade de gritar. Em vez disso, perguntou:

— Você tem uma irmã?

Ele negou com a cabeça.

— Mãe, então? — ela sugeriu.

— Ela morreu quando eu era jovem — ele falou. — Não me lembro dela.

— Quem você mais ama? — ela perguntou.

Ele pensou por um instante.

— Aquiles — encolheu os ombros. — Somos próximos desde que éramos crianças.

— Consegue imaginar, por um momento, como se sentiria se ele fosse tirado de você? — perguntou Briseis.

— Gostaria de ver alguém tentar — sorriu Pátroclo. — Seria uma morte rápida pelas mãos dele.

— E se alguém tirar você dele? — ela perguntou. — Talvez sua espada não seja tão rápida quanto a dele?

Ela pensou que o homem coraria quando ela lembrasse a ele de sua inferioridade, mas não aconteceu nada. A devoção dele a Aquiles impedia a inveja.

— Então eu me sentiria como você — ele respondeu. — Privado de minha maior felicidade.

— Vi seu adorado amigo matar minha maior felicidade — ela falou. — Vi todos sangrando na areia. Como pode me perguntar se sempre fui triste?

— Não perguntei se você sempre foi triste — ele a corrigiu. — Perguntei se sempre teve o ar triste. Você tem um rosto realçado pelo sofrimento. Tem um vazio aqui — ele estendeu a mão e tocou as maçãs do rosto dela, depois as clavículas, uma após a outra. — Eu me pergunto se você sempre foi assim ou se é consequência de sua escravidão.

— A liberdade importa menos a mim que a dor — ela falou. — Eu entregaria, com prazer, minha liberdade para proteger meu marido e meus irmãos.

— Mas, em vez disso, você perdeu tudo — ele falou. — Os deuses favorecem Aquiles. Sua cidade deveria ter reconhecido o lugar que ocupava na história dele e se rendido. Agora, tudo o que restará de Limesso será uma linha na canção do bardo sobre esta guerra.

Briseis olhou para ele, mas viu que Pátroclo não estava tentando provocá-la. Os gregos eram todos iguais: não viam importância em mais ninguém além deles.

— A vida da minha família não pode ser medida por sua morte. E seu amigo deveria esperar que os bardos o tratem de maneira gentil. Muitos homens não veriam nenhuma glória no assassinato de um velho e de sua esposa. Talvez cantem sobre sua crueldade sem sentido e sobre sua falta de honra.

Pátroclo riu.

— Vão chamá-lo do maior herói que já viveu — ele respondeu. — Qual é a importância da vida de seus parentes em comparação com as centenas que ele já matou?

— Essa é a única medida de grandeza? Matar tantos que perdem a conta? Não fazer distinção entre guerreiros e homens e mulheres desarmados?

— Você argumenta bem para uma mulher — disse Pátroclo. — Seu marido deve ter sido um homem paciente.

— Não fale do meu marido — ela disse. — Ou não vou mais falar com você.

O silêncio instalou-se entre eles, com os dois se perguntando o que Pátroclo faria diante da raiva dela. Ele ficou sentado, calado, por um momento, depois se levantou e atravessou a barraca. Pegou o pente das mãos dela e o colocou no divã ao lado.

— Não sei o que Aquiles deu àqueles guardas para evitar que Agamenon a reivindicasse — ele disse. — Mas teria valido a pena pagar o dobro.

Briseis não respondeu.

❋ ❋ ❋

No dia seguinte, as primeiras cabras morreram. Isso não era tão incomum, já que as cabras na península troiana eram esqueléticas, sem nada do brilho ou da firmeza das gregas. Então, ninguém achou que era algo importante. Todavia, no dia seguinte, os currais tinham mais cabras mortas que vivas, e os bezerros (que os gregos haviam roubado de todas as propriedades próximas) estavam ficando doentes também. As vacas eram mais fortes que as cabras, por isso demoravam mais para morrer. Na realidade, o primeiro soldado grego morreu quase um dia antes de a primeira vaca colapsar no chão e soltar o último suspiro.

A febre aparecia tão de repente que era difícil detectá-la. Quando um homem percebia que estava doente, não apenas com calor por causa do sol sobre ele e por haver tão pouca sombra no acampamento, já estava perto da morte. Nem os curandeiros podiam fazer muito. Eles eram treinados para ferimentos de batalhas e tinham habilidade em costurar cortes e cauterizar feridas. Suas poções de ervas não tinham efeito contra esse flagelo que tomara o acampamento como um vento quente do sul. Os homens arranhavam insetos imaginários que rastejavam sobre a pele deles, fazendo vergões nos braços e formando úlceras nas pernas. Bolhas se formavam na boca e nas pálpebras deles, e as unhas afiadas logo as transformaram em feridas horríveis. Como as cabras, o gado e até os poucos cachorros que haviam adotado o acampamento como lar, os homens estavam morrendo. Primeiro, seus companheiros oraram, depois choraram. Quando nada disso ajudou, procuraram o rei.

❋ ❋ ❋

Criseida estava sentada em seu canto escondido, atrás do acampamento de Agamenon, quando os homens vieram fazer um apelo. Sabia que havia algo errado, alguma doença. Uma das mulheres que lavava roupas no rio de manhã morrera no dia anterior, e agora outra estava doente. Ninguém vira Briseis nem qualquer outra das mulheres do acampamento dos mirmidões nos últimos dias. O pensamento da linda amiga sofrendo deitada era algo que Criseida não conseguia aguentar. Depois de tudo que perdera – de tudo que as duas haviam perdido –, a própria vida era a próxima coisa a ser tirada delas? Ela queria mandar uma mensagem a Briseis, mas não havia ninguém em quem pudesse confiar. Além disso, o rumor entre as outras mulheres à beira da água era de que os mirmidões se recusavam a se reunir com os outros gregos. Ninguém do acampamento dos mirmidões fora afetado ainda, era o que as pessoas diziam. A praga devia ser como as espadas de seus inimigos: nada tocava o divino Aquiles.

No início, Agamenon recusou-se a ver os homens que se reuniram do lado de fora de sua barraca exigindo uma audiência. Mas eles não foram embora, e o ruído da multidão foi crescendo enquanto esperavam. Criseida sabia que ele teria que os enfrentar em algum momento, mas já notara que Agamenon era covarde. Evitava a todo custo discussões com seus homens porque raramente ganhava nos argumentos; mas sua petulância forçava as discussões, mesmo assim. Criseida só tinha experiência de convivência com um homem antes, o pai. E, embora ela o achasse frio e inflexível em geral, agora percebia que também era forte, com princípios, e não fugia de suas responsabilidades.

O oposto de Agamenon, dava para ver. Ele passava muito tempo falando a todos de sua importância incomparável, mas raramente gostava de fazer as escolhas que um rei deve fazer. Como um homem tão fraco e mesquinho subira a tal posição de autoridade era algo que ela se perguntara mais de uma vez. Concluíra que a causa era o egoísmo grego: todo homem cuidava primeiro de si mesmo e só depois de seus homens, e dos demais gregos apenas depois disso, se é que se preocupava. O mérito era decidido pelo que um homem tinha, não pelo que fazia. Criseida comparava o rei argivo com seu pai, que nunca permitiria tal superficialidade em si mesmo ou na filha. Então, embora ela tivesse medo das mãos rudes de Agamenon e de seu temperamento cruel, sentia-se estranhamente superior ao homem que era seu dono.

Dentro da barraca, ela ouviu que os murmúrios frenéticos dos conselheiros do rei tinham silenciado. Agamenon saiu sob as vaias raivosas dos homens que haviam ficado esperando no calor sufocante para falar com ele. Mas não estava com uma cara conciliadora.

– Voltem para suas barracas – ele gritou. – Já vimos a febre do verão antes: isso não é diferente. Em um ou dois dias, tudo vai terminar.

– Não é a doença do verão – gritou um homem do meio da multidão. – Isso é outra coisa.

O murmúrio aumentou, como o ruído de pássaros assustados.

– Voltem para suas barracas – Agamenon disse novamente.

– Diga a ele o que você nos disse – gritou outro homem, e, com isso, Criseida não podia mais ficar escondida. Precisava ver o que estava acontecendo. Ajoelhou-se entre duas barracas para conseguir ver.

– Diga a ele – mais vozes repetiam. Finalmente, alguém deu um passo à frente. Um sacerdote, Criseida soube de imediato. Ela viu a arrogância por trás dos olhos dele e as vestes ornamentadas que usava durante as cerimônias, o que também enfatizava sua importância.

– O que foi, Calcas? – perguntou Agamenon. – O que quer que eu sacrifique hoje?

Era uma frase estranha, pensou Criseida. Ele devia saber que havia somente umas poucas vacas magras nos currais: uma escolha de vítimas para o sacrifício pertencia a homens mais felizes que esse bando de gregos doentes.

– Falei com os deuses – disse Calcas. – E os homens estão certos: não é uma doença comum. É uma punição enviada por Apolo.

O murmúrio cresceu ainda mais, até Agamenon levantar o punho.

– Uma punição de Apolo? Então faça um enorme sacrifício – ele falou com escárnio. Se os homens juntassem todas as vacas no acampamento, não teriam um quinto da centena necessária.

– Poderíamos sacrificar duzentas vacas e não teria nenhum efeito – disse Calcas. – O Arqueiro tem uma exigência: que você devolva a filha ao pai dela, o sacerdote.

Criseida sentiu um nó na garganta. O pai fizera o que ameaçara e mandara a ira de Apolo sobre os gregos?

O rosto de Agamenon ficou vermelho, parecia brilhante e doentio.

– Entregar minha recompensa? – ele perguntou. – Nunca.

– É a única cura para a praga – respondeu Calcas. – O sacerdote quer a filha de volta e invocou a maldição do deus a que serve. A praga não terminará enquanto não a devolvermos.

– Nós? – gritou Agamenon. – Ela não pertence a nós. Ela pertence a mim. E por que Apolo exigiria que somente um homem entregasse sua recompensa? Por que esse homem seria eu, rei de todos os gregos? Por que Odisseu não deveria entregar sua recompensa, ou Ájax?

Houve uma longa pausa.

– Porque a sua recompensa é a filha do sacerdote de Apolo – disse Calcas.

– Você sempre conspirou contra mim – disse Agamenon. – Mesmo antes de partirmos da Grécia. Suas intrigas já me custaram minha filha, minha filha mais velha.

A voz dele falhou, e, de repente, Criseida entendeu por que Briseis a aconselhara a mencionar a filha quando Agamenon parecia capaz de machucá-la tantas noites antes. O homem perdera a filha e não suportava pensar nisso.

– E agora quer tirar minha recompensa. A minha, de todos os líderes dos gregos. Saia da minha vista ou eu mesmo vou matá-lo.

– Garanto a você, rei, que não gosto de ser o portador de más notícias – disse Calcas, e Criseida teve certeza, naquele momento, de que o homem adorava isso. Estava quase sorrindo. – Mas a garota precisa ser devolvida ao pai, ou todos os gregos pagarão o preço.

– Devolva a menina – gritou alguém.

– Devolva.

O grito foi repetido por outros e logo se espalhou pela multidão. Agamenon olhou de um grupo de homens para outro, mas não conseguiu ver nenhum indício de desunião. Estavam todos decididos e contra ele. E Criseida entendeu que seu tempo no acampamento grego terminara. Seu pai fizera exatamente o que jurara fazer. Ela deveria saber que ele forçaria até um exército invasor se curvar à sua vontade.

– Não ficarei sem minha recompensa – Agamenon falou. – Você! – ele apontou para Odisseu. – Vá até Aquiles e diga-lhe que reivindico a escrava dele. Se a minha for tirada de mim, então ficarei com a dele.

Os gritos se calaram. O rei não estava dizendo isso, estava? Odisseu estava encostado no tronco de uma árvore havia muito morta, a testa franzida demonstrando confusão.

– Tem certeza de que é isso que quer que eu faça? – ele perguntou, endireitando as costas lentamente.

– Claro – Criseida conseguia ouvir a dúvida por trás da bravata. Os homens dele também, ela tinha certeza. Mas ele não recuaria. – Traga-me a escrava dele e alguém pode levar a minha ao maldito pai dela.

❊ ❊ ❊

Briseis prometera à garota troiana que não permitiria que esses gregos a vissem chorar, e foi uma promessa que manteve por mais tempo do que previra. Ela não chorara pela família, nem quando Aquiles a escolheu como prêmio por saquear sua cidade. Ela não chorou quando Pátroclo a levou para a cama dele, embora a lembrança do marido ainda fosse tão forte que ela podia sentir a presença dele pairando atrás dela, sem julgar. O marido sempre foi um homem gentil. E Pátroclo também teria sido, em outras circunstâncias.

Ela não chorou quando Odisseu chegou no acampamento dos mirmidões e falou a Aquiles que Agamenon reivindicara a escrava dele. Aquiles chorou pela raiva impotente, e Pátroclo chorou ao ver o amigo tão zangado. Mas Briseis, levada para a barraca e para a cama de outro homem, não chorou. Tampouco ficou ressentida com Criseida, cujo pai podia ouvir o deus e fora levada de volta a Troia. Por que ficaria?

A guerra para os mirmidões chegou a um fim abrupto no dia em que ela foi levada para a barraca de Agamenon. Furioso com o comportamento do rei argivo, Aquiles deixou, com seus homens, o campo de batalha. Briseis ouviu os outros líderes tribais – Diomedes, Ájax, Odisseu, Nestor – aconselharem o rei. "Não se preocupe", disseram eles. "A ira dele não pode durar muito tempo. Ele vai sentir falta da matança, do calor do sangue nas mãos." Agamenon não se importava com o que o príncipe dos mirmidões fizesse ou deixasse de fazer, afirmou. Os gregos não precisavam dele quando tinham tantos heróis lutando do seu lado e os deuses, que entendiam que um homem não podia agarrar a mulher de outro homem e não ser punido. Não precisavam dele, apesar de toda sua velocidade e da precisão de sua espada.

Briseis também ouviu os conselheiros quando deixaram os aposentos de Agamenon murmurando entre si que Aquiles jamais diminuiria sua raiva contra o líder. Ele jurara não lutar e, de fato, cumpriria. Eles tinham muitos outros guerreiros, todos ansiosos para voltar ao combate, agora que a praga terminara. Mas os homens viam Aquiles como mais que um guerreiro; ele era um talismã, uma figura de proa. Primeiro a praga e, agora, a perda do maior guerreiro deles: não estava mais claro a todos que os deuses ainda estavam do lado deles.

Mesmo assim, eles voltaram à planície com suas lanças e espadas e lutaram. Todos os dias voltavam manchados de sangue, carregando os companheiros em macas improvisadas. Depois de dezesseis dias das piores perdas pelas quais os gregos haviam passado em mais de nove anos de guerra, os conselheiros de Agamenon disseram que ele precisava agir. Os gregos precisavam construir um muro para proteger seus navios. Sem isso, havia grave risco de que os troianos, encorajados pelas recentes vitórias de Heitor, poderiam empurrar os aqueus de volta ao acampamento, para a beira da água, para seus altos navios. Se os troianos chegassem aos navios, iriam incendiá-los. E esse era o maior medo de todo grego que saía para lutar por Agamenon pela manhã. Se os navios fossem queimados, ninguém jamais voltaria para casa.

No início, como era seu hábito, Agamenon se recusou a ouvir. Mas então chegou seu irmão, Menelau, o cabelo ruivo alourado pelo sol, o rosto vermelho arroxeado pelo constrangimento. Ele não poderia mais garantir seus homens (os espartanos) se os gregos não construíssem um muro. Nenhuma quantidade de ameaças ou subornos poderia convencê-los a ficar se houvesse uma chance de ficarem presos na península troiana e serem mortos pelos inimigos. Seus homens não tinham navegado dez anos atrás para morrerem longe de casa. Menelau não podia prometer que não iriam se revoltar contra ele e a guerra e voltarem para Esparta sem ele. Ao ouvir isso, Agamenon gemeu como uma criança cujo brinquedo favorito fora esmagado. Mas cedeu e concordou em construir o muro.

Um dia depois de completada a construção, Heitor e os troianos avançaram tanto contra os gregos que estes quase perderam o muro, a vida e os barcos. Os homens estavam abertamente amotinados, e muitos juntavam os poucos pertences, prontos para, enfim, navegar de volta para casa e admitir que a última década fora um erro infeliz. Nestor, o mais velho no acampamento, e quem mais tinha influência sobre Agamenon, convenceu-o a enviar um embaixador até Aquiles. Devolva a escrava dele, pediram os homens. Dê a ele mais dez garotas. Implore que volte à batalha.

Agamenon resistiu a isso também, mas não por muito tempo. Até sua monstruosa vaidade conseguia ver que os gregos estavam pedindo pela única coisa que poderia salvá-los. Aquiles mandou embora os homens que foram defender a posição de Agamenon. No final, acabaram mandando Nestor, pensando que um jovem não poderia rejeitar os pedidos de um velho. Mas ele continuou a se recusar a lutar, mesmo quando o maior dos gregos implorou de joelhos. Nestor voltou sua atenção a Pátroclo, cuja raiva não era tão terrível quanto a do amigo. No fim, ele convenceu o homem menor a voltar ao campo de batalha no lugar do amigo se Agamenon devolvesse a recompensa de Aquiles. Ninguém ficou feliz, mas alguns se declararam satisfeitos.

Depois de dezoito dias na barraca de Agamenon testemunhando todas as mudanças em seu temperamento primeiro com os avanços dos troianos e depois com o conselho dos gregos, Briseis ficou aliviada por ser afastada do comandante cruel e petulante. Ela foi devolvida a Aquiles e, portanto, a Pátroclo na noite anterior à partida deste para a batalha contra os troianos. Pátroclo penteou o cabelo dela com cuidado, quase com amor.

Na noite seguinte, quando o corpo de Pátroclo foi trazido de volta sem a armadura que já pertencera a Aquiles, mas fora roubada do corpo ainda quente do amigo por Heitor, Briseis estava à espera dele. Enquanto Aquiles se enfurecia de dor, ela lavou Pátroclo e colocou nele suas melhores roupas. Pôde fazer por esse homem, seu captor e dono, o que não teve permissão para fazer pelo marido. Mas ela não chorou.

Não chorou quando Pátroclo foi colocado na pira funerária. Nem quando Aquiles, urrando como um leão da montanha privado dos filhotes, voltou à batalha para vingar o amigo morto, embora todos soubessem que a onda da guerra mudara agora; era possível sentir o cheiro no ar, como uma tempestade vinda do mar. E ela não chorou quando Aquiles voltou do campo de batalha com o cadáver de Heitor machucado, amarrado à parte de trás de seu carro de combate, tendo arrastado o corpo, três vezes, na frente das muralhas da cidade.

Aquiles deixou o herói troiano apodrecendo diante de sua barraca, e Briseis pensou em sair escondida nas primeiras horas para lavar o corpo de Heitor e prepará-lo para o enterro ou para a pira funerária, mas não teve coragem. Três noites depois, ela estava espiando, quando o idoso rei de Troia, um homem sobre o qual ouvira, mas nunca vira, veio implorar a Aquiles que devolvesse o corpo do filho. Ela ouviu a voz de Príamo falhar quando pedia clemência desse assassino inclemente e ficou espantada quando Aquiles pareceu mais sereno e deixou que o homem levasse o corpo morto em troca de uma pilha de tesouros.

Tendo segurado por tanto tempo, ela achou que seus olhos não se lembrariam do que fazer. Contudo, muitos dias depois, parada diante da pira funerária de Aquiles – abatido na batalha por Apolo, diziam –, ela chorou. E chorou por todos, menos por ele.

11

Tétis

———·:≡:◦Ð◦:≡:·———

As lágrimas eram derramadas por Aquiles, mas se misturavam imperceptivelmente à água do mar que as cercava. Tétis chorou pela morte do filho como fizera inúmeras vezes durante a vida. Na realidade, ela chorava muito antes do nascimento dele. As outras ninfas do mar sempre zombavam de sua tendência a chorar: as águas verdes profundas do oceano eram reabastecidas pela tristeza infinita de Tétis. Se fosse uma ninfa da floresta, outra nereida comentara maldosamente, seu bosque teria se transformado em pântano.

Ela chorara pela primeira vez quando Peleu, um mortal e nada parecido com uma nereida, pedira sua mão em casamento. Chorou de novo quando ficou claro que Zeus não a salvaria dessa união degradante. Uma profecia previra que o filho de Tétis seria maior que o pai, e, consciente do perigo, Zeus decidiu que o menino fosse meio mortal.

Ela sempre soube que o filho lhe causaria muita tristeza. Mais que o pai? Qual homem não causaria? Ela desprezava o sangue mortal do marido, detestava pensar que ele corria pelas veias do filho, onde deveria fluir o icor.[1] Ela queria que ele fosse um deus, então o banhou nas águas do Estige para fortalecer sua fina pele humana. E tentou mantê-lo seguro quando começou a guerra. Ela sabia, sempre soube, que, se Aquiles fosse para Troia, não voltaria para casa: Zeus não era o único a ouvir profecias. Ela escondeu Aquiles quando os comandantes gregos vieram atrás dele, mas eles o levaram assim mesmo. O pestilento Odisseu era muito esperto para cair nos truques dela. Era um rancor que ela levaria no peito pelo tempo que Odisseu vivesse. O mar nunca seria seguro para o rei de Ítaca, não enquanto ela morasse em suas profundezas turvas.

No entanto, durante nove longos anos, Aquiles esteve seguro. A lista de seus mortos cresceu e ficou mais gloriosa, mas ele permaneceu ileso. Ela teve um breve momento de esperança quando Aquiles se retirou da batalha no décimo ano da guerra, por causa de alguma disputa trivial por uma garota mortal. Mas, quando ele pediu o conselho dela, não pôde se recusar a falar com ele. Deixou o cálido mar escuro e disse ao filho o que sempre soube: que ele devia escolher entre uma vida longa e uma fama breve ou uma vida curta e a glória eterna. Ele era apenas metade deus, afinal. Não podia ter as duas coisas.

Ela sabia que, assim que suas palavras úmidas entrassem nos ouvidos dele, a decisão já estaria tomada. O filho nunca escolheria a vida no lugar da fama. Sua herança divina rejeitava essa noção. E ela convenceu Hefesto a forjar uma nova armadura, um novo escudo para Aquiles, depois que o dele fora roubado do corpo do amigo pelos imundos troianos. Com a proteção dos deuses, ela pensou, Aquiles teria um pouco mais de tempo para gravar seu nome na pedra.

Mesmo assim, ela sabia que, quando Heitor fosse morto, e quando Pentesileia fosse adicionada à longa lista de heróis que terminaram no chão frio pelas mãos de Aquiles, o filho logo os seguiria na travessia do

---

[1] Fluido etéreo, presente no sangue dos deuses. (N. do T.)

rio Estige. E, quando o filho foi morto por Apolo (seu disfarce como o adúltero Páris pode ter enganado alguns, mas não Tétis), ela chorou, apesar de saber que esse dia chegaria. O corpo dele estava tão adorável que ela quase não conseguia acreditar que estava morto. Uma pequena ferida, uma única flecha do tóxico Arqueiro fora o que matara o amado filho. E agora ele morava nas Ilhas Afortunadas, e ela sabia que preferia que ele tivesse feito a outra escolha. Um dia, Odisseu o encontraria no Mundo Inferior e perguntaria como era a morte, e Aquiles responderia que preferia ser um camponês vivo a um herói morto. E isso a encheu de raiva e vergonha. Ele era realmente mortal, seu filho, se valorizasse a preciosa vida mais que qualquer outra coisa. Como ele podia ser tão estúpido, tão ingrato, quando ela dera tanto a ele? Às vezes, pensava que nunca poderia, de fato, conhecer a mente do filho, porque ela jamais iria morrer. Mas isso só a fazia desprezá-lo ainda mais: o sangue do pai dele corria por suas veias com mais densidade do que acreditara. E ela chorou, mas suas lágrimas não tinham gosto de nada.

12

Calíope

━━•⊹◦◉◦⊹•━━

Se ele me mandar cantar mais uma vez, acho que vou mordê-lo. A arrogância desses homens é extraordinária. Ele realmente acredita que não tenho mais nada a fazer com meu tempo que ficar sentada sendo musa dele? Dele. Quando os poetas se esquecem de que eles servem às musas, não o contrário? E, se ele consegue se lembrar de novas linhas de versos durante suas recitações, por que não consegue se lembrar de agradecer?

"Todo mundo tem que morrer?", ele pergunta, lamentando-se como uma criança. Talvez achasse que estivesse escrevendo sobre uma dessas outras guerras. Devastação é o que acontece na guerra: é a natureza dela. Murmuro a ele em sonhos, às vezes (tenho outras coisas a fazer, mas gosto da aparência dele quando dorme): você sabia que Aquiles ia morrer. Sabia que Heitor ia morrer antes dele. Sabia que Pátroclo ia morrer. Já contou a história deles. Se não queria pensar em homens mortos em batalha, por que iria querer compor um verso épico?

Ah, mas agora vejo o problema. Não é a morte deles que o deixa chateado. É que ele sabe o que está por vir e está preocupado que será mais trágico que épico. Vejo como seu peito sobe e desce enquanto descansa um pouco. A morte dos homens é épica; a das mulheres, trágica: é isso? Ele não entendeu a própria natureza do conflito. Épicas são as inúmeras tragédias, entrelaçadas. Heróis não se tornam heróis sem carnificina, e carnificina tem causas e consequências. E ela não começa e termina em um campo de batalha.

Se ele realmente quer entender a natureza da história épica que estou permitindo que escreva, precisa aceitar que as vítimas da guerra não são apenas aquelas que morrem. E que uma morte fora do campo de batalha pode ser mais nobre (mais heroica, se ele preferir) que outra em meio à luta. "Mas dói", ele disse quando Creusa morreu. Ele preferia que a história dela tivesse sido apagada como uma faísca que não consegue pegar fogo quando o tempo está úmido. "Realmente dói", sussurrei. Deveria doer. Ela não é uma nota de rodapé; é uma pessoa. E ela e todas as mulheres troianas deveriam ser lembradas tanto quanto qualquer outra pessoa. As gregas também. A guerra não é um esporte, decidida em uma luta rápida sobre uma faixa de terra em disputa. É uma teia que se estende até as partes mais distantes do mundo, arrastando todos para dentro de si.

Vou ensinar isso a ele antes de deixar meu templo. Ou não terá nenhum poema.

13

As Mulheres Troianas

------ • ⋕≡●❯●⊂●≣⋕ • ------

A maré alta estava movendo as folhas das algas para perto da areia, enquanto as mulheres continuavam esperando nas pedras. As sentinelas gregas haviam desaparecido já fazia algum tempo, depois que um deles veio correndo de outra parte da costa e insistiu que todos o seguissem de imediato. Mas as mulheres nem pensaram em escapar. Qual seria o sentido de juntar os poucos pertences e sair correndo? Não havia nenhum lugar para fugir. Os navios gregos alinhavam-se na baía, prontos para partir. Tudo que podiam ver que não estava agora nas mãos dos gregos eram os restos fumegantes de sua cidade.

– Você sabe que Aquiles ainda teria lutado, mesmo se não tivesse sido por Briseis – falou Hécuba. – Ele vivia para matar, atormentar e torturar. Não foi suficiente para ele matar meu filho.

Ninguém perguntou qual filho. Ela sempre falava de Heitor, embora Aquiles tivesse matado muitos dos irmãos dele também.

– Ele tinha que o desonrar. Tinha que fazer Príamo implorar de joelhos pela devolução do corpo de Heitor. Um velho implorando de joelhos. Assim era Aquiles: ele teria lutado novamente ao lado dos gregos mesmo se Agamenon tivesse tirado sua mulher e cortado a garganta dela na hora. Ele só queria matar.

Cassandra olhou para o céu, onde as gaivotas estavam começando a se juntar e a voar em círculos. Vira ontem como elas haviam feito a mesma coisa, na mesma hora. Polixena notara, anos antes, que a perturbada irmã se sentia confortável com coisas repetitivas. As gaivotas logo começaram a mergulhar, uma após a outra, em um cardume nas águas rasas.

Mais adiante na costa, além do lugar para onde as sentinelas haviam ido, outro grupo de pássaros pairava, esperando. Cassandra já sabia por quê.

– Você acha que é verdade? – Polixena perguntou à mãe. – Aquiles estava destinado a ser assassino?

Hécuba deu de ombros, mas a brisa fresca vinda do mar fez com que sentisse um calafrio. Polixena tirou a estola (outrora de lã fina, tingida de um amarelo açafrão brilhante, antes de ficar manchada de cinza) e levantou-se para envolver a mãe com ela. Não esperava nenhum agradecimento, e Hécuba não falou nada.

– Se você pensar nele assim – falou Polixena –, significa que ele não tinha escolha. Então, como podemos odiá-lo se estava apenas agindo como as Moiras exigiam? Se ele não tinha mais controle da vida que você ou eu?

– Ele tinha escolha – respondeu Hécuba. – De massacrar meus filhos ou os filhos de alguma outra mulher. Mas ele só sabia matar.

Cassandra assentiu e sussurrou suas palavras para a areia.

– Ele não está acabado, ele não está acabado, ele não está acabado.

14

Laodâmia

———·::⋛•❯❮•⋚::·———

O calor era intenso em Fílace, mesmo no início do dia. Localizado na parte baixa da Tessália, entre o golfo Pagasético ao leste e as montanhas da Ftiótida ao sul e ao oeste, sempre fazia calor. O sol queimava tão implacavelmente o pequeno reino de Protesilau que nenhuma árvore crescia alta ou verdejante o bastante para dar algo mais que uma sombra fina e inútil. As montanhas ao longe subiam em ziguezagues inclinados, e Laodâmia desejara, muitas vezes, poder percorrê-las como uma cabra. Deveria ser mais fresco lá em cima, onde as árvores cresciam mais frondosas. Ela sentia o suor se formando na testa e na parte de trás das pernas. Seus pais haviam contado histórias na hora de dormir, quando ela era criança, e a que nunca esqueceu até hoje era a de que Hélio, o deus-sol, parava para descansar seus cavalos, todos os dias, bem acima da cidade que ela chamava de lar.

Laodâmia caminhava em círculos – saía do palácio, descia até as muralhas da cidade, ia até a estrada que seguia de Fílace ao mar. Lá, esperava cada dia até a chegada dos marinheiros e comerciantes que iam para o interior. Quantos dias levaria para navegar de Troia até a

Tessália? Cortando pela ilha de Lemnos, antes de cruzar o escuro Egeu e abraçar a costa da Eubeia no golfo Pagasético. Ela tinha a rota inteira fixa na mente, pois, nos dias anteriores à sua partida, Protesilau quase não falara de outra coisa senão de como voltaria para casa.

– Não chore, pequena rainha – falou, enquanto ela chorava tanto que pensou que se afogaria nas próprias lágrimas. Ele esticou a mão, os dedos longos e finos, mais adequados para tocar a lira que para empunhar uma espada, e as enxugou com o polegar. – Vou voltar antes que você sinta saudade. Prometo.

E ela assentiu, pois acreditava nele.

– Você deve me prometer algo mais – ela falou.

– Qualquer coisa – ele respondeu.

– Deve prometer não ser o primeiro – ela falou. A linda sobrancelha – aquilo que ela amara nele desde o princípio, a leve ruga entre os olhos – era o único sinal da confusão dele. A boca dele continuou a fazer sons doces e calmos, como se estivesse aplacando um cavalo assustado.

– Estou falando sério – ela queria pedir a ele que parasse de acariciar seus braços e prestasse atenção às palavras. Mas a luz da tocha iluminou a pele dourada dele, e Laodâmia percebeu que nem ela mesma conseguia prestar atenção. – Você deve deixar seu navio ficar atrás dos outros, quando desembarcar em Troia. O seu não deve ser o primeiro a atracar.

– Duvido de que estarei no leme do navio, meu amor – ele respondeu. Sentiu que ela ficava rígida ao lado dele. – Mas vou pedir ao timoneiro que não se apresse. Vou distraí-lo com histórias de monstros marinhos e redemoinhos.

– Você não está me levando a sério – ela falou. Tentou afastar o braço do alcance dele e reclamar, mas não conseguiu. Não podia viver sem as carícias dele. – Você deve permitir que outros homens saiam do navio antes. Tudo ficará bem se você ficar um pouco atrás e deixar que outro homem saia do navio primeiro.

– Ah – disse ele. – Mas, talvez, quanto antes eu sair do navio, mais rápido possa voltar para ele e para você.

– Não – insistiu ela. – Não, por favor. Não será assim. Você não pode ser o primeiro a sair do navio, não pode.

As lágrimas começaram a escorrer outra vez. Protesilau sorriu pacientemente e mexeu nos cabelos dela.

– Falei para não chorar, pequena rainha. Por favor, pare.

O quarto deles não era grande ou opulento pelos padrões de outros palácios, ela não tinha dúvida. O reino era pequeno, o palácio era pequeno, e ela era pequena. Ou delicada, como brincava Protesilau. Ele sempre dizia que teria se casado com ela mesmo se não fosse tão linda, porque ela era a única rainha que cabia em seu lar de tetos baixos. Mas as grossas paredes mantinham o palácio fresco: o único lugar assim naquela cidadezinha quente. E, então, eles podiam colocar colchas e tochas no quarto, mesmo quando o restante do reino assava sob o sol da tarde. Ela adorava estar ali, mais que em qualquer outro lugar, abraçada ao marido, em seus aposentos privados.

No entanto, quando veio o chamado para que os pretendentes de Helena reunissem seus navios em Áulide, sua pequena e perfeita felicidade começou a desmoronar. Ela sabia que Protesilau já pedira a mão de Helena, claro. Foi antes de conhecê-lo, então ela não guardava nenhum rancor. Mas, oh, como ela gostaria de que ele não tivesse feito aquilo. Porque os pretendentes haviam jurado trazer Helena de volta (se ela desaparecesse), independentemente de quem se tornasse seu marido. Do contrário, ela não se casaria: todo rei grego queria que ela fosse sua. Era preciso ter alguma consequência para tantos pedidos.

O homem que a raptou não era grego nem jurara nada. Mas o juramento feito pelo marido de Laodâmia não podia ser quebrado. Assim, quando Helena desapareceu com o príncipe de Troia, Protesilau recebeu a ordem de se unir aos conterrâneos gregos e iniciar a guerra pelo retorno dela. Só porque o rei espartano perdera sua rainha outras cem rainhas perderam seus reis. E Laodâmia ficou ressentida com os gregos quase tanto quanto estava ressentida com os troianos. Ela pedira muito pouco na vida: apenas que o marido fosse dela, estivesse seguro e perto.

E agora não havia nada disso. Ela entendeu no momento em que tudo aconteceu, dias antes de o mensageiro chegar com a notícia que ela temia, acima de tudo. Ela sempre soube, pensou, mesmo antes de conseguir colocar palavras no medo. No instante em que conheceu Protesilau, soube que iria perdê-lo. Lembrou-se das sensações contraditórias quando o pai os apresentou: devoção imediata misturada com um desesperado pressentimento de dor.

Ela soube quando fechou os olhos ao abraçá-lo aquela última vez, quando foi com ele até o barco para poder se despedir. Novamente, implorou que ele demorasse até pisar na costa arenosa de Troia; que fosse o último, o penúltimo, qualquer coisa, menos o primeiro grego a pisar na terra estrangeira. Escondera as lágrimas do marido para que levasse o sorriso dela com ele. Porém, assim que achou que ele não estava mais vendo, chorou copiosamente e nunca mais parou. Ela ficou olhando o contorno dele até não conseguir mais distingui-lo, então ficou observando o navio até se tornar um pontinho no horizonte. Mesmo assim, ela não conseguia sair da beira do mar, tão forte era a sensação de que, tão logo se afastasse do oceano, se afastaria de toda felicidade. No final, os escravos a levaram de volta ao palácio; a serva a abraçava pela cintura, para que, se tropeçasse (já que não conseguia ver nada por causa das lágrimas e do crepúsculo), não caísse. A pobre garota não conseguia ver que Laodâmia já caíra e nunca mais se levantaria.

Os pais dela tentavam consolá-la. Protesilau voltaria, a distância não era tão grande, o mar era calmo. Calmo demais, ficou claro. Alguns dias depois de ter navegado da Tessália, Protesilau mandou notícias de que ele, como o restante dos gregos, estava em Áulide por falta de vento. A frota não podia navegar, e Laodâmia permitiu-se ter certa esperança de que toda a missão seria abortada e o marido voltaria para casa. A imagem que se repetia em sua mente – a dos lindos pés dele, os longos dedos apontados para a frente, o pé esquerdo na frente do direito, elevado na proa de um navio – era a de Protesilau desembarcando na costa da Tessália, não saltando para a morte em Troia. Ela conseguia vê-lo em detalhes: os joelhos levemente dobrados, como um dançarino, o peso movendo-se para a frente com deliberada precisão.

Mas claro que ela sabia que era inútil. Agamenon, líder da expedição, cometeu alguma atrocidade para apaziguar os deuses e recuperar o vento para seus navios. A frota pôde navegar, algo que ela sempre soube que aconteceria. Chegou a Troia em segurança, e o marido, seu amado, tão desesperado para começar a guerra para poder voltar logo para sua pequena rainha, pulou do barco nas águas rasas que banhavam a costa. Os troianos estavam à espera deles, mas Protesilau não era covarde. Ela não sabia – até o mensageiro chegar com a terrível notícia – que o marido era um guerreiro tão bom. Se perguntassem, teria dito que sim, claro. Mas, se perguntassem, teria dito, com igual orgulho, que ele sabia voar. Não era nenhum consolo para ela descobrir que o marido era corajoso e habilidoso tanto com a lança quanto com a espada. Ela teria preferido que ele estivesse sentado, com medo, atrás de um divã, recusando-se a lutar. Quem poderia amar um covarde, ela ouvira, uma vez, uma mulher dizer. Laodâmia sabia a resposta. Alguém para quem a alternativa é amar um cadáver.

Contudo, embora não sentisse nenhum consolo na coragem dele, havia outras pessoas que sim. Os concidadãos estavam repletos de orgulho do falecido rei. Sentavam-se debaixo de toldos de linho descoloridos pelo sol contando as façanhas de Protesilau. Como ele pulara do barco à frente dos homens e matara três troianos – não, quatro –, antes mesmo da chegada dos barcos dos mirmidões. Aquiles dos pés velozes era como o povo chamava o rei dos mirmidões. Mas seu rei fora ainda mais rápido. Como se orgulhavam dele: ela ouvira isso dos escravos que esperavam, assim, aliviar seu sofrimento. E não fora um troiano comum que matara seu marido. Fora ninguém menos que Heitor, filho favorito de Príamo, o rei bárbaro. Ele era forte como um boi, disseram. Alto e forte, lutando para defender sua cidade. Todos concordavam que, quem luta para proteger o que valoriza, o faz com mais desespero do que quem ataca. Foi esse homem que derrubou o jovem rei deles, o primeiro grego a morrer.

Depois que recebeu a notícia da morte dele, Laodâmia não sabia o que fazer. Rasgou as próprias roupas, arrancou os cabelos e arranhou as bochechas, porque sabia que era isso que esperavam. Cravou as unhas afiadas na pele – unhas que usara para arranhar as costas do marido em momentos de prazer – e, no momento do sofrimento, sentiu alívio. A dor física era um reflexo superficial do que sentia, mas até o mínimo reflexo era melhor que nada. A dor fraca que se seguia era insuficiente. As feridas se curavam, mas o restante, não. Incapaz de suportar as conversas com os pais, os amigos ou os servos, ela ficava repetindo a mesma caminhada, pelo lado leste da cidade, onde se sentava debaixo de uma árvore fina e esperava que ninguém viesse, porque não queria ouvir nenhuma outra notícia, nunca mais.

Os cidadãos de Fílace a deixavam sozinha, todos os dias, com seu luto, até que o ferreiro – cuja forja ficava em frente à árvore – não aguentou. Homem alto e corpulento, com braços enormes e enegrecidos pela fuligem, barriga avantajada contida por um cinto de couro curtido, ele vira sua rainha sentada em frente à sua forja desde o dia da partida do rei. Nunca se considerara um homem sentimental: forjara as lanças do rei; sabia o que acontecia em um campo de batalha. Mas a tristeza que exalava dela, semelhante a um cheiro ruim – que forçava todos a se afastar rapidamente, mesmo quando estava muito quente para caminhar –, não o repelira. Em vez disso, ele se lembrava da esposa, quando perdera o segundo filho alguns meses depois do nascimento. O bebê dormira intermitentemente e chorara com frequência, e uma manhã, quando eles acordaram, ele estava frio no berço. Não havia sinal de doença ou lesão; ele era perfeito. Parecia mais lindo morto que vivo, sempre ofegando ao respirar. O ferreiro levara a criança e a enterrara em uma cova que ele mesmo cavara. A esposa não conseguiu falar por alguns dias. O ferreiro tentou lembrar a ela de que ainda tinha outro filho – engatinhando no meio das pernas das cadeiras, puxando a saia dela – e de que, certamente, eles teriam outros. Mas a tristeza se instalou na esposa como um obstáculo imóvel que a impedia de encontrar o caminho. Ela foi ficando mais pálida e magra por nunca sair de casa, e, depois de um ou dois dias, ele começou a levar o filho até a forja, todas as manhãs, porque dava para ver que, se ela não estava se alimentando, tampouco alimentava o menino. Ele implorou para que suas irmãs e noras conversassem com ela. Mas ela não ouvia ninguém. Um mês depois da morte da criança, ele enterrou a esposa.

O ferreiro era um homem bom e podia sustentar uma família, então voltou a se casar após um ano. A segunda esposa era dez anos mais jovem que ele – de quadris largos e sempre sorridente –, e eles tiveram mais cinco filhos, um atrás do outro. Ela sempre tratou o mais velho como o próprio filho, e era isso que ainda fazia sua voz falhar na garganta, às vezes, quando falava nela. Os amigos gritavam, riam e levantavam as canecas com a visão daquele homem grande abatido por seu antigo amor. Mas as risadas nunca eram cruéis.

Todas as manhãs, ele via Laodâmia andar até sua árvore. E todas as tardes, quando terminava o trabalho do dia, ele começava a fazer outra coisa. Não era um homem rico, mas vendera muitas armas aos gregos, os quais, agora, travavam a guerra em Troia. E tinha um bom pedaço de bronze sem destino certo, que chegara depois que os homens haviam partido. A esposa não reclamava quando ele voltava para casa um pouco mais tarde, nem perguntava o que ficava fazendo na forja. Em vez disso, ela esfregava azeite de oliva nas marcas vermelhas sob os braços dele e na região do cinto, onde o sal do suor criara feridas na pele.

Dois meses após a partida do rei para o golfo Pagasético, o ferreiro esperava a chegada da pequena rainha enquanto martelava uma armadura. Fizera isso tantas vezes antes que não precisava nem olhar. A armadura ficaria perfeita ao redor das pernas do dono, quando ele voltasse para pegá-la no dia seguinte.

Quando Laodâmia chegou a seu canto debaixo da árvore, o ferreiro pensou, mais uma vez, se estava fazendo a coisa certa. Mas ela parecia tanto um passarinho abatido que ele não podia mais ignorá-la. Caminhou devagar até ela, pois tinha consciência de seu tamanho e não queria assustá-la.

– *Potnia* – ele falou, curvando ligeiramente a cabeça. Sentia-se tolo. Esperava que, como era muito cedo, os vizinhos estivessem ocupados com seus afazeres e não pudessem vê-lo. Ela não demonstrou ter escutado. Ele se agachou na frente dela. – Minha senhora? – falou de novo. Ela afastou os olhos do horizonte e até ver o rochedo que rolara para a frente dela. Ficou surpresa ao perceber que era um homem.

– Não posso ajudá-lo – falou. O que ele estivesse pedindo (comida, água), ela não tinha. Nem os recursos mentais para encontrar nada disso. – Perdoe-me – ela falou. – Não posso ajudar.

Seus olhos se encontraram, e ele voltou a ver a profunda tristeza de sua primeira esposa. Ele não conseguira salvar Filonome, mas salvaria essa garota.

– Não preciso de sua ajuda, *potnia* – ele falou. Ela quase sorriu ao ouvir a palavra. Protesilau a chamava assim, no quarto deles. – Venha comigo – falou, e ela olhou para ele, confusa. Ele estendeu a mão gorducha, e ela a segurou, como se ele fosse o pai, e ela, uma criança. Ele a levou pelo caminho de terra, cruzando os sulcos feitos por carroças cheias de mármores e pedras. – Agora, por aqui – ele a levou até sua forja: apenas as paredes baixas a separavam da rua, e ela o seguiu por um grupo de foles feitos de couro pendurados, que tinham sido polidos até brilharem com o suor do ferreiro. Por trás da bigorna amassada e da coleção de pequenas pontas de lanças afiadas que ele fizera com pedaços de metal enquanto trabalhava em peças maiores, havia uma porta que levava a um depósito. Os olhos dela demoraram um segundo para se ajustar à escuridão relativa, e ela viu panelas amassadas e caldeirões quebrados esperando para serem fundidos e martelados ou remontados.

Por trás de tudo isso, no canto ao fundo, havia uma enorme pilha de panos. Não, não era uma pilha, ela percebeu. Apenas um pedaço de pano cobria algo bastante grande. Um pouco mais alto que ela.

– Você aceitaria um presente de um estranho? – perguntou o ferreiro e puxou o pano com movimento hábil. Ela sentiu o ar abandonar os pulmões, espremido como se fosse o fole do lado de fora. Porque ali, parada na frente dela, estava Protesilau. Ela não percebeu que moveu o pé apenas ao seguir a mão, a qual se aproximou para tocar o rosto perfeito do marido. O bronze estava quente ao toque, como se houvesse sangue fluindo debaixo dele. Ela abriu a boca, mas não conseguiu encontrar os sons.

– Sinto muito por sua perda – disse o ferreiro. – Se Vossa Senhoria quiser, eu o levo até o palácio, quando desejar.

Ela assentiu.

— Sim. Sim.

O ferreiro olhou para ela e sacudiu o pano para voltar a cobrir seu trabalho.

— Não! — ela gritou. — Por favor, não — ela abraçou a estátua e apertou-a forte. O ferreiro sorriu.

— Não se preocupe — ele falou. — Meus garotos chegarão logo. A senhora pode ficar com a estátua e acompanhá-la quando a levarem para sua casa, se quiser.

— Com ele — corrigiu ela. — Obrigada. Farei isso.

Durante os dias e meses que se seguiram, Laodâmia não perdeu o marido de bronze de vista. Recusou-se a comer ou a beber se a estátua não estivesse presente, e ninguém a convencia a deixar o quarto. Os pais dela foram ficando preocupados; a filha não poderia continuar assim. Os escravos costumavam chamá-la de figura trágica, mas, com o passar do tempo, começaram a desprezar a garota que não conseguia aceitar a morte do marido e voltar a se casar. Ela era jovem e poderia ter filhos com qualquer homem.

Os pais tentaram argumentar com ela, e, quando isso não funcionou, decidiram agir em nome dela. Esperaram que dormisse uma noite e pediram aos escravos que retirassem a estátua do quarto. Ela acordou e a encontrou em uma pira funerária, queimando no lugar do corpo que nunca voltara para a Grécia. Ela deu um uivo louco e atirou-se nas chamas.

Os deuses viram isso e, algo incomum, ficaram com pena dela. Quando ela foi agarrada pelo pai e levada de volta ao quarto, trancada para sua própria segurança, os deuses enviaram Hermes para negociar com o senhor do Mundo Inferior. Pela primeira e última vez, Hades aceitou o pedido deles. Quando Laodâmia chorava lágrimas desesperadas em um travesseiro encharcado, sentiu uma mão quente nas costas.

– Calma, pequena rainha, não chore – disse o marido. E finalmente ela parou de chorar.

Eles passaram um único dia juntos antes que Hades perdesse a paciência e Protesilau fosse devolvido aos salões dos mortos. Incapaz de viver sem o que perdera, Laodâmia fez um laço com lençóis e o seguiu. Os deuses levaram em consideração a devoção dela, e, quando o povo de Fílace construiu um santuário para seu rei e sua rainha, eles sorriram para suas orações.

15

Ifigênia

O pai dela espalhara a notícia de que a filha se casaria com Aquiles, e os servos da mãe haviam empacotado as coisas de Ifigênia e mandado com tanta pressa que ela sabia que tinham medo de que o grande homem mudasse de ideia. Mas por que Aquiles não ficaria encantado por se casar com ela? Ela era filha de Agamenon e Clitemnestra, irmã de Orestes e Electra, sobrinha de Menelau, prima de Hermione. E quem era Aquiles? Claro, diziam que era o maior guerreiro que o mundo já conhecera, mas ele ainda precisava lutar em uma guerra. E, quando amarrasse as grevas[1] e desembainhasse a espada, seria pela família dela. As tropas estavam se reunindo em Áulide, prontas para navegar para Troia. Mas era o pai dela que comandava os gregos, não Aquiles – que comandava apenas os próprios homens, os mirmidões. E, sim, talvez fosse mais ágil que Apolo, mais veloz que Hermes, mais destrutivo que Ares, como diziam os rumores. Mas ele não estava se desonrando ao se casar com ela. Ela projetava o queixo

---

[1] Parte da armadura que protegia as pernas, dos joelhos aos pés. (N. do T.)

para a frente quando repreendia seus acusadores imaginários pelo desprezo infundado.

Ifigênia e a mãe estavam na estrada para Áulide antes mesmo que ela percebesse onde se encontrava. O irmão mais novo as acompanhava, enquanto Electra ficava em casa com a ama de leite. Eles andavam em uma pequena carruagem que balançava ao passar pelas estradas de pedra, e, quando o caminho ficava muito difícil, ela e a mãe desciam e iam andando, para que os cavalos tivessem que puxar menos peso. Ninguém queria perder um cavalo na montanhosa região norte de Micenas. Mesmo quando torceu o tornozelo, ao pisar em areia solta que cobria uma rocha traiçoeira, ela se consolou com a beleza de seu vestido cor de açafrão, guardado em uma caixa, a salvo do sol escaldante e da poeira. Seria uma noiva espetacular; todos os homens do exército do pai olhariam para ela.

Mas esses pensamentos não chegavam a consolá-la. Quando chegaram a Áulide, a mãe estava irritada pelo calor, pela poeira e, acima de tudo, pela ausência do pai, que não viera recebê-las. Agamenon estava em algum lugar do acampamento, foi o que disse um soldado rude que as levou até a barraca delas, mas ninguém sabia exatamente onde.

– O comandante vai querer ver a esposa, o filho e a filha – afirmou Clitemnestra aos homens que passavam carregando comida para os animais e armas. Mas ninguém parou para ouvir. A rainha de Micenas não era importante aqui.

Sabendo que era pouco provável que o temperamento da mãe melhorasse, Ifigênia afastou-se um instante com o irmãozinho, até as piscinas de pedra, para que ele pudesse brincar com os caranguejos, com um graveto que encontrara na viagem, e ela pudesse inspecionar o próprio reflexo na água, embora não ficasse muito bem quando vista por baixo, pois parecia que tinha queixo duplo. Ela se afastou e inclinou o pescoço para ter uma visão melhor. O cabelo escuro estava dividido no centro, as tranças estavam presas firmes ao longo do couro cabeludo antes de se juntarem em cachos extravagantes no topo da cabeça. O cabelo descia pelas costas, e ela sabia que se destacaria perfeitamente com o vestido de casamento cor de açafrão. Mas nenhum dos soldados que ela conseguia ver – conversando e treinando luta entre eles, testando sua força e sua astúcia – prestava atenção nela. Será que eles tinham tanto medo do noivo que não flertavam com uma princesa, nem mesmo uma tão linda sentada no sol da tarde?

Ela pensara que Aquiles iria querer se apresentar a ela – oficialmente, na barraca da mãe, ou se aproximar dela em particular, enquanto Orestes se ocupava dos bracinhos vermelhos de uma estrela-do-mar, que se curvava como pétalas de flores quando ele a tocava –, mas ele não fez nada disso. Talvez estivesse nervoso, ela pensou. Mesmo sendo impossível que fosse covarde esse herói sobre quem ela ouvira tantas coisas.

Quando ela levou Orestes de volta à barraca deles, encontrou Clitemnestra um pouco melhor, depois de uma breve reunião com Agamenon e Menelau. A mãe ainda estava chateada por ninguém ter ido recebê-la, mas fora apaziguada pela sugestão de que haviam chegado muito antes do que os homens imaginavam. Clitemnestra era uma mulher vaidosa, e poucas coisas lhe davam mais prazer que quando os homens a admiravam por fazer algo do mesmo modo que um homem teria feito. Ela se considerava mais rainha que esposa e nunca quis ser comparada a outras mulheres, a menos que fosse para demonstrar sua superioridade sobre o restante de seu sexo.

– O casamento será amanhã, ao amanhecer – ela falou para Ifigênia, que assentiu, alegre. Ela não compartilhava do desdém da mãe por coisas femininas e procurou entre seus pertences a maquiagem que gostaria de usar na manhã seguinte: círculos vermelhos na testa e nas bochechas, cada uma cercada por pontinhos da mesma cor, como pequenos sóis. Uma grossa linha negra envolvendo cada olho e escurecendo as sobrancelhas sólidas. Ela tinha delicados fios de ouro para usar presos no cabelo. Quando a cerimônia de casamento começasse, ela estaria pronta. A noiva perfeita.

Antes do amanhecer, sob a luz esfumaçada de uma tocha, Ifigênia se preparou. Pintou as linhas e os círculos, amarrou os fios de ouro cintilantes nas tranças bem-feitas. Uma serva arrumou o cabelo dela exatamente como ela queria, e ela ficou feliz por ter treinado no fim de cada dia da viagem. Esse era o momento em que tudo tinha que estar impecável. Ela tinha a escrava para examinar seu trabalho, levantar seu queixo e incliná-lo para a esquerda e depois para a direita, ter certeza de que os pontos que colocara em cada bochecha estavam nivelados, antes de preenchê-los com os círculos que queria. A mãe não se pintou, mas usava um vestido vermelho brilhante que Ifigênia nunca vira antes, e as duas sorriram, por um momento, de mãos dadas.

– Estou linda – disse Ifigênia. Ela não conseguia formular a frase como uma pergunta.

– Está. A noiva mais linda que esses homens já viram, não importa de que parte da Grécia tenham vindo – disse a mãe. – Aqui – ela pegou um pequeno frasco de óleo perfumado, e Ifigênia colocou um pouco do aroma de flores nas mãos e depois espalhou pelo cabelo. – Perfeito – disse a mãe. – Você vai me deixar orgulhosa hoje. Minha primeira filha, casada com o maior guerreiro entre todos os gregos.

Elas ouviram o som de passos pesados do lado de fora e um grito curto e baixo. Os soldados estavam aqui para acompanhá-la até o altar na praia. Orestes ainda dormia, e Clitemnestra vacilou por um instante se ele deveria acompanhá-las, assim o príncipe de Micenas veria sua princesa se transformar em rainha dos mirmidões. Mas a ideia de uma criança rebelde era algo que não podia suportar, então ela o deixou com os escravos. Elas abriram a aba da barraca para ver uma grande variedade de soldados esperando por elas.

— Dificilmente essa é a guarda de honra que poderíamos esperar — disse Clitemnestra. — Vocês não têm mais respeito por Agamenon e sua família?

Os homens murmuraram desculpas, mas não havia sinceridade na voz. Eles esperavam para ir para a guerra, pensou Ifigênia. Não tinham o mínimo interesse em um casamento entre um homem que a maioria nunca vira lutar e a filha do homem que os comandaria na guerra. Era cedo demais para o orgulho e a honra. A mãe não conseguia entender isso.

Os soldados esperaram que ela ajustasse a sandália, para que a tira não machucasse, então começou a curta caminhada em direção ao mar. Ela caminhou em silêncio ao lado de Clitemnestra, imaginando como estaria seu perfil com o pescoço perfeitamente reto. Por um segundo, desejou que o pai estivesse ali para dizer que tudo daria certo. Mas ele não voltara à barraca desde o dia anterior. Só quando se aproximaram das altas dunas perto da costa foi que ela conseguiu vê-lo parado próximo a um altar improvisado.

Havia muitos homens alinhados na frente da água, muitos navios altos atrás deles. A cidade de Troia jamais poderia resistir a tal força. Ifigênia sentiu um breve espasmo de tristeza, pois o marido seria incapaz de se distinguir em um conflito tão curto. Talvez houvesse outras guerras. Ela continuou a caminhar na direção do pai, tão grandioso em trajes rituais, parado ao lado de um sacerdote vestido de maneira ornamental. E, quando sentiu a areia arranhando a pele entre os dedos, percebeu que havia algo errado.

As velas dos navios estavam completamente imóveis. Era muito cedo para estar tão quente, mas havia certa solidez no ar que a sufocava. Ela pensara o mesmo ontem, quando via o irmão brincar nas piscinas de pedra, mas descartara aquela situação estranha: eles estavam em uma parte abrigada da costa. Mas aqui estavam todos esses homens, todos esses navios, e, mesmo assim, a brisa não mexia em nada: todas as velas estavam flácidas. O ar jamais estava tão parado perto da água. Era um presságio? Ela sentiu a respiração acelerar. Os deuses a estavam alertando sobre esse casamento? Ou era o oposto: eles tinham acalmado os ventos em honra da cerimônia? Ela gostaria de poder perguntar à mãe, mas Clitemnestra não notara nada incomum. Caminhava como se estivesse no próprio casamento. Pareceu surpresa quando os soldados se colocaram entre ela e a filha, vários deles a deixando de lado, enquanto quatro homens continuaram com Ifigênia até o altar.

Não era apenas o céu sem vento que preocupava Ifigênia agora. Havia algo mais. Ela sabia que os homens talvez não estivessem interessados em casamentos como as esposas e as irmãs poderiam estar. Mas a atmosfera não era toda de celebração, e ela pensou que a perspectiva de alguns odres, mais tarde, seria o suficiente para provocar um pouco de alegria. Em vez disso, os homens pareciam bloqueados uns dos outros, assim como dela. Eles franziam a testa quando ela passava, olhando para o chão, em vez de se deleitar com sua beleza. Por um momento terrível, ela pensou que devia ter feito algo errado: usado um vestido feio ou passado uma maquiagem de maneira inadequada. Contudo, os escravos da mãe haviam sido unânimes nos elogios. Ela estava vestida de modo apropriado para um casamento.

Então ela viu o brilho da faca do pai sob o sol da manhã e entendeu tudo rapidamente, como se um deus tivesse colocado as palavras em sua mente. A quietude traiçoeira no ar era um desígnio divino. Ártemis fora ofendida por algo que o pai fizera e agora exigia um sacrifício ou os barcos não navegariam. Assim, não haveria casamento nem marido para Ifigênia. Nem hoje, nem nunca. Seu pensamento estava perfeitamente claro, mesmo quando seus sentidos ficaram embaçados. Ela ouviu o grito de raiva da mãe, mas ao longe, como se estivesse ecoando pelas paredes de uma caverna. Os homens pararam ao pé do altar, e ela subiu os três degraus, vacilante, na direção do pai. Parecia que ela não o conhecia.

Ela se ajoelhou em silêncio diante de Agamenon. As lágrimas escorriam pela barba dele, mas ele não largou a faca. O tio dela estava atrás do pai, o cabelo ruivo brilhando no sol da manhã. Ela sentiu a mão dele tocar o pai, oferecendo força para concluir a provação que estava a ponto de enfrentar. Olhou para o mar de armaduras de couro e se perguntou qual era Aquiles. À direita de Ifigênia estava a mãe, a boca aberta em um grito selvagem, mas havia um zumbido em seu ouvido, por isso não conseguia ouvir as palavras. Viu que Clitemnestra estava sendo contida por cinco homens, e um deles acabou agarrando-a pela garganta. Mesmo assim, a mãe não desmaiou. Continuou a gritar e a se debater, muito depois de ter ficado sem ar nos pulmões.

Muitos homens nas primeiras fileiras viraram o rosto quando a faca desceu sobre a garota. E mesmo aqueles que não empalideceram raramente falaram, depois, sobre o que tinham visto. Um soldado tinha certeza de que, no momento crucial, a garota fora levada e substituída por um cervo. Mas ninguém acreditou nele, porque, mesmo os homens (os jovens que não tinham lutado em muitas batalhas e os pais de filhas que haviam lutado em muitas) que tinham virado o rosto quando a lâmina cortou a pele de Ifigência – que haviam fechado os olhos em vez de ver o sangue escorrendo do pescoço dela –, mesmo esses homens tinham visto o corpo branco e sem vida da garota caído aos pés do próprio pai. E, então, haviam sentido a brisa suave envolvendo a todos.

16

As Mulheres Troianas

Aquela noite, ficou claro que os gregos tinham a intenção de ficar na península troiana mais um ou dois dias enquanto distribuíam seus ganhos ilícitos e dividiam as últimas mulheres. Muitas delas já haviam sido levadas, e agora só faltava dividir a família real – Hécuba, as filhas, as noras – entre os homens que se viam como heróis.

Quando o sol começou a cair de novo, dois soldados gregos apareceram meio empurrando, meio arrastando outra mulher.

– O que está fazendo? – ela gritou. – Leve-me a Menelau.

Os homens a ignoraram; riam enquanto a empurravam uma última vez para o círculo das mulheres troianas.

– Menelau virá encontrá-la de manhã – disse um dos guardas. – Quando ficar sabendo que você está aqui. Mas, até lá, pode passar a noite com as troianas de que tanto gosta.

Eles voltaram correndo para o acampamento, sabendo que nenhum dos outros gregos iria notá-los à meia-luz e que nenhuma das mulheres conseguiria identificá-los no dia seguinte.

Cassandra estava concentrada em tornar a fogueira mais vigorosa, agora que começava a fazer frio. Até Hécuba, rápida em zombar da inutilidade da filha, tinha que admitir que a sacerdotisa sempre tivera dom para o fogo. Armada com a capacidade de prever o futuro, Cassandra ainda temia o encontro que testemunharia. No entanto, mesmo depois de todos esses anos, ela não podia evitar olhar para a beleza da mulher que não perdera a postura ao ser abusada por esses gregos.

Helena não estava diferente hoje do que fora dez anos antes, quando entrou na cidade ao lado de Páris, que voltara com ela de Esparta declarando que era sua esposa e que Troia era seu lar. Formavam um lindo casal: ele tão moreno com o cabelo preto perfumado, e ela tão alta e loira que parecia um cisne entre pássaros comuns. As pessoas diziam que ela nascera de um ovo, a filha de Zeus e Leda. Pobre Tíndaro, enganado por um deus em forma de cisne. E havia algo inumano no cabelo dourado, na pele pálida, nos olhos escuros, nas roupas brilhantes. Era difícil descrevê-la em sua ausência, como se o olhar mortal não pudesse reter a memória de tal perfeição. Tornara-se comum no dia a dia do palácio real que as pessoas encontrassem desculpas para estar no mesmo aposento que ela. Não só os homens – embora, claro, sempre houvesse homens; eles farejavam o ar avidamente sempre que ela passava –, mas as mulheres também. Mesmo aquelas que a detestavam – a maioria das mães, esposas e filhas troianas – não conseguiam ficar muito tempo longe dela. Precisavam olhar para ela ao mesmo tempo que a desprezavam.

– A puta troiana: é assim que a estão chamando agora? – perguntou Hécuba, a boca torcida em desdém.

– Acho que sim – respondeu Helena. – Os soldados do meu marido nunca foram pessoas com muita imaginação. E os homens de

Agamenon não são melhores. Então, digamos que a resposta para a sua pergunta é sim.

— Achei que Menelau estaria exigindo seu retorno — falou Hécuba. — Parecia impossível que pudesse querer passar outra noite longe de você. Depois de tantos anos.

— Tenho certeza de que ele conseguirá esperar até amanhã. Tudo o que ele sempre quis foi ter Helena como esposa. Ele a teve, ele a perdeu, e agora a tem de novo. Minha presença é quase desnecessária, desde que não esteja com outro.

— Você espera simpatia por ter um marido grosseiro? — gritou Hécuba. — Você?

— Eu, que destruo tudo o que toco, contaminando e arruinando apenas com minha existência? — falou Helena, as sobrancelhas arqueadas pelo aborrecimento. — Não, não espero nenhuma simpatia, nem quero. Apenas estava respondendo à sua pergunta sobre a indiferença de Menelau.

— Nenhum dos gregos parece querê-la de volta — disse Hécuba.

— Por que iriam querer? — respondeu Helena. — Eles me culpam pela guerra, assim como você.

— Claro que colocam a culpa em você — Andrômaca falou tão baixinho que Cassandra quase não a ouviu sobre o som das ondas. — Todos a culpam, com Páris.

— Pelo menos você não me coloca como única culpada — disse Helena. Heitor detestava Páris, mas ele e Andrômaca sempre haviam sido gentis com a inesperada cunhada. Andrômaca balançou a cabeça.

— Eu, sim — disse Hécuba. — Eu a culpo. Páris é um... — ela fez uma pausa. — Era um tolo imoral. Mas você era uma mulher casada. Deveria ter se recusado.

— Páris era um homem casado — falou Helena. — Por que todo mundo sempre se esquece disso?

– Ele era casado com uma ninfa – respondeu Hécuba. – Era pouco provável que ela sitiasse nossa cidade para que ele voltasse em segurança.

Helena olhou para as rochas ao redor e escolheu uma, pontuda e repleta de algas marinhas. Deu alguns passos e sentou-se em cima dela. Naquele momento, parecia um trono. O sol caindo deveria estar nos olhos dela, mas ele não ousava.

– Então, por que joga toda a culpa em mim? – perguntou Helena. – Páris foi quem veio me procurar, lembra-se? Ele foi até Esparta e ao palácio de Menelau com um único objetivo: me seduzir.

– E seu crime foi ser seduzida.

– Foi – suspirou Helena. – Esse foi meu crime. Dar ao seu lindo filho tudo o que ele pediu, como todos faziam, porque ele era bonito e doce, e gostou muito.

Hécuba foi silenciada pela verdade. Mimara Páris quando ele era jovem, porque era tão fácil deixá-lo satisfeito com aquele rosto delicado sempre pronto a abrir um sorriso. Seus outros filhos haviam se esforçado muito e eram mais obedientes, mas ela amara Páris como favorito. Ninguém conseguia resistir a ele, por isso sempre foi mimado. Príamo questionara quando ele anunciou que precisava de um barco para ir até a Grécia? Alguém perguntou para onde ele estava indo e por qual o motivo? O rosto de Hécuba ficou totalmente vermelho: ela sabia que ninguém fizera isso. Eles recuaram quando ele voltou para Troia com Helena, e seu sorriso vago – ela jamais poderia esquecê-lo – se transformara em uma careta confusa. Páris ficou perplexo quando a família não correu para recebê-lo com a nova esposa. Ficou menos perplexo quando a frota grega chegou na baía, mas ainda parecia acreditar que os troianos retiravam a aprovação mais por causa de algum motivo obscuro que por um horror genuíno ao comportamento dele e suas consequências. Mesmo quando via os irmãos, os amigos e os vizinhos lutarem e morrerem em uma guerra que ele começara, jamais se desculpou; nunca assumiu sua responsabilidade. Para Páris, o problema não era seu comportamento, mas a reação de Menelau, que, na opinião dele, era totalmente inexplicável. Todos sempre permitiram, até mesmo encorajaram, que ele pegasse o que quisesse. Ele fizera isso, então, de repente, havia uma guerra.

– Por que Menelau aceitou Páris na casa dele? – perguntou Hécuba. – Que tipo de homem deixa outro sozinho com a esposa?

Helena revirou os olhos.

– Um homem como Menelau – respondeu – que jamais seduziria a mulher de outro homem, por isso não consegue imaginar que alguém possa se comportar de modo diferente. Um homem que recebe, de maneira apropriada, um estranho em sua casa, mas logo se cansa de seu cabelo perfumado, de suas roupas efeminadas, de sua voz doce. Um homem que não quer ofender os deuses mandando o estranho embora, mas não consegue suportar outro dia em sua companhia. Um homem que vai a uma viagem de caça pedindo perdão à esposa por deixá-la cuidando do convidado chato, prometendo voltar em alguns dias, quando tudo tiver terminado. Um homem que não via como a esposa e o convidado estavam se olhando, nem percebia que a caçada estava acontecendo em casa, enquanto ele estava fora com seus cães.

– Mas você poderia ter recusado Páris – disse Hécuba. – Abandonar seu marido, sua filha...

Helena deu de ombros.

– Quem consegue recusar Afrodite? – ela perguntou. – O poder de uma deusa é muito maior que o meu. Quando ela exigiu que eu o acompanhasse a Troia, tentei resistir. Mas ela não me deu escolha. Disse-me o que deveria fazer e retirou-se, e, em sua ausência, ouvi um barulho muito agudo, um grito ao longe. Desde o instante em que Páris entrara em nossos salões, isso fora constante. Achei que estava ficando louca: ninguém mais conseguia ouvir e não parava. Coloquei cera nos ouvidos, mas isso não bloqueava o som. Então, quando Páris me beijou, e eu o levei para minha cama, os gritos ficaram mais fracos.

Quando entrei no barco dele, desapareceram por completo. É isto que significa recusar um deus: enlouquecer.

Hécuba olhava sem piscar para Cassandra, que desenhava algo na areia com a ponta de um graveto, um sinal acima do outro, até que o padrão estivesse todo misturado, ilegível.

– Se você está falando – ela se virou para olhar para Helena. – Mas, se tivesse se recusado a acompanhá-lo, o ruído poderia ter desaparecido sozinho. Além disso, se Menelau era pouco considerado, como você insinua, por que reuniu todos esses gregos para recuperá-la?

– Porque meu pai, Tíndaro, fez todos jurarem – disse Helena. – Quando chegou minha hora de me casar, todo homem na Grécia queria ser meu marido.

– Claro que queriam – gritou Hécuba.

– Só estou contando o que aconteceu – falou Helena. – Porque você perguntou. Reis e príncipes viajaram por toda a Grécia para pedir minha mão em casamento ao meu pai. Ele logo percebeu que poderia acontecer uma guerra, uma vez que deixaria todos os pretendentes, menos um, desapontados. Foi por isso que fez com que repetissem o juramento que os unia para defender aquele que se casasse comigo. Se Afrodite tivesse dado ao seu filho qualquer outra mulher como prêmio, a guerra não teria acontecido. Seu rancor é com a deusa, não comigo.

Hécuba abriu a boca para responder, mas Cassandra soltou, de repente, um uivo assustador.

– Fique quieta – mandou a mãe, levantando a mão para dar um tapa no rosto da filha.

Cassandra não a via; tinha o olhar voltado para a costa, onde a luz já estava desaparecendo. Dois soldados gregos estavam voltando para o acampamento, vindo na direção das mulheres, carregando entre eles algo pesado em uma maca. Embora Cassandra já soubesse que não era algo, mas alguém.

17

Afrodite, Hera, Atena

◆ ∷ ⋄●⊃⊂●⋄ ∷ ◆

As três deusas teriam dito que não tinham nada em comum, mas cada uma delas tinha a mesma grande aversão a qualquer ocasião social que não girasse em torno dela. E cada uma delas tinha a mesma incapacidade de esconder seu desdém. Então o mau humor coletivo delas no dia do casamento de Tétis e Peleu estava garantido, antes mesmo que o sol começasse sua viagem pelo céu.

Das três, talvez o de Hera fosse o menos apropriado. A deusa era alta e imponente, uma pequena carranca estragava seu lindo rosto, os enormes olhos castanhos estavam fixos em algum lugar acima do burburinho que a cercava. Tétis era uma simples ninfa do mar, pouco digna do ressentimento da rainha do Olimpo. Não só isso, mas Tétis fizera uma das coisas mais raras: rejeitara as investidas do marido de Hera, Zeus. A razão habitual para Hera odiar alguém – ninfa, deusa ou mortal – era a grande quantidade de infidelidades de Zeus. Havia dias que ela pensava que ele devia ameaçar ou convencer toda pessoa que via para levá-la para a cama. E, depois de um tempo, isso se tornou irritante: semideuses aparecendo por toda parte, todos afirmando que Zeus era o pai. Era uma falta de cortesia; o que mais a incomodava era a vulgaridade disso tudo. E, apesar de punir o marido da melhor maneira possível, havia limites para a vingança que poderia ser realizada contra o rei dos deuses. Zeus simplesmente era mais poderoso que a esposa, e não havia muito que ela pudesse fazer. Então, Hera punia as garotas, em especial as mortais, enganando-as e torturando-as sempre que havia uma oportunidade. Mesmo quando Zeus tinha jurado protegê-las, ele raramente prestava atenção nelas por muito tempo, ainda mais quando seu olhar era capturado pela próxima linda criatura. O olhar de Hera não se distraía com tanta facilidade. Mesmo assim, Tétis não fizera nada para justificar a desaprovação da deusa. Quando Zeus mostrara seu previsível entusiasmo por ela, Tétis fugiu.

Foi talvez essa rejeição, mais que a profecia, que persuadiu Zeus a agir. Ele insistira que Tétis se casasse, contra a própria vontade, com um mortal de posição social inferior à dela. Hera não conseguia se lembrar do nome dele, algum rei grego de alguma ilha que estava ocupando no momento. Era impossível acompanhar todos os cantos do arquipélago. Se não tivessem um templo com uma grande estátua dela dentro, Hera não fazia o mínimo esforço para se lembrar deles.

Mas a profecia era a razão pela qual havia tantos murmúrios: Zeus ouvira, era o que os deuses diziam, que o filho de Tétis seria, um dia, maior que o pai. Era o que todo homem deveria desejar e o que todo deus deveria temer. Em especial, o deus que ocupava o mais alto trono no Olimpo depois de derrotar o próprio pai, Cronos, que também derrubara o pai, Urano. Ter um filho marcado com esse destino grande e alarmante não era um risco que o todo-poderoso Zeus estivesse disposto a correr. Então, foi decidido que o filho de Tétis seria meio mortal, fazendo com que sua grandeza não fosse maior que a de um homem comum. O risco foi cauterizado, e a infelicidade de Tétis com o arranjo matrimonial não importou a ninguém, a não ser a ela mesma.

Afrodite, por outro lado, via cada casamento como uma pequena derrota. Ela valorizava o amor, mas não o do tipo conjugal. Nunca o do tipo conjugal. Que tipo de amor era aquele: companheirismo? O precursor das crianças? Era tudo que ela não podia suportar. O que era companheirismo quando se podia sentir uma paixão que tudo consumia? Quem não iria querer trocar um marido por um amante que a excitasse em vez de confortar? Quem não iria preferir ter o filho saindo escondido de um quarto se isso significasse que o amante poderia entrar pela outra porta? Era impossível acreditar que alguém escolhesse o amor conjugal em vez do desejo obstinado próprio de Afrodite. As pessoas sempre diziam que valorizavam os cônjuges, os filhos (de fato, Afrodite tinha um filho e gostava muito dele), mas ela sabia a verdade. Nas primeiras horas da manhã, quando homens e mulheres sussurravam suas orações secretas, estas eram dirigidas a ela. Não imploravam por saúde e vida longa, como faziam durante o dia. Imploravam que a força cegante e ensurdecedora da luxúria os visitasse e fosse correspondida. Todo o restante – riqueza, poder, posição social – era apenas acessório colocados ao redor para obstruir ou disfarçar a coisa que realmente queriam. E isso não tinha nada a ver com casamento. Dava para ver isso hoje no rosto daquele pobre tolo, quando olhou a futura esposa, tentando desesperadamente fazer contato visual, sem conseguir. Ele sabia o que era sentir aquele desejo. E sabia que o casamento não iria apagá-lo. Ele levaria Tétis para a cama, mas o desdém dela corromperia todo prazer que pudesse sentir com ela. Uma ninfa poderia amar um mortal (Afrodite repassou uma breve lista mental de ninfas que haviam feito isso: Mérope, Calliroe, Enone...), mas não Tétis, que só mostrava desprezo por esse grego.

Para Atena, que chegou depois de Afrodite, casamentos eram sempre uma fonte de irritação. A deusa de olhos cinzentos não era tão alta quanto Hera, mas normalmente usava um capacete inclinado para trás, para alcançar a altura que não tinha. Atena odiava ficar perto de Afrodite, pois isso fazia que sentisse que não tinha mais nada além de cotovelos e joelhos. O cabelo de Afrodite escorria em cachos perfeitos que tocavam suas costas, a túnica grudava em seu corpo como se estivesse molhada. Atena olhou para baixo, para o próprio vestido – indo sem forma do ombro ao tornozelo –, e ficou se perguntando como Afrodite poderia parecer tão diferente no que era, em essência, a mesma roupa. Afrodite sempre parecia líquida, de maneira estranha e desejável: os olhos eram azul-esverdeados como o mar, a pele tinha um leve cheiro de sal. Ela se curvava sobre o vestido como um golfinho ou uma foca, formando um arco pela superfície da água. Atena se perguntava como era possível desprezar alguém e desejá-la ao mesmo tempo. Queria tanto se afastar da deusa que causava tanto desconforto quanto ser abraçada por ela. Apertou a lança com mais força, lembrando a todos de que sua paixão era pelo cerebral e pelo marcial. Tanto homens quanto mulheres oravam pedindo suas habilidades e sua sabedoria. Eles não rezavam para ela pedindo amor, crianças ou saúde melhor. Oravam por conselhos nas guerras, que ela mostrasse estratégia e destreza. Então, ela carregava a lança e usava o capacete para demonstrar melhor que não tinha nenhum interesse nas coisas que encantavam a maioria das mulheres. Como casamentos. E não queria pensar naquele homem de Ítaca – um jovem inteligente, com um destino complexo pela frente – que despertava nela os sentimentos que outras mulheres comentavam quando seus homens estavam ausentes. Odisseu só tinha olhos para a nova esposa, sua Penélope, no momento. Mas Atena era esperta em outros assuntos além da guerra e sabia que ele ficaria perdido um dia. Tudo que ela precisava fazer era certificar-se de que estaria no lugar e no momento certos. Usando, se preciso, o disfarce apropriado.

As três deusas tinham se resignado a um dia de tédio e irritação: todo olimpiano estava presente no casamento, não era possível escapar. No entanto, quando as outras ninfas se juntavam ao redor de Tétis e Peleu olhava os imortais ali presentes pensando em como tudo aquilo estava fora de seu alcance, cada uma das deusas amaldiçoava, em silêncio, aquele casamento. O desgosto era bastante mútuo: de sua parte, Tétis preferia que nenhuma delas estivesse presente. Preferia não ter se casado com Peleu, mas ele fizera algum acordo com Zeus, e a ninfa do mar sabia que não havia como recusar essa situação. Ela se aproveitaria da culpa de Zeus (com certeza, o deus deveria sentir algo parecido a remorso por uni-la a esse homem tolo) no futuro, quando precisasse de algo. Não esqueceria.

Todavia, se tivesse que se casar hoje, poderia ter feito sem o rosto carrancudo de Hera, que ficaria muito melhor se simplesmente apagasse a eterna expressão de desaprovação da face. Poderia ficar muito feliz se Atena – sempre acompanhada de uma coruja barulhenta, como se vivesse em um ninho tamanho gigante – tivesse preferido não ir. E nenhuma mulher, imortal ou não, queria a emburrada e enfadada Afrodite no próprio casamento. Todos os olhos – mesmo os do noivo de Tétis – eram atraídos para ela. Tétis chegara em sua túnica verde-mar mais bonita, e o futuro marido quase nem percebera, tão ocupado estava olhando a deusa que nascera da espuma. Tétis queria que as três desaparecessem no mar, mas seus desejos não tinham importância naquele dia.

Ela se virou de costas para todas elas, determinada a ignorá-las. Olhou as praias arenosas da ilha baixa de Egina, onde Zeus decretou que o casamento deveria ser realizado. Viu todos os deuses e todas as ninfas se juntando e sentiu uma breve onda de raiva por tantas pessoas terem vindo testemunhar sua humilhação. Queria poder se vingar de todos eles.

Mas a vingança, quando chegou, veio de outra parte e rolou pelo chão, reluzente e dourada.

✳ ✳ ✳

Afrodite não notou quando tocou seu pé. Estava acostumada a ter pessoas, animais e deuses procurando motivos, por mais absurdos que fossem, para tocá-la. Até as árvores, às vezes, deixavam cair seus galhos para tentar se enroscar nos cabelos dela. Foi um pouco mais tarde – quando um servo correu até ela para lhe oferecer ambrosia, antes de oferecer à noiva, ao noivo ou a qualquer um dos outros deuses –, quando deu um passo à frente para pegar a taça, que viu o brilho do metal, empurrado por sua sandália, sair rolando novamente.

Pensou no ouro, por causa dos brincos de Tétis. Até Afrodite sabia que seria um comportamento lamentável se aproximar do noivo no próprio casamento e perguntar se poderia ficar com os brincos que ele estava prestes a dar à noiva. Ela pensara em fazê-lo, mesmo assim. Eram tão adoráveis: uma cobra de duas cabeças formando um arco perfeito ao redor de um par de macacos dourados sentados. Contas de cornalina escura cercavam a esfera, cada uma terminada em um pequeno pássaro dourado. Como ficariam lindos pendurados nas próprias orelhas. Ficariam perdidos nos cachos escuros de algas marinhas de Tétis. Era realmente absurdo que fossem dela, não de Afrodite.

Ela estava se abaixando para pegar a esfera dourada, mas Atena, sempre perspicaz e gananciosa, a pegou primeiro. Afrodite quase chutara a esfera para o calcanhar da outra quando foi pegar a taça de néctar.

– Isso é meu – disse Afrodite.

Atena olhou da esquerda para a direita com falsa inocência.

– Acho que não – respondeu. – Veio rolando até o meu pé, então acho que se torna meu.

– Me dê isso – falou Afrodite. A boca formava uma careta brava, mas as duas deusas sabiam que era só o começo. Em um instante, ela poderia usar toda sua força de persuasão, e Atena teria que entregar a esfera, por mais que tentasse resistir. Ninguém poderia esconder algo de Afrodite se ela o quisesse. Ninguém, exceto Hera.

– Sobre o que vocês duas estão discutindo? – Hera murmurou.

– Atena roubou meu brinquedo – disse Afrodite. – E exijo que o devolva.

– Não é dela – falou Atena. – É meu. Alguém o chutou para o meu pé.

– Ninguém fez nada disso. Eu o derrubei e rolou pela areia até você. Isso não o torna seu – Afrodite virou-se para Hera. – Não faz que seja dela – falou.

– Deixe-me ver – Hera esticou a mão para a bola e sorriu quando a mão de Atena se fechou automaticamente. – Disse para me deixar ver isso.

Hera agarrou o punho de Atena com as duas mãos e tirou dela a esfera. Atena tentou impedi-la, mas, como segurava a lança com a outra mão, não conseguiu.

– A bola é minha – falou de novo. Os outros deuses estavam começando a notar que algo estava acontecendo. Sempre loucos por uma boa briga, começaram a se juntar.

– Não é uma bola – respondeu Hera. – Olhe.

Ela mostrou uma maçã dourada perfeita. Era quase esférica, mas se alargava no alto, sob um pequeno galho dourado. Um recuo na parte inferior permitia que se encaixasse perfeitamente entre o dedo e o polegar.

– Ainda é minha – disse Atena.

– Tem algo escrito nela – disse Hera, virando a maçã na mão. – *Te kalliste*.

– Falei que era minha – Afrodite deu de ombros. – De quem mais poderia ser?

Houve uma pausa momentânea.

– Talvez seja meu – disse Hera. – Alguma de vocês pensou nisso?

– Devolva-me isso – falou Atena. – Papai!

Os deuses olharam ao redor e, por fim, entre eles, para ver a figura alta e barbuda de Zeus caminhar rapidamente para longe.

– Todos conseguem ver que você está fugindo – gritou Hera. Zeus parou. Deu um forte suspiro. Em algum lugar, um trovão se queixou em um céu sem nuvens, e os homens correram para os templos dele tentando acalmá-lo. Ele se virou para encarar a esposa.

– Você quer me fazer uma pergunta? – falou. – Ou estavam resolvendo tudo sozinhas?

Apolo, com seu cabelo dourado, cutucou a irmã, Ártemis. Essas deusas eram incapazes de concordar em qualquer coisa, e isso proporcionava uma diversão infinita a eles.

– Essa maçã tem as palavras "para a mais bonita" inscrita nela – explicou Hera. – Há algum debate sobre a quem deveria pertencer.

– Não há nenhum debate, na verdade – disse Afrodite.

– Há – disse Atena.

– Só há uma resposta para o enigma – Hera as interrompeu. – Alguém deve decidir qual de nós ficará com isso – olhou para o mar de deuses na frente dela.

Aqueles que haviam aberto caminho para ficar diante da multidão começaram a sentir um profundo e amargo remorso. Olharam para o chão, como se cada grão de areia tivesse que ser contado.

– E deveria ser você, marido – continuou Hera.

Zeus olhou para a esposa, a expressão dela de irritação por sentir que estava em seu direito, e para a filha, uma máscara de dor. A outra filha estava perfeita, como sempre, mas somente um tolo pensaria que ela esperava que ele escolhesse uma das outras. Ou que o perdoaria se escolhesse.

– Não posso fazer isso – falou Zeus. – Como poderia escolher entre minha esposa e minhas filhas? Nenhum marido ou pai poderia fazer algo assim.

– Então me dê minha esfera – falou Afrodite, com os pequenos dentes, que pareciam conchas, bem apertados.

– É uma maçã – corrigiu Atena. – E é minha.

— Como vocês duas são presunçosas — disse Hera. — Está na minha mão.

— Porque você a arrancou de mim! — gritou Atena.

Houve uma agitação, e as deusas sentiram as areias se moverem sob elas. Será que Poseidon, o deus dos terremotos, se juntara ao debate? Os deuses não se amontoavam mais ao redor delas. Em vez disso, viram que estavam cercadas por uma nuvem brilhante e sentiram um novo movimento no chão rochoso sob os pés. A nuvem foi se desfazendo, e elas se encontraram em uma colina, com pinheiros verde-escuros ao redor e acima delas.

— Onde estamos? — perguntou Afrodite.

— No monte Ida, acho — respondeu Atena, quando olhou ao redor e percebeu as torres de uma cidadela do outro lado da planície abaixo da montanha. — Não é Troia?

Hera deu de ombros. Quem se importava com Troia?

※ ※ ※

O jovem apareceu diante delas como se tivessem sonhado que ele ganhava vida. Cachos de cabelo escuro emolduravam sua testa, e seu chapéu pontudo estava ligeiramente para o lado, dando um ar pouco respeitoso.

— Quem é você? — Hera exigiu saber.

— Páris, filho de Príamo — respondeu o homem. Seu tom quase escondia a confusão que sentia em um ambiente, ao mesmo tempo, familiar e estranho. Momentos antes, ele estava cuidando do rebanho nos prados que margeavam o sopé do monte Ida. Agora, inexplicavelmente, estava em uma clareira escura que nunca notara antes. E, pela visão, estava perto do alto da montanha, embora o ar estivesse muito quente para que isso fosse verdade. E agora três mulheres — um pouco grandes demais e com brilho levemente dourado, como se fossem iluminadas por dentro – estavam olhando para ele. Ele sabia que deviam ser deusas.

– Você será nosso juiz – disse Afrodite. Ela não tinha dúvida de que um mortal a escolheria como a mais bonita. E, se não o fizesse, ela o destruiria tão rápido quanto uma batida de seu miserável coração humano.

– Juiz? O que vou julgar, senhora? – perguntou Páris.

– Esta maçã diz que é para a mais bonita – explicou Atena, tocando com o dedo a maçã que estava nas mãos de Hera. – Entregue a ele – ela falou. – Foi o que Zeus decidiu.

Hera suspirou e acenou para o rapaz à sua frente.

– Aqui – ela falou, arremessando a maçã para as mãos dele. – Você deve decidir a quem pertence a maçã.

– Eu? – disse Páris. Por um instante, ele pensou se seu gado estava seguro, desprotegido nas encostas abaixo. Mas agora mesmo se tivesse ouvido o rugido dos leões da montanha ou o uivo dos lobos não teria movido um músculo. Reviru a maçã, admirando seu calor cintilante. Não era à toa que elas estavam discutindo por algo tão lindo e sólido. Ele viu as letras gravadas na polpa. – Para a mais bonita – sentiu um breve espasmo de tristeza, uma vez que quem escrevera usara o final feminino, *kalliste*. Se tivesse escrito *kallisto*, ele teria ficado com a maçã para si.

– Sim – disse Afrodite, que reconhecia o desejo quando o via. – É muito bonita, não é?

– Assim como vocês três – falou Páris, com galanteria ensaiada.

– Já ouvimos isso – falou Atena. – Agora escolha.

Páris olhou o rosto das três com verdadeira perplexidade. Afrodite, claro, era incrivelmente bonita, como todos sempre disseram. Suas roupas pareciam esticadas sobre os seios, agarrando-se à pele de tal forma que o olho dele era atraído para baixo sempre que olhava para o rosto dela, não importando quanto quisesse evitar. Conseguia imaginar sua mão no cabelo sedoso dela e sentir seu corpo pressionado contra o dele, a boca se abrindo debaixo dele, então não conseguiu imaginar mais nada. Claro que daria a maçã a ela. Ela era impressionante.

Mas, então, Hera limpou a garganta, e a conexão foi quebrada. Não exatamente quebrada, mas temporariamente desvanecida. Hera era alta, ele percebeu, parada entre Afrodite e Atena. Alta e elegante, e poderosa, de certo modo, como se pudesse se aproximar e levantá-lo antes de arremessá-lo contra uma rocha. A delicadeza de seus pulsos e tornozelos fazia com que isso fosse uma perspectiva estranhamente atraente. Talvez fosse melhor não a deixar brava, ele pensou, de repente. Contudo, parou ao perceber que não pensara nada daquilo. As palavras haviam simplesmente surgido em sua mente, como se as tivesse ouvido. Mas ninguém falara. Ele olhou para a boca dela, como se pudesse descobrir o truque, mas não conseguiu.

Finalmente, à sua esquerda, estava a mais surpreendente das três. Troia tinha uma estátua de Atena num templo da cidadela. Maior que o tamanho natural, tinha um aspecto ameaçador, o rosto frio de uma mulher que poderia estrangulá-lo com as mãos para não manchar de sangue o vestido. Todavia, a deusa em si, agora que estava parada a poucos metros diante dele, era completamente diferente. A expressão ameaçadora estava ali, mas o rosto parecia tão jovem que tudo mudava de algo que inspirava pavor a algo charmoso. Ela era como a irmã moleca de um amigo, que você sempre tratou como outro menino, então um dia nota que ela estava se transformando em uma mulher muito desejável que sabia que era boa demais para você. Naquele momento, Páris pensou que ele se esforçaria para ser bom o bastante para ela.

Afrodite bateu seu pé pequeno.

— Ela mandou você escolher, e é o que deve fazer — falou. As palavras pareciam deslizar pelo chão entre eles e envolvê-los como cobras. — De quem é a maçã?

— Não sei — disse Páris. — Vocês podem me criticar pela indecisão, mas a realidade é que vocês três são as criaturas mais bonitas que já vi.

Há uma grande distância entre vocês e qualquer mulher mortal, e é impossível decidir. É como perguntar a uma formiga no formigueiro qual é a montanha mais alta. Não consigo.

— Você precisa de mais tempo — disse Atena. Ela estava determinada a não mostrar que já se sentia feliz pela maçã não estar mais nas lindas mãos da irmã. — Podemos ajudá-lo com sua decisão?

Houve uma pequena pausa.

— Posso ajudar — disse Afrodite, e ela se contorceu até que os broches que seguravam seu vestido nos ombros se soltaram. O vestido deslizou revelando sua nudez, e Páris parecia que ia se engasgar com a própria língua.

— Ah, sério? — perguntou Atena. — Vamos fazer isso? Ela soltou os broches do próprio vestido, ficando alta e esbelta, nua, com exceção do capacete e da lança. Hera não falou nada, mas também ficou nua.

— Não consigo... — vacilou Páris.

— Não consegue falar? — perguntou Afrodite.

— Não consigo respirar — ele respondeu. Lutou com os laços do chapéu frígio e conseguiu soltá-los, jogando-o no chão seco. O cabelo estava grudado na cabeça.

— Isso o ajudou a tomar sua decisão? — Hera perguntou. Ele não notara como a voz dela era profunda e gutural.

— Honestamente, não — ele falou. — Quase o contrário, na realidade.

— Zeus trouxe você aqui para decidir — ela falou. — Você precisa escolher.

— Preciso de um instante — respondeu Páris. — Há um riacho aqui perto? Preciso de um pouco de água.

— Você pode beber algo quando tiver tomado sua decisão — disse Hera de maneira tão gentil que quase não dava para perceber a ameaça. Ela deu um passo na direção dele, e Páris precisou de muito autocontrole para não retroceder. — Vou facilitar as coisas para você — se Páris tivesse conseguido olhar além do rosto brilhante dela tão perto dele poderia ter visto Atena e Afrodite revirando os olhos em um aborrecimento fraternal. – A maçã é para a deusa mais bonita, como você vê – Páris quase havia se esquecido de que segurava a maçã, embora agora seu peso parecesse pulsar com um calor interno. – Mas beleza em uma deusa é diferente da beleza em uma mulher mortal. Não é apenas a aparência, mas também sua habilidade. Sou, como você consegue ver, muito linda.

Páris assentiu com medo. Pensou, por um instante, em falar algo sobre como fora surpreendente que Zeus tivesse se afastado de Hera por causa do extraordinário brilho dela, muito menos que tenha feito isso tantas vezes. Mas algo nos olhos brilhantes dela lhe disseram que isso poderia não ser recebido como o elogio que pretendia ser.

– Não sou apenas bonita – ela continuou. – Também sou extremamente poderosa. Sou a esposa e irmã de Zeus, moro ao lado dele no alto do Monte Olimpo. Meu favor cria reinos, meu desfavor os destrói. Você precisa me escolher – Páris sentiu os pelos arrepiarem, como se pudesse sentir sua respiração não existente na nuca. – Escolha-me e lhe darei o domínio sobre qualquer reino que desejar. Qualquer um deles. Está entendendo? Você pode ter Troia, se quiser, ou Esparta, Micenas ou Creta. Qualquer lugar que quiser. A cidade se curvará diante de você e o chamará de rei.

Ela se afastou, e Páris engoliu em seco.

– Realmente vamos...? – Atena olhou para Hera. – Tudo bem.

Ela deu um passo à frente, ocupando o mesmo lugar que Hera deixara. Páris podia sentir o suor gotejando na testa e nas costas.

– Você não precisa que eu lhe diga que deve me dar a maçã – ela falou.

Seus olhos verde-acinzentados eram tão diferentes dos de Hera, pensou Páris. Os olhos de Hera eram tão escuros, tão castanhos, que um homem poderia se perder neles, como numa caverna. Mas Atena olhava para ele com inteligência franca, que o fez sentir, de repente, igual a ela, por mais arrogante que fosse esse pensamento.

— Hera ofereceu a você uma cidade — disse ela. Ele não falou nada, mas ela ouviu mesmo assim.

— Um reino? Ela realmente quer essa maçã que você está segurando. Deve estar se perguntando o que posso oferecer que rivalizaria com isso, não é? — ele continuou sem responder, mas ela não parou. — Você está pensando que um reino poderia ser mais um fardo que um presente se um inimigo decidir tomá-lo — Páris pensara, na realidade, nos seios nus dela, que estavam praticamente tocando a pele dele, porque ela estava muito perto, mas não a corrigiu. — E você está certo — disse ela. — Um reino é bastante inseguro. E um rei deve ser capaz de lutar contra os inimigos e vencer. É isso que estou dando a você, Páris. Posso lhe dar sabedoria, estratégia, tática. Posso lhe dar o poder de defender o que é seu de qualquer homem que quiser tirá-lo de você. O que poderia ser mais importante? Me dê a maçã e serei sua defensora, sua conselheira, sua guerreira.

— Aquela é sua coruja? — ele perguntou quando o pássaro fulvo voou pela clareira e pousou em um tronco de árvore à direita.

— Você não pode ter minha coruja — Atena disse e pensou por um segundo. — Conseguirei outra, se quiser.

— Obrigado — ele respondeu. — É uma oferta tentadora.

Atena assentiu e voltou para o lado de Hera. A coruja voou até ela e pousou em seu braço estendido. Atena acariciou as penas atrás da cabeça da ave, e ela bicou suavemente sua mão.

Embora estivesse olhando para ela, algo que simplesmente não conseguia evitar, Páris não viu Afrodite se mover. De repente, ela estava atrás, na frente, ao redor dele. Sua mão tocou o braço de Páris, um toque leve, e ele sentiu como se as pernas fossem ceder. Nunca quis tanto algo na vida quanto simplesmente cair de joelhos e adorá-la. O cabelo dela (como sol na areia) estava enrolado em volta dele, e ele podia sentir o sal nos lábios.

— Você sabe que a maçã é minha – ela falou. – Entregue-a a mim e lhe darei a mulher mais linda do mundo.

— Você? – ele perguntou, a voz falhando ao dizer a palavra.

— Não – ela respondeu. – Eu o destruiria, Páris. Você é mortal – Páris ficou pensando se essa destruição seria uma maneira tão terrível de morrer. – Vou lhe dar a mulher que mais se parece comigo. O nome dela é Helena de Esparta.

De repente, ele teve a visão de uma mulher de extravagante beleza – cabelo loiro flamejante, pele branca, um pescoço semelhante a um cisne –, que logo desapareceu. Afrodite brilhou como espuma na superfície do mar.

Páris olhou para a sólida maçã dourada entre os dedos. Olhou de volta para as três deusas paradas na frente dele e soube que só havia uma dona legítima.

❊ ❊ ❊

Quando as deusas voltaram ao Monte Olimpo, Atena jurou que nunca mais voltaria a falar com elas. Em especial com Afrodite, toda presunçosa segurando a maçã nas mãos maldosas.

— Você não disse que Helena já tem marido – murmurou Hera. Ela preferia se vingar com calma, então se recusar a falar com sua algoz não serviria de nada.

— Não pareceu importante – respondeu Afrodite. – Além disso, o que importa? Páris já tem esposa.

18

Penélope

———◆═━◆❯◗◗◗❮◆━═◆———

Meu querido marido,

fui avisada de que você traria problemas. Minha mãe costumava dizer que isso estava preso a seu nome, que nunca se separaria dos problemas. Eu a acalmei e contei que você era esperto demais para se envolver em problemas. Você superaria todos eles, disse. E, se isso não funcionasse, fugiria deles. Suponho que deveria saber que encontraria problemas no mar, onde a esperteza e a velocidade não dão muita vantagem.

Um ano desde que Troia caiu, e você ainda não está em casa. Um ano. Troia pode estar mais distante agora que quando você partiu há dez anos? Onde você está, Odisseu? As histórias que ouço não são nada animadoras. Se eu contar o que os bardos têm cantado sobre você, vai rir. Pelo menos, espero que sim.

Dizem que você partiu de Troia e depois de alguns desvios para algumas incursões de pirataria acabou isolado em uma ilha com pastores gigantes de um olho só. Ciclopes, assim são chamados esses homens com um olho e muitas ovelhas. Você já ouviu algo tão ridículo?

Dizem que você ficou preso na caverna de um ciclope cruel; ele queria muito matar e comer você. Acho que o objetivo dele era matá-lo primeiro, de todas as maneiras.

Como cantam os bardos, os espíritos de seus homens – que estavam presos dentro de você – rapidamente ficaram desesperados. Mas, como sempre, você tinha um plano. Fico imaginando se eles mudam a história quando cantam nas casas de outros homens. Por certo, nos salões de Ítaca, você sempre é o mais rápido, o mais esperto, o mais engenhoso. Dizem que você deu ao ciclope um odre repleto de vinho e o incitou a beber. Se essa será minha última refeição, você falou, deixe-me compartilhar minha hospitalidade com você. Deu um odre repleto de vinho não diluído a um gigante que, em geral, só bebia leite de ovelha. Não é de estranhar que ele ficou bêbado tão rápido. "Qual é o seu nome, viajante", ele perguntou, as palavras se enroscando umas nas outras. "Gostaria de saber quem vou comer."

"Me chamam de Ninguém", você respondeu, não querendo que ele tivesse a glória de poder se gabar de tê-lo matado. Ele estava bêbado, e talvez também fosse estúpido, então pareceu um nome de verdade.

Mas qualquer um poderia ter pensado em dar algo forte para ele beber. A brutalidade brilhante do seu plano veio depois. E os bardos realmente desfrutaram dessa parte, Odisseu; eles cantam essa história o tempo todo. Pois, quando o vinho estava fluindo como sangue pelos ciclopes, seus homens quiseram matá-lo enquanto dormia. Eles não tinham pensado, como você, que ficariam presos em uma caverna com um gigante morto. Você precisava do ciclope acordado e ileso para que rolasse a rocha – que usava como porta – e abrisse a entrada da caverna. Você e seus homens não conseguiriam fazer isso juntos ou separados. Eles não acreditaram, então você provou a eles. Três guerreiros empurraram a rocha com toda a força, e ela não se moveu nem um dedo. Os homens não poderiam fugir. Só aí entenderam a complexidade do problema.

Falei ileso? Claro que você não queria que o ciclope ficasse ileso. Mas precisava que fosse o tipo certo de ferida.

Viu que ele usava uma grande vara para ajudá-lo a percorrer o terreno rochoso quando cuidava das ovelhas. Quando entrava na caverna ao final de cada dia, rolava a rocha na entrada para que as ovelhas ficassem do lado de dentro, segura dos lobos e de outros predadores enquanto ele dormia. Mas até um gigante precisava das duas mãos para fazer isso. Então, ele conduzia as ovelhas para dentro, apoiava a vara perto da entrada, ficando com as mãos livres para mover a rocha.

Você pegou a vara e a encostou nas brasas do fogo, girando-a por um tempo. Os homens estavam reclamando e se queixando de que o destino deles era muito cruel, sobreviver os dez anos da guerra e morrer voltando para casa, virando comida de gigante. Mas você os ignorou, ficou girando a vara, que era da sua altura, até deixar a ponta negra. Mesmo aí os homens não entendiam qual era seu plano, e você teve que mandar, duas vezes, que se afastassem e se escondessem entre o rebanho do gigante. Eu sabia, mesmo antes de o bardo cantar pela primeira vez, o que você ia fazer. A crueldade é uma das coisas que sempre amei em você, Odisseu. Ainda é.

Você enfiou a vara afiada no olho dele e a girou enquanto ela estalava e queimava. Do modo como os bardos cantam, o grito dele foi suficiente para acordar os mortos na guerra. Você se afastou e se uniu aos seus homens escondidos entre as ovelhas, segurando-se firme no pescoço macio delas para que não pudessem fugir. O ciclope tirou a vara de sua órbita molhada e escurecida e gritou novamente, mais alto que antes. Fez um som tão horrível que os outros gigantes vieram correndo. Eram um povo solitário, foi o que me disseram, vivendo em cavernas separadas com seus rebanhos. Mas nenhum deles ouvira um barulho como esse antes, e eles não podiam ignorá-lo. "O que está acontecendo?", gritaram do outro lado da rocha. Mover a rocha seria

– para eles – uma intromissão. Eles ficaram em silêncio, ouvindo. "Estou ferido", gritou o ciclope.

Você ou eu teríamos feito a mesma pergunta, Odisseu: "Como você se feriu?". Ou eu poderia perguntar: "Como posso ajudar?". Mas os ciclopes têm um costume diferente e fizeram a pergunta que mais importava a eles: "Quem o está machucando?". O ciclope ferido sabia a resposta e gritou do fundo da garganta arrasada. "Ninguém me machucou", ele gritou. "Ninguém furou meu olho."

Os outros gigantes se entreolharam e deram de ombros. Eles não são, como raça, curiosos. O tom da voz do ciclope parecia dolorida, mas todos ouviram a mesma coisa. Ninguém o estava machucando.

Irritados pela perturbação, voltaram para as próprias cavernas e não pensaram mais no encrenqueiro. No entanto, apesar de ter conseguido fazer tanto, e embora seu falso nome tivesse se provado um estratagema bem melhor do que imaginara, você ainda estava pensando. Esse é o meu homem.

Os bardos param aqui para se refrescar. Gostam de aumentar a tensão, claro, deixando-o preso na caverna, um prisioneiro. Sabem que vão ganhar por isso uma taça extra de vinho. Só então continuam: você sabia quando amanheceria porque havia um buraco no teto da caverna do ciclope pequeno demais para passar um homem e alto demais para ser alcançado. Mas deixava o sol entrar e a fumaça sair, então você sabia que era madrugada. As ovelhas também sabiam e começaram a balir ao sentirem a cinzenta luz tênue. O ciclope sabia que deveria deixar as ovelhas saírem para pastar, mas estava decidido a impedir que você escapasse. Então, rolou a rocha até a metade e se sentou ao lado dela.

Um de seus homens deu um gemido, perdido no meio do barulho das ovelhas. Ele ainda achava que o gigante iria vencê-lo, Odisseu. Mas você sabia o que fazer. Amarrou três ovelhas e mostrou aos seus homens como se segurar bem na barriga delas. Você chutou as ovelhas, e elas saíram correndo para a porta. Quando começou a amarrar o segundo homem em outro trio, o ciclope passou a mão gigante e sentiu as três costas e as cabeças macias – nenhum vestígio de homem – e se recostou para que pudessem passar. Quando chegou sua vez – o último a sair, como sempre –, só havia um carneiro grande. Felizmente, você não é um homem alto. Você se agarrou ao ventre dele e passou escondido pelo ciclope, livre.

Você escapou ileso, o que é mais do que pode ser dito do monstro que o prendeu. Mas, oh, Odisseu, problemas gostam de se agarrar a você como lã naquelas ovelhas. Quando você estava indo embora em seu barco, não conseguiu se conter e gritou para a ilha, contando ao gigante mutilado que você, Odisseu, vencera. Não podia evitar se gabar da vitória. E, se soubesse que a criatura cega era filho de Poseidon, que jogaria a maldição do pai sobre você, não tenho certeza de que teria feito de outra maneira. Você nunca conseguiu evitar ficar se vangloriando.

Os bardos cantam que Poseidon o amaldiçoou, Odisseu; jurou que demoraria outros dez anos para voltar a Ítaca. Ele jurou que seus homens seriam punidos com você e que voltaria para casa sem eles. Ninguém da sua tripulação. Eles vão abandoná-lo, Odisseu, ou morrer tentando chegar a casa? As duas perspectivas são igualmente sombrias para aqueles que esperam por todos vocês em Ítaca. Eu jamais desejaria que você fosse diferente do que é, marido. Mas queria ter tampado sua boca antes de ter dito seu nome ao ciclope.

Sua adorada esposa,
Penélope

19

As Mulheres Troianas

— O que foi? – Andrômaca foi quem perguntou a Cassandra o que provocara seus uivos.

A mãe e a irmã havia muito tinham deixado de esperar respostas para os súbitos e extravagantes ataques de histeria de Cassandra. Uma hora, ela poderia estar sentada quieta – para todo mundo seria uma garota normal. Então, começavam, do nada, os estremecimentos e a chuva de palavras, e ninguém poderia entender o sentido daquilo.

– É ele, é ele, é ele – gritava Cassandra. Sentindo que a mãe estava a ponto de dar um tapa em sua nuca, ela tentou baixar a voz, mas o horror lutava contra o decoro. – Meu irmão – ela disse. – Meu irmão, meu irmãozinho, meu irmão mais jovem, aquele que se salvou, está morto, ele está morto, ele está morto, ele está morto.

Com essas palavras, Hécuba ficou dura.

– Fique quieta ou vou cortar sua língua. Ninguém deve saber sobre seu irmão, sobre a fuga dele. Ninguém. Está me ouvindo? A vida dele depende de você ficar de boca fechada.

Cassandra balançou a cabeça, pequenos movimentos como um tique.

– Tarde demais, tarde demais, tarde demais para salvá-lo – ela falou. – Tarde demais para salvar Polidoro dos gregos. Eles já sabem quem é ele e onde está, porque já está aqui e é prisioneiro deles.

Polixena encostou a mão macia no braço da mãe e deu um apertão.

– Ela vai se cansar, mãe. Sabe que vai. Vai ficar quieta antes que eles se aproximem.

Ela apontou com a cabeça os soldados gregos carregando o pesado fardo pela costa.

– Não importa, não importa – a voz de Cassandra estava diminuindo até virar um sussurro.

– Polidoro não está aqui – Hécuba sussurrou a Polixena. De todos os irmãos, o mais novo era o mais próximo de Polixena, mas tinham escondido dela a fuga dele de Troia até depois de sua partida. – Ele está seguro. Nós o mandamos embora há meses para que ficasse seguro.

– Eu sei, mãe. Não se preocupe com as palavras de Cassandra. Você sabe que são bobagem. Sempre são.

Andrômaca não falou nada, mas colocou a mão nas costas de Cassandra e a acariciou suavemente. Convencer Cassandra a parar com seus excessos era como consolar uma mula ansiosa.

– Quieta – ela disse. – Quieta.

Cassandra passou a mexer a boca sem emitir som. E, quando os gregos chegaram no acampamento das mulheres, ela quase não estava mais movendo a boca. As lágrimas escorriam por seu rosto, misturando-se ao muco que saía do nariz.

Os soldados gregos falaram algo entre si e colocaram a maca na areia. Parecia uma pilha de trapos, mas os dois homens se endireitaram com alívio evidente. O homem mais próximo esfregou os nós dos dedos nas costas, enquanto o outro falava com Hécuba.

– Você é a esposa de Príamo?

— A viúva de Príamo.

— Se preferir, senhora — sorriu o soldado. Não havia nada mais divertido para um exército conquistador que uma escrava arrogante que imaginava que sua posição anterior teria algum peso em sua nova vida. Especialmente quando a escrava era uma velha bruxa convencida como essa.

— Sabe quem é esse? — perguntou ele. E chutou o embrulho aos seus pés, mas nada se moveu. Como os panos estavam muito úmidos, era difícil desenrolar. Ele xingou e se ajoelhou, pegando a ponta do tecido e puxando-o.

Ninguém o teria reconhecido pelo rosto. Estava inchado e escurecido pela água e pelas pedras. Parte do rosto fora arrancado, e havia vergões roxos ao redor do pescoço. Foi o bordado da túnica que fez Hécuba soltar um grito baixo e gutural. Ela se lembrava de quando ele usara aquela túnica pela primeira vez, olhando o próprio reflexo na borda de uma taça e rindo ao ver seu rosto distorcido. Ela se lembrava da escrava costurando pequenos pontos ao longo do pescoço. E, apesar de o pano ter perdido um pouco da cor na água salgada — descolorido até um tom que revirava seu estômago —, ela o reconheceu.

Polixena correu até perto do irmão e se jogou sobre ele.

— Não! — ela gritou. — Não, não, não!

— Então você o conhece — sorriu o soldado grego, mas o compatriota estalou a língua em desaprovação.

— Deixe o corpo aqui — falou o mais velho. — Deixe-as com sua dor.

— Odisseu disse para levar tudo o que encontrarmos no acampamento — respondeu o primeiro homem, perdendo um pouco da alegria.

— Vamos contar a ele o que encontramos. Deixe que ela faça o luto pelo filho, homem. Você iria querer o mesmo para sua mãe.

De mau humor, o mais jovem assentiu, e eles voltaram para o acampamento grego.

– Meu irmão – falou Polixena. – Meu lindo irmão – ela passou as unhas pelo próprio rosto, deixando quatro sulcos brilhantes em cada bochecha. Andrômaca ocupou o lugar de Polixena ao lado de Hécuba, abraçando forte a velha, que tremia todo o corpo frágil com soluços. Ela queria arrancar os cabelos, mas ainda não tinha forças para isso.

E, de algum modo, todas esqueceram que Cassandra dissera que isso ia acontecer e se convenceram de que ela afirmara algo totalmente diferente. Algo que terminou sendo falso, como sempre.

20

Enone

—::═•►◊◄•═::—

Enone não se encaixava mais. E isso já fazia algum tempo. Ela sabia onde era seu lugar, e era nas montanhas, correndo ao longo das nascentes dos rios, descansando debaixo das árvores frondosas, tocando flauta para rivalizar com os pássaros em seus cantos. Quando sua vida era a de uma ninfa da montanha comum, ela sabia como viver. Então conheceu Páris, e tudo mudou.

No início, mudou para melhor. Mas era porque não sabia que Páris era Páris. Expulso de Troia quando bebê por causa de uma profecia de que seria o responsável pela queda da cidade, ele não deveria ter sobrevivido ao primeiro dia. Nenhum dos pais teve coragem de ficar com ele, mas nenhum teve força para matá-lo. Príamo e Hécuba deram o bebê a um pastor, para levá-lo às montanhas. Mas o pastor não conseguiu fazer o que haviam pedido. Uma coisa era abandonar uma criança em um lugar isolado; outra era levantar o cajado e esmagar a cabeça dela. Então, ele não matou o bebê, mas o manteve em segredo e o criou como pastor de cabras. Que mal uma criança poderia fazer a uma cidade? Ninguém jamais descobriria a verdade.

Assim, quando Enone viu Páris pela primeira vez na encosta da montanha, um jovem levemente musculoso e delicado, cercado de cabras, achou que fosse o filho de um pastor. Mas ele era bonito, tão bonito que ela o seguiu por dias, escondida. Enone podia se esconder entre as árvores se Páris olhasse na direção dela. E por que ele faria isso? Ela se movia mais silenciosamente que qualquer uma das cabras dele. Ele tocava a flauta também, levando-a aos lábios gordinhos quando estava sentado observando os animais pastarem. Quando ela se apresentou a ele, já estava meio apaixonada.

No dia do casamento, ele contou que fora adotado pelo pastor Agelau e vinha do palácio de Troia. No entanto, dotada das artes gêmeas da profecia e da medicina, ela sabia que ele era o filho de Príamo e Hécuba desde a primeira vez que conversaram. Ela sentiu um estranho zumbido na cabeça quando pensou no futuro deles juntos, mas não prestou atenção. Como poderia ser diferente se ela já estava esperando um filho?

Viveram em perfeita felicidade até que as deusas vieram exigir o julgamento de Páris. Enone nunca duvidou disso, embora soubesse que outras achariam difícil dar crédito. Páris não a deixou; foi tirado dela. A primeira vez, pelo menos, foi tirado. Ele contou a ela, de maneira inocente, o que acontecera aquele dia: estava pastando o rebanho no sopé e foi envolvido, de repente, por uma névoa. Então, estava no meio de uma clareira, no alto da montanha, parado diante dessas três deusas, cada uma insistindo que ele a escolhesse para ficar com alguma besteira pela qual estavam disputando. Enone não precisava ouvir o nome delas para adivinhar quem fora.

Ela não tinha certeza do critério que ele usara para tomar sua decisão, nem poderia saber, ao certo, como o argumento fora resolvido. Só sabia uma coisa: ele voltara para casa tarde, muito depois do anoitecer, porque teve que descer a encosta da montanha e recuperar as cabras. Ele estava estranhamente distraído e sem paciência aquela noite.

Na manhã seguinte, despediu-se e disse que precisava partir para Troia e questionar os pais. Nunca falara em encontrá-los antes, nunca sugeriu que poderia ter o desejo de viver dentro dos muros da cidade. Enone sabia que não adiantava impedi-lo e, de qualquer modo, achou que ele voltaria em um ou dois dias com as dúvidas respondidas.

Só depois que ele partiu foi que ela entendeu melhor tudo. Páris não voltaria amanhã, nem no dia seguinte, ela viu. Estava indo para Troia para ser reconhecido príncipe. Então – esfregou as têmporas pensando que deveria estar errada – ele iria para a Grécia. Para a Grécia! Para quê? Por que motivo um homem feliz poderia deixar a esposa e o filho para navegar em mar aberto? Ele não tinha nenhuma missão a cumprir, nenhum deus lhe dera alguma tarefa, ela tinha certeza disso. Mesmo com todos os seus dons de profecia, ela não conseguia ver o que Páris faria. Suas visões do futuro eram, geralmente, muito detalhadas, mas no que dizia respeito a Páris havia uma nuvem tampando sua visão. Ela até perguntou ao pai, Cebren, deus do rio, o que poderia estar acontecendo, mas ele não sabia mais que ela.

Então, quando Páris regressou a Troia, ela ainda esperava que ele voltasse para a montanha. Voltasse para ela. Foi por intermédio de outra ninfa, repleta de sorrisos cruéis, que ela ficou sabendo a verdade. Páris, seu marido, estava vivendo na cidade com uma nova esposa, uma grega. Enone olhou para seu menino, o filho deles, dando os primeiros passos na terra, e se perguntou como um homem poderia se importar tão pouco com o filho. E como um homem que ela conhecia tão intimamente poderia acabar sendo tão falso? Tudo o que ela acreditava saber fora perdido em um pequeno caos.

Enone sabia que a guerra seguiria aquela mulher. Mesmo do alto do monte Ida, ela podia sentir o choque de metal e o fedor de sangue que estavam por vir. Então, quando os altos navios entraram pela baía, ela não ficou surpresa. Escondeu o filho em um abrigo na montanha: o que parecera tão romântico para ela e Páris se tornara conveniente, com soldados gregos perambulando pelas encostas mais baixas das montanhas para roubar bois e cabras para o banquete. Eles nunca descobriram o santuário dela, desencorajados pela proximidade do rio Cebren. Enone fora abandonada pelo marido, mas o pai ainda cuidava dela.

※ ※ ※

Após dez longos anos, Enone quase se esquecera de Páris, do doce sorriso dele e dos olhos entrecerrados. Ele parecia mais um sonho que um homem, e apenas o filho – agora um jovem esbelto com olhos castanhos e pele bronzeada – era a prova de que Páris existira.

A guerra se alastrara por toda a península de Trôade, primeiro para um lado, depois para o outro. Às vezes, ela e seu garoto se sentavam na grama e ficavam olhando as carruagens saírem do acampamento grego em direção aos defensores troianos. Eles estavam alto demais para verem o rosto dos guerreiros, então ela nunca soube, com certeza, se Páris ainda estava vivo.

Mas claro que ele estava, ou os gregos teriam levado Helena (demorou anos para Enone falar o nome dela, mesmo em pensamento) de volta ao marido, e a guerra estaria terminada. Apenas a obstinação de Páris poderia arrastar o conflito por tanto tempo.

Contudo, no final, até uma ninfa da montanha conseguia ver que a guerra estava perdida e ganha. Os guerreiros troianos estavam reduzidos a um número muito pequeno. Assim como os gregos, mas eles tinham começado a guerra com mais homens. Quando Heitor caiu, Enone sentiu um aperto no coração, como se tivesse sido o marido, o filho. Ela nunca conhecera o irmão de Páris, nunca vira o rosto dele, mas presenciara seu fim, o combate letal com o campeão grego, sabendo que era ele. Todos falavam de Heitor, baluarte dos troianos. Os gregos o respeitavam, os troianos dependiam dele. Ele era, em todos os sentidos, o oposto do irmão mais novo. Todos sentiam apenas desdém por um homem que colocara sua cidade em perigo para ter prazer na cama. Era uma das poucas coisas que uniam aliados e inimigos.

Ela observou uma figura vaidosa enfeitando-se no campo de batalha – seria Aquiles? Achou que vira como ele morria nas mãos de Heitor alguns dias antes, mas agora entendeu que devia ter visto outro homem usando a armadura de Aquiles. Esse guerreiro era tão rápido, tão ágil, tão cruel, que deveria ser Aquiles. Ela o viu matar Heitor, depois amarrar o cadáver na traseira de sua carruagem, antes de desfilar diante dos muros da cidade, e sabia que jamais veria algo tão cruel de novo. Tentou esconder as lágrimas do filho – para quem a guerra, com suas batalhas nas planícies tão abaixo deles, tinha a qualidade de um jogo –, porque ela não podia explicar que estava chorando por um homem que não conhecia, pois, de algum modo, sabia que ele ainda não merecia morrer.

※ ※ ※

Seus dons de profecia se mostraram deficientes mais uma vez, quando se tratou do marido, e ela só ficou sabendo da ferida de Páris quando ele cruzou o bosque cambaleando até a frente da cabana dela e caiu no chão com um grito.

– Enone – ele chamou. – Eu imploro.

A primeira resposta de Enone ao som de seu nome foi assumir que ela havia imaginado. Havia dez anos ninguém a chamava pelo nome. O filho a chamava de "mamãe" quando não estava nas montanhas com seu adorado rebanho. Cebren, deus do rio, a chamava de "filha". As outras ninfas a chamavam pelo nome, mas ela se afastara delas havia muitos anos, incapaz de suportar a vergonha de ter sido abandonada pelo marido mortal. Então, pensou que deveria ter confundido seu nome com o canto de um pássaro, como fizera tantas vezes depois que Páris fora embora. Mas o chamado se repetiu.

– Enone, por favor. Por favor, me ajude.

Dessa vez não havia como se equivocar. Ela sabia que escutara seu nome, e sabia de quem era a voz. Correu na direção do som e viu algo com que sonhara milhares de vezes, primeiro com medo, depois com raiva. Quando o amor deles era novo, ela detestava que Páris ficasse muito tempo longe dela. Tinha medo de que ele fosse ferido por um javali da montanha ou levado por lobos. Várias vezes, ela o viu deitado diante dela, mortalmente ferido, e sabia que seria necessário usar todos os seus poderes de cura para afastá-lo da boca gananciosa do Hades. Na escuridão da noite, ela se dizia que esse era o preço a ser pago por amar um mortal: o sempre presente risco da morte. Quando ele partiu e ela percebeu – tarde demais para sua dignidade – que jamais voltaria, imaginou uma cena diferente. Páris rastejaria pelos pinhões marrons que cobriam sua casa pedindo ajuda. A resposta dela variava: às vezes, permitia, magnânima, que ele pedisse perdão e salvava a vida dele; outras, ficava olhando, imóvel, até o último suspiro dele ficar preso em sua pérfida garganta.

Agora o sonho estava diante dela. O cabelo oleoso de Páris, ainda grudado na testa, estava eriçado pelo suor. Seu lindo rosto estava marcado com linhas de dor, e sua cor – outrora o mesmo bronzeado adorável do filho – estava pálida e cinzenta. Ele caíra para a frente, a cabeça pousada sobre os braços. A perna esquerda caiu desajeitadamente, e ela viu o sangue escuro escorrendo do tecido que ele usara para enfaixar sua ferida. A respiração estava irregular, e foi preciso um grande esforço para reunir forças e conseguir falar.

– Enone, estou morrendo. Sem a sua ajuda, vou morrer.

Ela olhou para o homem caído aos seus pés e se perguntou como poderia ter chegado a amá-lo. Ele era tão frágil. Tão humano. Havia algo desagradável nos mortais que os deuses nunca comentavam porque todos sabiam que era verdade. Eles tinham um cheiro estranho – fraco quando jovens, cada vez mais forte à medida que envelheciam –, sempre presente. Era o cheiro da morte. Até os saudáveis, os que não estavam feridos, até as crianças tinham essa marca invisível e indelével. E agora Páris tinha esse cheiro.

— Por favor — pediu ele.

— Como chegou aqui? — ela perguntou.

— Caminhei, até que só consegui rastejar — ele falou. — Então rastejei.

— Meu pai deixou você cruzar.

— Sim. Ele disse que você poderia se recusar a me ver.

Ela assentiu.

— Mas implorei, e ele abrandou as águas para que eu chegasse até você.

— Você veio em vão — ela falou. Não sabia o que ia responder até ouvir as próprias palavras. Um espasmo de dor atravessou o rosto dele.

— Você poderia me curar — ele falou. — Se quisesse.

— E se eu não quiser? — ela perguntou. — E se preferir não estancar seu sangramento e cuidar de suas feridas? E se preferir guardar minhas ervas curativas para o meu filho, para as cabras dele, para alguém que não me traiu? E daí?

— Enone, não diga isso. Não fique tão brava. Já se passaram mais de dez anos desde que fui embora... — Páris perdeu o fôlego e tossiu, depois gritou de dor.

— Mais de dez anos desde que você me deixou viúva — ela falou. — Você nos abandonou, eu e o filho que dei a você. Não se importou conosco. Agora rasteja de volta e não sou mais viúva? Pensou alguma vez, só uma vez, durante sua viagem até aqui em cima, em se perguntar se eu já havia me acostumado à minha condição de viúva? Se eu podia ter aprendido a viver assim e até chegar a preferir? Pensou por um momento no que eu poderia querer, em como me sentia?

— Não — ele falou, e uma mortal teria lutado para ouvir o som. — Estou morrendo, Enone. Só pensei nisso.

— É por isso que não vou curá-lo — ela falou. — Você só pensou em si mesmo. Mesmo agora, quando deveria estar prostrado diante de mim...

— Estou prostrado diante de você.

Um leve sorriso surgiu em seus lábios machucados. Esse era o homem que ela amara.

– Mas não para mim – ela falou. – Para si mesmo. Não posso curá-lo, Páris. E você deve deixar a montanha ou vai contaminá-la com sua morte.

Ela se virou e foi embora. Muito mais tarde, quando foi receber seu garoto que voltava dos pastos, viu que não havia mais vestígio de Páris, nenhuma gota de sangue entre os pinhões. E, embora tivesse certeza de que, dessa vez, a conversa fora real, ainda ficou pensando que devia ter sido outro de seus sonhos.

21

Calíope

—··╬┅•▶◉◀•┅╬··—

Sabe, gosto dela. Enone, quero dizer. Sei que o poeta se cansa dessas mulheres que aparecem e desaparecem da história, mas até ele está começando a entender que toda guerra pode ser explicada dessa maneira. E teria realmente se esquecido de Laodâmia, como tantos poetas antes dele? Uma mulher que perdeu tanto sendo tão jovem merece algo, mesmo que seja apenas ter a história contada. Não é mesmo?

Há tantos modos de contar uma guerra: todo conflito pode ser encapsulado em apenas um incidente. A raiva de um homem com o comportamento de outro, digamos. Uma guerra inteira – todos os dez anos – poderia ser condensada assim. Mas essa é a guerra das mulheres tanto quanto dos homens, e o poeta vai olhar a dor delas – a dor das mulheres que sempre foram relegadas às margens da história, vítimas dos homens, sobreviventes dos homens, escravas dos homens – e contá-la, ou não contará nada. Elas esperaram muito tempo por sua vez.

E por qual motivo? Muitos homens contando as histórias de homens uns para os outros. Eles se veem refletidos na glória de Aquiles?

Os corpos velhos se sentem mais fortes quando descrevem a juventude dele? A barriga gorda de um poeta comilão se recorda dos músculos duros de Heitor? A ideia é absurda. E, ainda assim, deve haver alguma razão pela qual eles contam e recontam histórias de homens.

 Se ele se queixar comigo outra vez, vou perguntar isto a ele: Enone é menos heroína que Menelau? Ele perde a esposa, então cria um exército para trazê-la de volta, com o custo de inúmeras vidas e criando inumeráveis viúvas, órfãs e escravos. Enone perde o marido e cria o filho. Qual desses é o ato mais heroico?

22

As Mulheres Troianas

Helena foi a primeira a ver os homens se aproximando do acampamento grego. Hécuba passara a noite em luto pelo filho. Polixena, Andrômaca e todas as mulheres troianas tinham se juntado a ela nos lamentos, embora fosse difícil dizer se Cassandra estava acompanhando ou se chorara por conta própria. Helena se aproximou das mulheres que a desprezavam e deu a notícia.

– Os gregos estão chegando.

Hécuba levantou o rosto devastado, grossas linhas roxas aparecendo onde ela passara as unhas.

– O que eles querem? – choramingou. – Estão planejando me impedir de enterrar meu filho? O que vem depois? Acrescentarão mais algum desrespeito a tantos outros?

– Talvez – respondeu Helena.

– Não discuta com ela – falou Polixena. – Por favor. Já não fez o suficiente?

– Não estou tentando discutir com ela – falou Helena. – Estou fazendo a cortesia de dizer a verdade. Talvez tenham vindo para levar Polidoro. Talvez tenham vindo para me levar. Ou a você. Ou a alguma de nós.

– Como pode se sentir tão inocente quando tudo isso é culpa sua? – perguntou Polixena. – Como?

– Não é culpa dela – disse a mãe, a voz rouca pela longa noite. – É minha.

– Sua? – questionou Polixena, e Andrômaca viu que ela e Helena tinham a mesma expressão de perplexidade. – Como pode ser culpa sua?

– Quando ele nasceu, nos disseram que iria causar a queda de Troia – chorou Hécuba. – A profecia era clara: deveríamos matar Páris ou ele mataria a todos nós.

Houve um silêncio.

– Por que não...? – Polixena não conseguiu terminar. Mesmo quando ainda estavam inalando a fumaça da cidade destruída, não conseguia dizer. Por que não haviam matado o irmão que ela nem sabia que existia até a chegada dele à cidade, já adulto, exigindo sua primogenitura?

– Por que não atendemos ao conselho dos deuses? – perguntou Hécuba. – Você ainda não se casou – nesse momento, Cassandra deixou escapar um pequeno uivo, mas ninguém prestou atenção. Hécuba continuou: – Você não pode saber como é olhar o filho recém-nascido e ouvir que ele será a causa da destruição de sua cidade. Ele era tão... – ela hesitou, incapaz de encontrar uma palavra que não fosse dolorosamente sentimental. – Pequeno. Ele era tão pequeno, e seus olhos eram imensos, e ele era perfeito. E não conseguimos, eu não consegui sufocá-lo, como tinham dito para fazer. Ele era muito pequeno. Quando tiver o próprio filho, você entenderá.

– O que você fez com ele? – perguntou Helena. Ela nunca falava de Hermione, a menina que deixara em Esparta. Helena não saberia nem dizer com certeza se a filha ainda estava viva. Ela não a mencionou, porque sabia que seria repreendida por Hécuba ou Polixena por ter a audácia de afirmar que sentia saudade de uma filha que abandonara. Mas era possível abandonar alguém e ainda sentir saudade.

— Nós o entregamos a Agelau, pastor de meu marido — disse Hécuba. — Pedimos que abandonasse a criança do lado de fora dos muros de Troia. Em algum ponto das montanhas.

— Você enviou Páris à morte? — perguntou Polixena.

— Para salvar a todas vocês — respondeu Hécuba. — Para salvar a todas as outras crianças, até aquelas que ainda não haviam nascido. O terrível destino pertencia apenas a Páris. Se ele morresse, o restante viveria. A cidade resistiria. Eu e Príamo concordamos que era um preço que valia a pena pagar. Simplesmente não aguentamos vê-lo morrer.

Polixena olhou para ela. Sempre soube que a mãe poderia ser implacável, mas isso era algo diferente, uma estranha combinação de sentimento e brutalidade. Enquanto Hécuba falava, Polixena pegou-se lutando para encontrar a expressão habitual da mãe ou ouvir sua voz tranquilizadora e irritável.

— Mas o pastor ignorou a ordem de seu marido — disse Helena. — Não foi culpa sua.

Hécuba normalmente se recusava a olhar para Helena. Mas agora encarou os olhos perfeitos dela.

— É — murmurou. — Eu sabia que o pastor nos trairia. Sabia que ele era fraco; sabia que iria levar o menino e criá-lo. Ele sempre teve o coração mole. Não conseguia nem matar um filhote de lobo se o encontrasse longe da mãe. Imagine isso: um pastor que não consegue matar um lobo. Eu sabia que ele seria fraco demais para matar uma criança. Mas não falei nada.

— Príamo sabia que o pastor tinha essa fraqueza? — perguntou Helena. Hécuba assentiu. — Então, mais uma vez, não é culpa sua. Ou, pelo menos, não só sua — disse Helena. — Príamo tomou a mesma decisão, e Páris era o filho, assim como Troia era o reino dele. Você era a companheira dele em todas as coisas, mas não mandava nele. A culpa maior está nas mãos de Príamo.

– No túmulo de Príamo – disse Hécuba. – Mas, entre os vivos, carrego a culpa. E agora Páris também custou a vida do meu filho mais novo e inocente. Uma última tristeza para mostrar minha culpa por ser egoísta e tola.

– Polidoro não a culparia – Andrômaca falou baixinho, mas, mesmo assim, todas se viraram para ela. – Era um garoto doce, de coração aberto e, às vezes, tolo, porém não gostava de recriminar nem era cruel.

Hécuba sentiu os olhos ardendo, mas não tinha a intenção de chorar de novo.

– Ele era um garoto doce – assentiu.

– Ele não ficaria bravo com você, mãe – concordou Polixena. – Vamos pedir aos gregos permissão para enterrá-lo.

– E se recusarem? – perguntou Hécuba. A angústia já estava se transformando em fúria silenciosa.

– Devemos jogar areia sobre ele agora – disse Andrômaca. – Ele vai entrar pelos portões do Hades e morar na ilha dos abençoados. O enterro formal acontecerá mais tarde, ou não. Mas ele já estará onde pertence.

As mulheres cumpriram seu dever em silêncio. Lavaram Polidoro do sangue, da areia e das algas penduradas nele e jogaram punhados de terra sobre seu corpo, murmurando orações a Hades, a Perséfone e também a Hermes, que o acompanharia ao Mundo Inferior para mostrar o caminho. Os soldados gregos estavam muito perto delas, mas Polidoro já estava em segurança fora do alcance deles.

23

Penélope

—·∷═◆○◘○◆═∷·—

Meu querido marido,

outro ano se passou, e você ainda não está nem próximo de casa. Ou talvez esteja. Ouvi uma história de um velho, um bardo errante atrás de uma refeição, de que você ganhara o favor de Éolo, deus dos ventos. E, graças a ele, navegara até conseguir ver Ítaca, nosso posto avançado rochoso. Então os marinheiros fizeram uma besteira – ignoraram alguma instrução simples –, e os ventos se voltaram, outra vez, contra você e o empurraram de volta à ilha do deus dos ventos. Nem mesmo Éolo vai deixar de ajudar duas vezes um viajante cansado. Ele sabe, como todos sabemos, que tal infortúnio deve ser o resultado da desaprovação divina. E quem é ele para discutir com outro deus em nome de algum mortal?

Não duvido de que esteja acreditando que Poseidon está apenas brincando com você por um tempo, forçando-o a navegar para um lado e para o outro. Mas e se não for assim, Odisseu? E se essa for a sua punição por cegar o filho dele, o ciclope? Para um deus, uma vida humana não vale mais que um piscar de olhos. Ele poderia mantê-lo afastado de casa por um ou dez anos. Para ele, não haveria diferença nenhuma.

Estou preocupada com você, é claro. A história de Éolo e os ventos favoráveis que tentou oferecer a você é frustrante. Pensar que você esteve a uma curta distância de mim, e eu não sabia. Posso quase sentir o gosto da decepção, o amargo no fundo da língua. Contudo, comparada às outras histórias que nos chegaram aqui, é algo positivamente encorajador. Se eu acreditasse em 10% do que ouvi sobre sua tortuosa viagem para casa, teria certeza agora de que você estava morto. Talvez você esteja morto. Sinto que posso estar escrevendo essa mensagem na areia, com a maré subindo, por toda a certeza que tenho de que um dia você saberá o que eu queria lhe falar.

Espero que não tenha perdido os outros navios e ficado apenas com o seu, como cantou o velho bardo. Tenha certeza de que não dei a ele uma cama confortável para dormir naquela noite. Ele jantou pão seco e dormiu sobre as pedras duras. Na noite seguinte, cantou uma doce sequência à história, onde você ancorava em segurança em alguma costa. Era óbvio que ele compusera esses novos versos para me agradar. Não funcionou.

Já me esqueci do nome do porto seguro que ele cantou na segunda noite. Uma palavra estranha, mas vou me lembrar. Na primeira noite, ele o colocou sob o ataque de outros gigantes. Primeiro os ciclopes, ele cantou, depois – após sua audaciosa fuga – os lestrigões. Nunca tínhamos ouvido falar desses gigantes, mas o poeta nos garantiu que eram uma raça descomunal de canibais. Perguntei em que eram diferentes dos ciclopes, uma vez que Polifemo (o nome daquele que você cegou, Odisseu, já que não se deu ao trabalho de perguntar) também estava determinado a comê-lo com seus homens. O bardo não tinha nenhuma resposta além de alguma declaração meio desanimada sobre o número de olhos que eles têm. Não é à toa que fica difícil acreditar muito no que cantam esses poetas.

Porque, de fato, quantos gigantes canibais pode um grego encontrar quando navega em mar aberto? Mesmo eu, especialista em sua capacidade de criar problemas, acho que um deles é, provavelmente, suficiente para sua história. Assim, se você se encontrou com os lestrigões; se não perdeu a maioria dos companheiros; se não perdeu todos os navios, com exceção do seu, então qual é a resposta à pergunta que está nos meus lábios quando acordo todas as manhãs: onde está você?

Todos os bardos cantam a bravura dos heróis e a grandeza dos seus feitos: é um dos poucos elementos de sua história com o qual todos concordam. Mas ninguém canta a coragem exigida por aqueles deixados para trás. Deve ser fácil esquecer há quanto tempo você partiu enquanto salta de uma aventura à outra. Sempre precisando fazer escolhas impossíveis, sempre aproveitando as oportunidades e correndo riscos. Isso faz o tempo passar, imagino. Enquanto estou sentada em nossa casa sem você, vejo Telêmaco crescer, passar de bebê a criança, e agora a um lindo jovem, fico pensando se ele voltará a ver o pai. Isso também exige a disposição de um herói. Esperar é a coisa mais cruel que já aguentei. Como um luto, mas sem certeza. Tenho certeza de que, se você soubesse a dor que isso me causou, choraria. Você sempre foi um homem sensível.

Ah, lembrei o nome do refúgio. Enea. Fiquei tentando imaginar onde fica ou se realmente existe. O bardo deve ter ficado sem gigantes canibais para atacar você, então criou uma história ainda mais estranha sobre o que aconteceu quando desembarcou em Enea. Depois que os lestrigões atiraram pedras contra você, afogando a maior parte de seus homens, você e a tripulação navegaram o mais distante e rápido possível, até desembarcarem na primeira ilha que viram. Ter perdido todos aqueles navios, Odisseu. Todos aqueles homens. Mantenho a esperança de que o bardo esteja cantando uma história errada. Ou como vou contar a todos os pais e mães, a todas as esposas e irmãs, que seus homens sobreviveram à guerra de Agamenon, mas não à viagem de volta de Odisseu? Como vou olhar para eles depois de contar todo esse horror?

Então, se for verdade, e tantos tripulantes estão mortos, posso acreditar no que o bardo disse que aconteceu depois. Que você mandou seus homens ficarem esperando no navio enquanto ia explorar a ilha. Não queria colocar os últimos companheiros em perigo depois de tudo que sofreram. Preferiu assumir o risco sozinho. É assim que você é. Assim, partiu com sua lança (sempre tão orgulhoso de seus olhos afiados e da excelente pontaria) para tentar encontrar comida. Explorou a vegetação luxuriante, comentando consigo mesmo que nunca vira solo tão fértil tão perto do oceano. Quase como se a ilha fosse encantada. E bem quando falou a última palavra sentiu um estremecimento e desejou que tivesse sido apenas a brisa fresca do mar. Subiu as dunas íngremes perto da água e logo viu que atracara seu barco no lado alto da ilha, num lugar mais denso, com altos pinheiros. À sua frente, viu que a terra se estendia gentilmente para baixo. Precisou olhar bem duas vezes, para ter certeza, mas se convenceu de que havia fumaça subindo em algum ponto diante de si, entre as árvores. Seu pulso se acelerou quando pensou naquelas outras duas ilhas perigosas onde, recentemente, esperara encontrar ajuda. Não queria correr o risco de explorar o centro dessa ilha ainda, não se pudesse evitar.

E – porque é meu marido esperto, ardiloso e, acima de tudo, sortudo – poderia evitar. Porque, nesse exato momento, um enorme cervo saiu da vegetação rasteira na sua frente. Você nem entrara no bosque e ali estava seu prêmio, oferecendo-se a você, com chifres altos e compridos e pescoço orgulhoso. Você ainda não vira, mas seus ouvidos aguçados já escutavam: estava bem em cima da nascente onde fora beber.

Eu conseguia imaginar tudo enquanto o bardo cantava. Conseguia ver cada movimento. Você não parou. Pegou a lança com ponta de bronze e atirou. A lâmina furou o pescoço do animal, e ele caiu de joelhos perto da água. Você correu pelo chão pedregoso, que se abria aos seus pés, e quando chegou para reivindicar seu prêmio viu que fora enganado por seus olhos. O cervo era muito maior do que parecera visto de cima. Você quase não conseguia levantar a criatura, mas não abandonaria a presa. Liberou a lança, e o animal soltou o último suspiro.

Então, você cortou as videiras que cresciam no chão e as usou para amarrar os pés do cervo. Não era possível carregá-lo no ombro; era preciso pendurá-lo ao redor do pescoço para poder aguentar o peso. Você usou a lança como ponto de apoio, para ajudar a manter o equilíbrio, enquanto cambaleava de volta para a proa curva de seu navio.

Você e os homens fizeram um banquete aquela noite, com carne assada, e dormiram na praia, imaginando o que poderiam encontrar mais para dentro da ilha. Na manhã seguinte, você decidiu que precisava de mais homens para cobrir mais terreno. Mas preferiu uma investigação mais cautelosa que a que usara com os ciclopes e os lestrigões. Os homens estavam cautelosos, o que era compreensível após experiências tão terríveis, e prontamente concordaram em se dividir. O bardo foi bem específico: você levou um grupo; seu amigo Euríloco liderou o outro. Vinte e dois homens cada um. Você e Euríloco partiram em direções opostas, concordando em se encontrar de volta no barco antes do pôr do sol.

Seu grupo teve um dia tranquilo: embora não tivesse encontrado nenhum cervo dessa vez, vocês caçaram alguns coelhos, o que agradou aos homens. Voltaram ao barco quando a luz estava diminuindo e o sol viajava por sua carruagem pelo oceano distante. Lá, esperaram pela volta do segundo grupo de homens, mas eles não apareceram. Apenas Euríloco apareceu, por fim. E a história que contou era pouco verossímil.

Ele chorou ao contar a você que os homens dele haviam ido para o centro da ilha, onde havia menos árvores. Eles se aproximaram de uma clareira e ficaram espantados ao verem altos muros de pedra. Vários homens queriam voltar. Esse prédio era alto o suficiente para conter um ou dois gigantes. Discutiram baixinho se deviam ficar ou fugir, antes de descobrirem que estavam cercados.

Leões da montanha haviam aparecido do meio do bosque, e, quando os homens se viraram, recuando, descobriram que uma matilha de lobos se posicionara atrás deles. Embora os homens estivessem com medo, logo notaram que os animais estavam se comportando de maneira estranha. Os leões sacudiam a cauda, como se pedissem para ser acariciados, e os lobos se aninhavam nas mãos dos homens como cães leais. Seus homens não sabiam, claro, que esses animais não eram animais, mas homens. E não abanavam a cauda por amor, mas por desespero, porque haviam perdido o poder da fala.

Então os portões do palácio se abriram e saiu uma ninfa, cuja beleza (como canta o bardo) era insuperável. O cabelo estava preso em intrincadas tranças, e ela cantou uma canção grave que fez os homens sentirem saudade de casa. De Ítaca.

Claro que eles a seguiram para dentro, e claro que se sentaram à mesa dela. Parece uma tolice, não? Eram tão confiantes esses guerreiros. Mas sei que aguentaram dez longos anos dormindo no chão, comendo carne queimada das fogueiras. Então, outro ano no mar, levados de um desastre a outro. Assim, não é de admirar que, quando uma mulher bonita os convidou a se sentar em cadeiras de madeira, eles foram pegos de surpresa? A dignidade era tão tentadora quanto a comida. Eles queriam se sentir homens de novo, tendo vivido tanto tempo como animais.

Ela deu queijo, cevada e mel, e eles beberam muito vinho. Ela misturou suas drogas a tudo, claro, mas eles não sentiram o gosto, tão desacostumados estavam com a doçura maravilhosa do mel. Apenas Euríloco se conteve, esperou fora das portas do palácio, olhando pela fresta entre o portão e o muro, suspeitando de algo, mas sem saber de quê. Seus homens encheram a boca o máximo que puderam.

É preciso certa crueldade, Odisseu, para olhar homens desesperados e ver apenas porcos. Mas foi isso que Circe viu, e foi isso que fez com seus homens. Euríloco viu, horrorizado, quando os companheiros terminaram de comer e pareciam encolher. Ele esfregou os olhos, esperando ver os homens como sempre foram. Mas não estava enganado. Primeiro, os braços encurtaram, depois as pernas, e, por fim, eles se inclinaram para a frente e ficaram de quatro. De repente, o rosto deles estava eriçado com pelos claros. Os dentes cresciam dos dois lados da mandíbula, e o nariz se transformava em focinhos. Circe pegou seu cajado e bateu no homem mais próximo. Ela os levou para o chiqueiro, onde se agruparam. Os homens haviam perdido o formato humano, mas, como porcos, mantinham a mente e as lembranças. Guinchavam horrorizados com o que acontecera, presos juntos com uma tina de bolotas como único alimento.

Euríloco fugiu do palácio, atravessando o bosque sem se preocupar com os perigos, desesperado para encontrar você e lhe contar as coisas terríveis que testemunhara. Quando o encontrou, implorou para deixar os companheiros transformados para trás e ir embora com ele e os outros homens que ainda andavam em duas pernas. Mas você decidiu enfrentar esse problema. Já perdera muitos homens para sacrificar outros vinte.

Partiu sozinho para o bosque. Tão impetuoso, Odisseu, o que não tem nada a ver com você: sempre preferiu fazer planos meticulosos. Talvez tenha mudado no instante em que nos separamos. Ou talvez estivesse, como sugeriu o bardo, inspirado por algum deus. Como ele conta, você seguiu a rota que seus companheiros haviam tomado, até a colina íngreme, e desceu pelo bosque, até a fumaça que vira no dia anterior. Um jovem alto, bonito e orgulhoso saiu de trás de uma árvore, e você deu um grito alarmado. Ele agarrou seu braço.

— O que os deuses gostam em você, Odisseu... bem, a maioria deles... é como você é determinado. Mesmo quando as chances são mínimas. Quais são suas possibilidades, um homem sozinho, contra uma feiticeira como Circe?

— Preciso resgatar meus homens — você respondeu. — Deixe-me passar.

O jovem apertou um pouco mais seu braço.

— Seus porcos, pelo que ouvi. Mas, se aceitar minha ajuda, vai embora com eles novamente como homens.

— Quem é você? — perguntou. Você nunca gostou de surpresas.

O jovem riu e disse:

— Trago uma mensagem dos deuses. Isso não responde à sua questão?

— Você é Hermes.

Esse momento parece mais verdadeiro que quase todo o restante que os bardos cantaram, Odisseu. Quem, a não ser você, iria supor que os deuses não tinham nada melhor para fazer que ajudá-lo com qualquer maquinação impossível na qual você se meteu? E quem, além de você, estaria certo?

— Aos seus serviços — ele riu e fez uma reverência zombeteira. — Ouça com atenção, Odisseu. Sua vida depende disso.

Ele deu a você uma pequena flor branca com raízes negras e mandou que comesse. A planta, que chamou de móli, iria protegê-lo das poções de Circe e permitiria que você mantivesse a forma humana. Mas esse era apenas o começo do conselho dele. Depois de alimentá-lo com a comida envenenada, Circe tentaria bater em você com o cajado e levá-lo até o chiqueiro, como fizera com seus homens. Naquele momento — não antes —, Hermes mandou que corresse na direção dela com a espada em punho. Então, ele falou, ela tentaria seduzi-lo, mas você deveria forçá-la a fazer um juramento, por todos os deuses, de que não o machucaria e liberaria seus homens das prisões suínas. Só então, disse Hermes, você deveria concordar em dividir a cama com ela. Você assentiu e repetiu as instruções, esperando que ele o parabenizasse pela excelente memória. Mas ele já havia desaparecido, como os deuses costumam fazer.

Você engoliu a flor e seguiu o conselho dele: entrou no palácio, comeu a comida, correu para a bruxa com a espada desembainhada, forçou-a a jurar que não o machucaria e liberaria seus homens.

E é nesse ponto, Odisseu, que não estou muito segura do que aconteceu. Obviamente você não teria passado, como dizem os bardos, um ano no palácio, vivendo como marido dela, pela excelente razão de que é meu esposo, e esse comportamento não seria digno. Muito, muito indigno.

E aqui estamos. Outro ano se passou, e nenhum sinal de você e de seus homens.

Sua esposa,

Penélope

24

As Mulheres Troianas

------•∷≡•◦◯◦•≡∷•------

As mulheres viram os gregos se aproximando, liderados por um homem atarracado e forte, cheio de cicatrizes e mostrando cansaço nos suaves olhos cinzentos.

– Senhora – ele falou para Hécuba, curvando-se com um sorriso irônico, por isso era impossível julgar se estava sendo cortês ou não. – Você deve ser a rainha da finada cidade de Troia.

– É assim que vocês a chamam agora? – perguntou Hécuba. Ela não retornou a reverência, mas ficou parada na frente do corpo do filho, determinada a esconder seu cansaço.

– Sua cidade está morta, senhora. Dá para ver os restos fumegantes – ele acenou a mão direita na direção de Troia, como se estivesse revelando um convidado de honra por trás da cortina.

– Estou vendo – ela olhou para ele, que evitou o olhar. Em vez disso, ficou observando o rosto de todas as mulheres diante dele. Não havia nada ganancioso em sua expressão; não era o rosto de um homem escolhendo suas escravas.

— Vamos dispensar as gentilezas – ele falou. – Sou Odisseu. Você é Hécuba.

As mulheres não disseram nada. Esse, então, era o homem que destruíra a cidade delas. Odisseu das muitas artimanhas, tramas e esquemas. Esse era o homem que pensara em construir o cavalo de madeira. Esse era o homem que persuadira Sinon, seu grande amigo, a ficar para trás como isca para o povo bondoso de Troia e enganá-lo pensando que Odisseu queria fazer um sacrifício humano. Esse era o homem que terminara, de maneira súbita e desastrosa, com a guerra. O que elas poderiam falar para ele?

Não que Odisseu parecesse esperar por uma resposta. Ele falava rápido, os duros sons gregos mais suaves nos lábios.

— E este era um de seus filhos, não? – ele apontou para o corpo que estava deitado perto dos pés de seus homens.

— O mais novo – respondeu Hécuba. – Polidoro.

— Você o mandou embora? – ele perguntou. – Quando temia que Troia fosse ser derrotada?

— Você teria feito o mesmo – ela falou chorando.

— Sim, teria – ele assentiu. – Teria enviado meu filho para o lugar mais distante possível se meu lar estivesse sitiado. Se estivesse no lugar de Príamo, teria mandado todos os meus filhos embora. Deixaria que os filhos de outros homens lutassem uma guerra que não comecei e que não poderia ganhar. A cidade dele seria tomada; era apenas questão de quantos súditos teria quando ela caísse. E só tenho um filho, senhora, e não o vejo há dez anos.

— Então você tem um filho a mais que eu – falou Hécuba. – Polidoro era o mais jovem, o único filho sobrevivente – Cassandra murmurava algo, mas Hécuba continuou sem prestar atenção. – E agora até ele está morto. Como ousa comparar sua perda à minha? Sente saudade de seu filho? Poderia ter navegado para casa quando quisesse. Ninguém o obrigava a ficar aqui.

— Ah, obrigava, sim. Quando um homem faz um voto de que vai lutar para recuperar a esposa de outro, se ela se perder — ele inclinou a cabeça para Helena com as sobrancelhas levantadas. Ela olhou para ele em um aborrecimento mudo, antes de virar o rosto para olhar a maré que recuava mais uma vez. Odisseu sorriu e virou-se para Hécuba. — Ele deve manter esse voto, ou os deuses vão puni-lo. Não posso negar que houve momentos em que fiquei pensando se valeria a pena tanto trabalho por uma mulher, tantas vidas.

— Pensei o mesmo — disse Hécuba. — Muitas vezes.

Odisseu balançou a cabeça lentamente.

— Mas agora, olhando de perto, talvez entenda por que os homens começam guerras por ela e ficam em silêncio quando seu nome é falado.

— Você não ficou em silêncio — observou Hécuba.

— Ah, mas eu estava aqui pelo tesouro, senhora, que seu rei guardava na cidadela. Isso e evitar a má vontade dos deuses. Posso tomar ou deixar as mulheres bonitas — ele fez uma pausa. — Às vezes, os dois.

— Sua esposa deve ser uma mulher paciente.

— Você não faz ideia — ele respondeu. — Você precisa dos meus homens para enterrar seu filho?

Houve um silêncio. Foi Polixena quem respondeu.

— Podemos fazer isso. Mas obrigada.

— Você deveria enterrá-lo ali — Odisseu apontou para uma caverna atrás de algumas grandes rochas. — A água não chega até lá. Ele estará seguro.

— Obrigada — Hécuba acenou para seu captor como se ele fosse um servo. — Vamos fazer isso hoje.

— Vim fazer uma pergunta — disse Odisseu. — Além de oferecer a ajuda dos meus homens.

— O quê?

— Você tem algum outro filho, senhora?

– Eu tinha muitos outros filhos – ela respondeu. – Mas vocês, gregos, mataram todos eles, um após o outro, como uma matilha de lobos.

– Foi o que pensamos também – disse Odisseu. – Mas aí apareceu esse na praia, e percebemos que não tínhamos matado todos.

– Você acha que eu poderia ter mandado outros filhos embora para ficarem seguros.

– Não tão seguros, talvez.

– Agora só tenho filhas – disse Hécuba. – Todos os meus meninos estão mortos. Está me ouvindo? Todos eles.

– Você perdeu uma guerra, senhora.

– Vocês poderiam ter pedido resgate por meus filhos. Mas preferiram matá-los.

– Com o que você poderia ter pagado o resgate? – ele riu, a cabeça jogada para trás, olhando para o céu. – Todo seu tesouro é nosso agora.

– Este é um exemplo do grande heroísmo dos gregos? – perguntou Hécuba. – Vangloriando-se de uma velha cujos filhos foram assassinados?

– Essa é a honestidade dos troianos? – ele respondeu. – A rainha de uma cidade hostil apresentando-se como nada mais que uma pobre velha?

Hécuba olhou para o espaço entre os olhos dele, para não ter que enfrentar o olhar.

– A senhora sabe por que devo perguntar isso – ele acrescentou.

Andrômaca tentou entender qual emoção estava por trás dele quando falava – seu grego não era bom o suficiente para entender tudo que estava sendo dito, então ela se concentrava nos maneirismos. Não era raiva, nem tristeza, nem triunfalismo, pelo que Hécuba podia perceber. Finalmente, ela percebeu. Prazer. Esse guerreiro grego desfrutava da discussão com a rainha dela.

– Claro que sei – disse Hécuba.

– Se você tiver um filho vivo, ele poderá tentar se vingar dos gregos daqui a alguns anos.

— Eu disse que sabia. Você não precisa temer a lâmina de um fantasma, Odisseu. Como falei, meus filhos estão todos mortos.

— O que aconteceu com esse? Você o chamou de Polidoro.

— Eu e Príamo fomos enganados. Nós o mandamos a um velho amigo, que se revelou um dos homens mais traiçoeiros.

— Um traidor dos amigos — falou Odisseu. — Existe algo pior que isso?

— Nosso medo — ela continuou — era que ele venderia Polidoro a vocês, gregos. Mas ele não o fez.

Odisseu balançou a cabeça.

— Senhora, posso prometer uma coisa. Provavelmente o teríamos subornado para traí-la, se soubéssemos. Mas eu não sabia que você tinha outro filho até ele aparecer com a maré.

— Você suspeitava de que ele poderia existir.

— Suspeitava.

— Mesmo antes de Polidoro ter sido trazido de volta pelo oceano? — ele assentiu. — Porque teria feito a mesma coisa que Príamo, embora tivesse escolhido melhor os amigos.

— Ele é a luz do meu coração, senhora. Embora não veja essa luz por dez anos e ele fosse pouco mais que um bebê quando deixei Ítaca. Ainda assim, não sabia para onde enviara seu filho. Tantos aliados seus... — as palavras dele foram morrendo.

— Nos traíram, sim. Ou morreram lutando contra seus exércitos.

— Não saberia quem sobrou de sua confiança.

— Polimestor — ela disse.

— O rei da Trácia? — Odisseu não conseguiu reprimir a nota de espanto. — Você confiou seu filho a um grego?

— Como você notou — ela disse —, nossas opções estavam um pouco limitadas.

— E ele provou não ser digno de sua confiança.

— Como você pode ver — ela apontou para Polidoro, a mão soltando um pouco da terra que usara para santificá-lo, que ficara presa nas unhas.

— A senhora o enviou com muito ouro? — o sorriso voltou aos olhos de Odisseu, mas Hécuba ainda olhava o filho.

— Muito — ela falou.

— Foi um erro — ele respondeu. — Se tivesse enviado menos, Polimestor poderia ter se recusado a recebê-lo. Não pode se culpar.

— Talvez não. Mas não tenho como culpar outra pessoa.

— E o homem que o matou? — perguntou Odisseu.

— Com certeza. Mas como vou me vingar dele? — ela perguntou. — Minha cidade foi destruída, como você me lembrou há pouco. Não sou mais rainha.

— Vou pensar nisso — ele falou.

— Ouvi dizer que é bom nisso — ela disse.

— Sou.

25

Éris

Éris – deusa da discórdia – odiava ficar sozinha, mas era como passava a maior parte do tempo: nas reentrâncias escuras de sua caverna, a meio caminho do Monte Olimpo, lar dos deuses. Mesmo o irmão, Ares, rei da guerra, preferia evitá-la nesses dias. Ela se lembrava de como eles já tinham sido inseparáveis: quando eram crianças, brigando por um brinquedo e resolvendo a disputa com puxões de cabelo. Como sentia saudade, agora que ele não estava mais no Olimpo. Em que lugar ele desaparecera dessa vez? Ela sempre se esquecia, mas tentava se lembrar, embora as cobras negras que usava enroladas ao redor de cada punho fossem uma distração. Trácia? Ele estava emburrado na Trácia? Por quê? Ela empurrou de volta ao punho esquerdo a criatura que tentava escalar seu braço. Por causa de Afrodite. Era por isso.

Ares (pensava nele com maldade mesmo sentindo sua falta) estava sempre envolvido com um ou outro, mas o caso com Afrodite fora o mais desgastante de todos. Éris não conseguia lembrar quem contara ao marido de Afrodite. Fora Hélio? Ele vira os dois se encontrando às escondidas enquanto Hefesto não estava? O deus-sol via tudo, afinal, se acontecesse durante as horas em que sua luz iluminava o mundo. Mas não conseguia ver todos os lugares ao mesmo tempo, não? Ou seus cavalos desviariam a carruagem do curso. E se alguém mencionou isso a Hélio, encorajando-o a prestar atenção na direção certa? Mas quem poderia ter sido? Éris tinha vaga lembrança da última vez que falara com o deus-sol; porém, embora sentisse que era bastante recente, ela não conseguia lembrar quando fora ou sobre o que haviam conversado.

Mesmo assim, alguém contara a Hélio, e ele contara a Hefesto que Ares e Afrodite estavam se encontrando. Mas claro que estavam. Como poderia Hefesto, manco e tonto como era, esperar que Afrodite fosse fiel? Ninguém era mais superficial que Afrodite, Éris observou. Ela tinha a profundidade de uma poça de água formada depois de uma breve chuva. Jamais teria sido capaz de resistir a Ares, tão alto, tão bonito, tão lindo com seu elegante capacete emplumado. O que era Hefesto para ela? Ele a perdoaria no final, por pior que ela se comportasse. Todos sempre a perdoavam. Quando pensava em Afrodite, Éris sentiu uma forte dor conhecida no peito. Olhou para baixo, esperando ver uma das cobras com as presas em sua pele, mas as duas estavam enroladas nos antebraços, onde deviam estar. Ela deve ter imaginado a dor.

No entanto, nessa ocasião, Hefesto não quis perdoar a esposa tão cedo. Não quando descobriu que ela seduzira Ares e o levara à casa deles, à cama deles. Sabendo dessa infidelidade por intermédio de Hélio, ele decidiu pegá-la no ato. Foi até a forja e criou laços dourados tão finos que pareciam a seda de uma aranha. Ele os escondeu no quarto, amarrando-os nos pilares da cama, debaixo dela, e até acima, embora nenhum dos deuses saberia dizer como o pequeno ferreiro alcançara o teto para amarrá-los ali. Alguém deve tê-lo ajudado, mas quem? Não fora Hélio, que estava ocupado com sua carruagem o dia todo. Éris tinha vaga lembrança de já ter visto o quarto, mas não conseguia imaginar por que teria ido lá ou se Hefesto estava presente. Mesmo assim, alguém deve tê-lo ajudado; alguém que poderia chegar até o alto. Ela admirou seus longos braços como uma cobra enrolada atrás dos pulsos.

Sentiu uma repentina coceira no ombro esquerdo e esticou o braço para coçar a base de sua asa. Passou a unha entre as hastes de suas penas negras e suspirou aliviada. Flexionou os ombros e sentiu as asas baterem atrás dela enquanto tentava lembrar o que acontecera depois. Ares e Afrodite tinham sido incapazes de resistir à atração mútua, claro. Ele tão belo, ela tão linda, ninguém ficou surpreso. Mesmo assim, quando se ouviram gritos vindos da casa de Hefesto – dele de raiva, dela de pânico –, todos os deuses correram para ver o que acontecera. Ares parecia um pouco menos belo, preso nos fios dourados, incapaz de se mover. Todas as suas extremidades estavam bem presas à cama do outro deus. Enquanto isso, Afrodite, tendo reconhecido rapidamente a obra do marido, estava imóvel: sabia que não valia a pena lutar. Sua boca perfeita estava com expressão furiosa quando os outros deuses se aglomeravam, rindo da tolice deles e da perfeita armadilha de Hefesto. Mas Hefesto, o rosto sombrio contorcido pela fúria, não estava rindo. Nem o casal errante, mesmo quando Atena – tão habilidosa na arte de tecer que conseguiu, imediatamente, descobrir a maneira mais rápida de desenrolar os fios – liberou os dois. Em vez disso, Ares desapareceu para um lugar desconhecido de todos. E Afrodite retirou-se para Pafos, onde os sacerdotes curariam seu orgulho ferido. Afrodite que adorava o riso, era assim que os bardos a chamavam. Era a prova, se fosse necessária alguma, pensou Éris, de que eles nunca a tinham conhecido.

Se Éris tivesse sido outra deusa, poderia ter desfrutado do momento de camaradagem ao ver a queda de duas criaturas tão arrogantes. Os deuses poderiam ter se cutucado e feito um brinde em homenagem a Hefesto pela engenhosidade e elogiado Atena pela incomum misericórdia, e uma cena deliciosa poderia ter se desenvolvido, na qual Éris jogaria um papel central. Mas – por razões que nunca ficaram claras para ela – isso não aconteceu quando ela estava presente. Em vez disso,

Hefesto começou a gritar com Atena por interferir. Ártemis começou a xingar Afrodite pela vulgaridade, e Hera começou a gritar com Zeus porque Hélio estava cruzando o céu acima, e essa era a única razão de que ela precisava. Apolo acusou Éris dizendo que era culpa dela, embora esta não pudesse imaginar por que, e o momento pacífico se estilhaçou em um mau humor coletivo. Éris retirou-se para sua caverna, como sempre fazia, já que ninguém queria sua presença. Contudo, depois de um tempo sentada no escuro pensando em maldades (ela não era boa medindo o tempo), ficara entediada.

Éris ficou olhando uma pena escura cair de sua asa em uma triste espiral até o chão e decidiu que encontraria alguém para conversar. Até Atena seria melhor que nada. Bem, quase melhor que nada. Éris não conseguia pensar em quem gostaria de ver, porque a verdade era que todos os deuses a irritavam de uma maneira ou de outra. Mesmo assim, estava cansada da própria companhia e preferia se sentir irritada que sozinha. Então, bateu asas desajeitadas até o alto da montanha, até o grande palácio que Zeus chamava de lar.

Havia algo errado, mas Éris não conseguiu identificar de imediato o que era. Demorou um momento para perceber que era o som dos pássaros cantando, e somente os pássaros. Ninguém estava falando. Ela caminhou pelos salões dos deuses, mas não conseguia ver ninguém, e depois que entrou bem no edifício até o canto dos pássaros diminuiu, e ela só conseguia ouvir o som de suas garras arranhando o chão de mármore. Onde estavam todos? Ela abriu as asas e voou pelas portas e pelos corredores, às vezes se empoleirando nas vigas. Os salões estavam vazios.

Éris sentiu uma pontada momentânea de medo, perguntando-se se algo terrível acontecera e ela nem sequer percebera: outra guerra contra os gigantes, talvez? No entanto, mesmo de cócoras em sua caverna (ela preferia a umidade calma ao fedor de madressilva nos salões de Zeus e Hera), ela teria ouvido os gigantes se eles tivessem subido a montanha para lutar. Uma coisa que se pode falar sobre gigantes é que raramente eram sutis e nunca silenciosos. Então, os deuses tinham deixado o Monte Olimpo por vontade própria. Juntos. Sem ela. Ela sentiu a cobra no pulso esquerdo se enrolar em sua mão e deslizar entre seus dedos. E aí se lembrou de alguém dizendo algo sobre um casamento. Quem fora? Hera? Sim, era isso. Éris ficara sentada fora do caminho de todos, nas vigas, como estava agora, no quarto de Hera e Zeus. Hera falara que isso era espionagem, mas porque era uma megera de mente cruel, como Zeus dissera, e todos sabiam. Além do mais, Éris não estava espionando, parara apenas para descansar as asas.

Todavia, quando Hera viu as penas flutuando em sua direção, pousando na ponta de seu divã ornado, primeiro xingou os corvos cuja plumagem negra ela achou que estava profanando seus aposentos, então – quando percebeu seu erro – xingou Éris. Gritou com ela, na realidade, e a expulsou do quarto. Éris havia se escondido em sua caverna, jurando vingança. Mas agora não conseguia nem encontrar Hera. Porque – a língua veloz da cobra tocou seu terceiro dedo – todos eles tinham ido a um casamento. Era por isso. Todos os deuses tinham sido convidados a um casamento, exceto Éris. Todos. Até Atena.

Éris sentiu um choque de raiva consumi-la. De quem era o casamento? Quem se atrevera a ignorá-la, Éris, rainha da rixa e da discórdia? Quem fora tão descortês, tão ofensivo, tão cruel a ponto de não a convidar a um casamento? Fez um carinho preguiçoso na cabeça da cobra, e o nome apareceu em sua mente. Tétis, fora ela. A pequena ninfa do mar que se achava muita coisa, com seu cabelo esverdeado e olhos aquosos, estava se casando, embora só um cego poderia achar que era por vontade própria. Como uma ninfa do mar ousava... – Éris ia ficando mais alta com o aumento da raiva – ... como uma ninfa do mar poderia pensar em excluí-la do banquete divino? Como ela ousava...

Os pensamentos foram interrompidos quando sua cabeça bateu no teto. Não, não foi Tétis que decidiu quem deveria ser convidado e quem seria ignorado. Nem Tétis queria ir ao casamento, era pouco provável que fizesse lista de convidados. Não, outra pessoa decidira quais deuses deveriam estar presentes, e todos haviam sido convidados, menos ela. Éris sentiu um súbito ardor nos olhos, mas não conseguia identificar a causa.

Mesmo não sabendo quem a desprezara, de uma coisa ela sabia. Era uma afronta. Esqueceu que fora expulsa dos aposentos de Hera. Superara o momento em que os deuses se voltaram contra ela e um contra o outro quando zombavam de Ares e Afrodite. Mas isso, isso era um insulto grande demais. Éris não era estúpida, sabia que o caos seguia suas asas negras. Porém, isso não era desculpa. E, dessa vez, ela teria sua vingança.

Ela caminhou pelos salões derrubando tudo que parecesse precioso ou adorado: garrafas de perfume e jarras de óleo quebrados, escudos amassados jogados no chão de pedra, um colar de contas partido e espalhado por todos os cantos. Ela não sabia exatamente onde estavam os deuses, mas conseguia ver um brilho vindo de alguma ilha debaixo do Olimpo e tinha certeza de que todos, ou pelo menos a maioria deles, estavam lá. Rindo dela, divertindo-se à custa dela. O que mais fariam em um casamento?

Ela voaria até lá e semearia a discórdia que fazia com que fosse tão temida. Jogaria deus contra deus e homem contra homem. Até o fim deste dia...

Os pensamentos foram interrompidos de novo, quando estava a ponto de levantar voo. Ela voltou ao chão, os olhos atraídos pela visão de algo piscando na luz da manhã. Brilhante e opaco ao mesmo tempo, quente e frio, duro e redondo. Ela agarrou a coisa. Seria para ela essa bola dourada? Ficou girando a bola nas garras. Não, não era uma bola, era uma maçã. Quem deixou aquilo ali obviamente não queria mais a maçã ou não a teria abandonado. E, olhando mais de perto, havia uma inscrição. "A maçã de Éris, a mais linda das deusas", ela imaginou que poderia dizer. Talvez isso fosse um pedido de desculpas pelo cruel maltrato que sofrera. Não compensava a indelicadeza, mas era, imaginou, um começo. Poderia ter sido melhor se alguém tivesse pensado em levar até sua caverna, mas ninguém nunca a visitava.

Ela não conseguia ler bem as palavras que se enroscavam umas nas outras, então esfregou as penas contra a superfície dourada e inclinou a maçã na direção da luz. Não dizia que era dela. Mas isso não significava que não poderia ficar com aquilo. Estava em suas mãos com garras agora; já era dela. Éris a olhou de novo, inclinando-a, e tentou ler o texto. Traçou as palavras com o dedo: *Te kalliste*.

Para a mais bonita?

Éris sorriu. Levaria a maçã. Mas não ficaria com ela.

26

As Mulheres Troianas

———❖❖❖———

As mulheres enterraram Polidoro debaixo da areia e das rochas. No início, Hécuba queria recusar o lugar que Odisseu apontara para o enterro porque se ressentia do modo tão confiante e imediato que ele soube onde Polidoro deveria ficar. Mas não encontrou alternativa, e, no final, as mulheres levantaram o corpo sem vida de seu filho e o carregaram lentamente pela praia. Cassandra segurou a cabeça, já que parecia a menos perturbada pelo rosto arruinado. O restante delas se reuniu ao redor dos membros e do tronco. Então, quando Odisseu voltou ao acampamento improvisado dela, quando o sol estava no ponto mais alto, a tarefa estava terminada.

– Duas coisas – ele falou a Hécuba. – Quando os homens de Ítaca partirem amanhã, você me acompanhará.

– Por que eu o acompanharia? – perguntou Hécuba.

– Porque você perdeu a guerra – ele encolheu os ombros. – Não quero ficar lembrando, senhora, mas você faz com que seja difícil evitar. Vocês são escravas agora – ele abriu os braços, abrangendo todas.

— Nossas escravas. Esse grupo será dissolvido, dividido entre os gregos antes do fim do dia. E você, senhora, virá comigo.

O rosto de Hécuba contorceu-se de sarcasmo.

— Você tirou o palito mais curto? Uma velha não é o que deve ter desejado.

Odisseu sorriu.

— Fui o primeiro a escolher — ele fez uma pausa. — Bem, não exatamente o primeiro, mas Agamenon, que tinha precedência, claro, não se preocupou quando eu disse que preferia ficar com você. Ele pode mudar de ideia quando a distribuição acontecer mais tarde, mas minhas chances são ótimas.

Ela ficou olhando.

— Você sabe que Agamenon escolherá uma de minhas filhas.

— Sim. Ele é orgulhoso, e apenas uma princesa poderia agradar a esse orgulho. Ter a rainha da lendária Troia em seu séquito seria... — Odisseu coçou o queixo barbudo — apropriado para sua condição, mas não para seu gosto. A menos que fosse uma rainha muito jovem.

— Você diz orgulhoso, mas quer dizer vaidoso.

Odisseu sorriu novamente e falou baixo no dialeto troiano.

— Nem todos esses soldados são meus, senhora.

Ela assentiu, não parecendo surpresa que o inimigo mais astuto conhecesse sua língua.

— Compreendo. Mas para você, então, uma viúva de idade é apropriada para sua posição?

— É, senhora. E acho que é apropriada para a sua também.

— Não tenho posição. Como você foi rápido em me lembrar, sou uma escrava agora.

— Velhos hábitos — ele disse. Voltou-se para a rocha em que Helena estava sentada, o longo cabelo dela caindo pelas costas retas. — Menelau me pediu que a levasse para ele, senhora. Poderia juntar seus pertences?

Helena encolheu os magníficos ombros.

— Qualquer coisa que eu possua pertence aos troianos ou ficou em Esparta nos últimos dez anos — ela falou. — Não tenho nada, a não ser o que estou usando.

— É mesmo? — ele perguntou. — Você não teceu nenhum tapete enquanto esperava que seu marido a levasse para casa? Achei que teria criado algo muito bonito em todos esses anos.

— As coisas que teci não são nada em comparação ao que fizeram essas mulheres — ela disse, desviando o olhar do mar para olhar diretamente para o rosto de Odisseu. Percebeu como ele soltou um suspiro. — Tenho outras habilidades.

— Entendo.

— Não consegue nem imaginar — disse ela. Helena olhou para os homens que o acompanhavam. — Menelau não enviou seus principais homens para me acompanhar até o acampamento — ela murmurou.

— Esposas perdidas não merecem guarda de honra — falou Odisseu.

— E, mesmo assim, quando ele me vir, cairá prostrado aos meus pés — ela não demonstrou ter escutado o que Odisseu falou quando assentiu. — Estou pronta. Pode me levar ao meu marido.

— Obrigado, alteza — Odisseu curvou-se para ela, mas o sorriso malicioso o entregou. Ela deu passos lentos e sinuosos na direção dos guardas espartanos que deviam a vida e a lealdade a Menelau, que haviam lutado até a morte por ela e a desprezavam mesmo não conseguindo tirar os olhos de sua beleza. Quando passou por Odisseu, ela parou, esticou o braço e colocou as pontas dos dedos na barba dele: um gesto de súplica. Mas não nas mãos de Helena. Ela não caiu de joelhos ou abaixou a cabeça. Simplesmente encarou os olhos verde-acinzentados dele, enquanto Odisseu se corava. — Você daria sua vida por mim num piscar de olhos — ela falou. — Não consegue disfarçar, assim como os outros homens. Então, não zombe de mim, Odisseu. Ou posso decidir que você vai se arrepender.

Hécuba, suas mulheres, os guerreiros gregos, todos viram a mesma coisa: uma filha de Zeus voltando toda sua atenção aterrorizante contra um mortal.

– Entendo – disse Odisseu. Sua voz não tremeu, mas o sorriso desaparecera. Ela deu um pequeno aceno e soltou o queixo dele. Passou por ele e aproximou-se dos espartanos, que a seguiram como jovens em uma procissão religiosa seguindo a estátua de Afrodite sendo levada ao santuário.

Hécuba ficou tentada a zombar de sua humilhação, mas não falou nada. Havia algo em Helena, uma ameaça latente, que fazia até a rainha de Troia pensar duas vezes.

– Ele a perdoou – disse Odisseu quando os espartanos estavam distantes.

– Como é ele? – perguntou Hécuba. – Menelau. Ele é páreo para ela?

As sobrancelhas de Odisseu deram a resposta proibida para sua língua.

– Você me acompanhará de manhã – ele falou. – Vou lhe dar o restante do dia de hoje para passar com suas filhas. Embora os outros gregos possam não ser tão atenciosos. Está entendendo?

– Por que está me levando? Diga a verdade.

– Achei que gostaria de viajar para casa.

– Sua casa não é a minha.

– Nossos navios vão viajar para o norte antes de irem para o oeste – ele disse.

Ela tentou esconder a esperança nos olhos.

– Para onde você vai primeiro?

– Trácia – ele respondeu. – Mandei um mensageiro dizer ao rei... Polimestor, ouvi que se chamava assim... que gostaria muito de me encontrar com ele na costa de Quersoneso.

27

Calíope

Sei o que o poeta gostaria de estar fazendo agora. Gostaria de seguir Helena de volta ao acampamento como um cão fiel. Gostaria de descrever a cena em que Menelau cai aos pés dela e agradece a todos os deuses do Olimpo por seu retorno seguro. Gostaria de cantar a beleza e a graça dela e o modo como todos os homens se curvam aos caprichos dela. Bem, ele não pode fazê-lo.

Já estou cansada de Helena. Chega da beleza dela, chega de seu poder, chega dela. Desprezo a maneira como todos se derretem à mera menção do nome dela. Ela é apenas uma mulher. E a aparência de ninguém dura para sempre, mesmo a das filhas de Zeus.

Vou ensinar uma lição a ele. Deixe que siga o futuro de outra mulher, de outra rainha. Deixe que veja o que Cassandra vê: o futuro da mãe. Isso vai mostrar a ele que deve ser cuidadoso com o que pede em oração. Nem toda história deixa o contador ileso.

28

Hécuba

Cassandra via o futuro como se fosse o passado. Não era para ela como era para os sacerdotes que liam sinais no voo dos pássaros ou nas entranhas dos animais. De seus pronunciamentos obscuros, você acreditaria que o futuro estava sempre envolto em nuvens e neblina, pequenas faixas de brilho isolados na escuridão. No entanto, para Cassandra, tudo era claro como uma lembrança recente. Então, quando ela ouviu Odisseu dizer que levaria a mãe para a Trácia, sabia o que aconteceria, pois, para ela, tudo tinha a claridade de algo que já vira acontecer.

Sentiu uma onda de náusea atravessá-la e o familiar gosto azedo subir na garganta. Não ousava vomitar, pois Hécuba a puniria pela bagunça, a boca fazendo uma careta de desgosto quando dava um tapa no rosto da filha. Cassandra sentiu o calor crescer nas pequenas cicatrizes no osso da testa, feitas quando a mãe bateu nela com todas as joias cerimoniais. Esse ouro desaparecera agora, claro, guardado nos cofres dos gregos. Cassandra engoliu duas, três vezes rapidamente, respirou fundo e tentou focar no leve gosto de sal no ar. O sal sempre aplacara o pior de sua náusea.

Contudo, como o sal poderia eliminar o som desses globos oculares estourando, a visão da gelatina preta escorrendo por um rosto castigado pelo clima? Sua respiração se tornou irregular. Ela afastou a visão, mas, sempre que piscava, era só isso que conseguia ver: órbitas destruídas e sangue grosso escuro. Tentou voltar ao presente, afastar-se do futuro e estar ali, naquele lugar. Às vezes, ela conseguia voltar passo a passo do amanhã para o hoje, e cada pequeno passo reduzia seu forte desejo de gritar.

Porém, dessa vez, ela descobriu que não conseguia recuar, apenas ir em direção ao desastre, sem parar. Ela viu a mãe abandoná-las – seria ela, Cassandra, a última a deixar a costa de Troia? Queria olhar ao redor e ter certeza: onde estava Andrômaca, onde estava a irmã, Polixena? Mas ela só podia ver o que acontecia diante dela: a manhã seguinte. Deve ser na manhã seguinte, não? Porque Odisseu dissera à mãe que ela partiria com ele. E a expressão da mãe, quando o herói grego estendeu o braço para ajudá-la a entrar no navio, era quase triunfante. Ela ainda se comportava como rainha, mesmo se estivesse usando um quitão manchado de fuligem, rasgado em dois lugares na bainha.

Hécuba estava se preparando para a reunião com Polimestor, Cassandra conseguia ver. Sentiu um breve alívio quando viu que a mãe não estava sozinha. Odisseu levara consigo um pequeno grupo de servas de Hécuba, então, apesar de não estar com a família, ela estava com as mulheres cuja companhia, muitas vezes, preferira. Cassandra ficou se perguntando se Odisseu fora forçado a negociar com os companheiros gregos para levar um grupo inteiro de mulheres ou se ninguém se importava para onde iam as velhas. Quando caminhou por solo troiano pela última vez, a mãe não fizera nenhum esforço para abraçar Cassandra ou dar-lhe um beijo de adeus. Mas Cassandra viu algo nos olhos dela que não era familiar. A fúria que normalmente marcava Hécuba desaparecera. Ela não beijou a filha, era verdade. Mas não a beijou porque temia a humilhação de cair em lágrimas.

A cena se dissolveu e se reformulou quando o navio de Odisseu desembarcou nas areias da costa de Quersoneso. Cassandra sabia tão bem que era a Trácia – um lugar que nunca vira –, como se tivesse crescido lá. Suas visões nunca estavam erradas, nunca faltavam detalhes, mesmo se ela nem sempre pudesse entendê-las. No curto tempo que levou para os homens de Odisseu desembarcarem e armarem umas poucas barracas, dois mensageiros vestidos com trajes ornamentais apareceram de algum lugar do interior. Eles se curvaram diante de Odisseu, quase de joelhos, para mostrar o respeito do rei deles. Odisseu poderia ser convidado na Trácia, mas ninguém escondia que o anfitrião – o rei Polimestor – estava desesperado por sua aprovação. Os mensageiros não prestaram atenção nas velhas, um grupo pequeno de escravas. Por que o fariam? Cassandra sentiu novamente a pressão azeda na garganta e pressionou a língua contra o céu da boca. Agora não, agora não, agora não. Tentou focar na areia debaixo das sandálias da mãe: repleta de pedrinhas cinzentas redondas e conchas brancas brilhantes que gostaria de poder pegar para passar a unha nos sulcos.

Sentiu outra onda de lembranças, como um soco no estômago. Mas era uma lembrança verdadeira, mesmo se não fosse dela. Não era o futuro que via agora, era o passado. A mãe estava perto do lugar em que o corpo de Polidoro fora empurrado para o mar aberto, antes de ter algumas pedras colocadas na túnica para afundar com o peso. Os pés de Hécuba seguiriam os passos dos homens que tinham empurrado o pequeno barco para a água. Ela estaria tão perto de Polidoro, mas tarde demais. As visões de Cassandra sempre chegavam tarde demais, mesmo quando não deveriam. Havia muito ela aprendera que ninguém ouvia a verdade que ela falava e, mesmo que ouvisse, não a escutava.

Os homens que haviam cometido esse absurdo contra seu pobre irmão, viu Cassandra, não tinham imaginado que ele emergiria, que as pedras cairiam das roupas dele antes que estivesse muito fundo. Ele deveria ter afundado no mar, ter sido comido pelos peixes, observado em silêncio pelas ninfas do mar. Mas os homens não haviam colocado pedras suficientes. Não é de admirar que Polidoro tenha aparecido na costa de Troia um dia depois.

Cassandra viu que o rosto dele fora golpeado muito antes de se chocar nas rochas da costa troiana. O lindo irmão fora golpeado antes de ser morto pelo traiçoeiro rei grego, que achara que ninguém descobriria seu crime. Cassandra tentou se agarrar a isso – a indescritível motivação cruel do homem – enquanto viu Odisseu falando com os escravos, pedindo que convidassem o rei deles para visitar seus altos navios e ser recebido pelos heróis conquistadores de Troia. Ela viu os mensageiros afastando-se, levando o convite a Polimestor. Viu os lábios da mãe desaparecerem em uma linha fina. Ela viu tudo isso.

Novamente a cena desapareceu e, dessa vez, reapareceu quando Polimestor veio caminhando pela areia coberta de tufos de grama. Ele estava vestido de maneira muito fina: um robe muito bordado, cordões de ouro ao redor do pescoço, anéis de ouro nos dedos gordos. O cabelo preto ralo estava untado com óleo ao estilo troiano, e Cassandra viu um espasmo de desgosto passar pelo rosto de Odisseu antes de aceitar o cumprimento das duas grandes mãos do homem. Cassandra conseguia sentir o cheiro doce sufocante de canela e mirto que o homem passara no cabelo.

– Odisseu – ele falou, com amplo sorriso. – É uma honra.

– Sim, foi o que seus escravos me levaram a acreditar – respondeu Odisseu. – Parece que você está ansioso por notícias de Troia.

– Claro, claro – disse Polimestor. – Sacrificamos muitas cabeças de gado na esperança de ganhar o favor dos deuses para os gregos.

– Generosidade sua – falou Odisseu. – Você não quis se unir ao esforço de guerra?

Se Polimestor ouviu a leve aspereza na voz de Odisseu, não demonstrou.

— Meu reino trácio é o baluarte da Grécia — ele respondeu. — Sabia que deveria manter nosso domínio seguro caso vocês precisassem de nossa ajuda. Enviei mensageiros a Agamenon, meu senhor. Ele sempre soube que estávamos prontos a ajudar. Ele só precisava pedir.

— Agamenon nunca falou comigo sobre essas mensagens — replicou Odisseu.

— Ele é um homem muito reservado — concordou Polimestor.

— Essa não é a minha experiência. Mas claro que você o conhece melhor que eu.

Cassandra viu os homens de Odisseu cuidando das coisas deles. Armando um pequeno acampamento que sabiam que jamais usariam. Não admira que tenham achado tão fácil enganar os troianos, ela pensou. Duplicidade era instintivo para os gregos, para esses homens de Ítaca. Eles continuaram limpando armas ou juntando água, de maneira natural.

— Eu o conheço apenas por sua grande reputação — disse Polimestor. — Creio que haja a tentação de preencher as lacunas do nosso conhecimento imaginando que tipo de homem se comporta desse modo.

— De que modo? — perguntou Odisseu.

— Rechaçando todas as ofertas de ajuda de maneira tão generosa. Jamais querendo se aproveitar da bondade de outro homem.

— Ah, pensei que estivesse sendo modesto, mas vejo que está apenas falando a verdade.

— Não tenho certeza se entendo — as pupilas negras dos olhos de Polimestor eram a única coisa que demonstrava sua inquietação.

— Você realmente não o conhece — respondeu Odisseu. Ele riu e deu um tapinha no ombro do rei trácio. E Polimestor começou a rir também, aliviado por achar que não falara nada errado.

— Hoje, trago mais que apenas meus próprios homens para suas belas praias — continuou Odisseu.

– Oh.

– Sim, trouxe uma velha amiga para vê-lo. Não pudemos resistir à oportunidade de reuni-los.

– De quem está falando? – perguntou Polimestor. Ele se virou de um lado para o outro, para tentar descobrir o visitante inesperado entre a massa de marinheiros.

– Ah, você não encontrará sua amiga aqui na praia – disse Odisseu. – Ela espera por você naquela barraca.

Ele apontou para o pano cinza esticado sobre alguns postes para criar um abrigo improvisado.

– Ela? – perguntou Polimestor, a expressão adquirindo um tom lascivo.

– Hécuba, rainha de Troia – disse Odisseu. Os olhos ficaram fixos no rei grego, que pareceu um pouco desconcertado.

– Não era crime ter amigo em minha região – o tom de Polimestor era calmo e medido.

– Claro que não. Hécuba disse que você era amigo do marido dela muito antes do início da guerra.

O rosto do rei trácio demonstrou alívio.

– Isso é verdade – disse ele. – É como ela contou. Éramos parceiros comerciais e mais, ligados por antigos laços de amizade.

– Como espero que nós dois sejamos – disse Odisseu, dando outro tapinha nas costas do rei. – Antes que o sol se ponha, hoje, por cima de nossos navios.

Polimestor assentiu com prazer.

– Seremos, Odisseu. Seremos bons amigos.

– Mais uma coisa – disse Odisseu. – Hécuba confessou algo a mim, na viagem de Troia.

– O quê?

– Ela mandou o jovem filho para que você o protegesse.

Cassandra viu como Polimestor lutava contra sua natureza, tentando falar quando estava nervoso.

– Eu... – ele parou e olhou a baía. Mesmo para aqueles que tinham votos de amizade, abrigar um jovem de uma cidade inimiga poderia ser um passo muito próximo à traição para os gregos.

– Ah, percebo que o deixei desconfortável – disse Odisseu. Mais um tapinha nas costas, e o rei trácio precisaria cuidar dos machucados.
– Entendo que deu abrigo ao jovem. Era sua obrigação com Príamo.

– Você entende – disse Polimestor. – Não escolhi que o jovem fosse mandado para cá, mas uma vez que chegou...

– O que você poderia fazer? – perguntou Odisseu.

– O que eu poderia fazer? – o rei repetiu.

– Você poderia dar ao menino todo conforto e criá-lo como se fosse seu – disse Odisseu.

– Sim – concordou Polimestor. – Fiz o que está falando.

– Você tem filhos próprios?

– Tenho. Dois meninos. Mais jovens que o filho de Príamo – ele falou. – Eles têm apenas oito e dez anos. E o mais velho já está alto assim – ele colocou a mão na altura do coração. – O mais jovem é mais baixo por apenas três dedos.

– Ah, mande um de seus homens trazê-los aqui – disse Odisseu.
– Deixei meu filho em casa. Gostaria muito de ver seus dois rapazes.

– Claro.

Polimestor chamou um dos servos e murmurou algumas instruções. O escravo assentiu e partiu correndo.

– Poderia trazer Polidoro também? – Odisseu gritou. O escravo parou e se virou, olhando em silêncio para seu rei.

– O quê? – o sorriso de Polimestor já não escondia mais nada.

– Esse é o nome dele, não? Polidoro? Ah, estou vendo, pela sua confusão, que cometi um erro. Qual é o nome do filho de Príamo?

O cheiro de medo era inconfundível agora.

— Não, você está certo — disse Polimestor. — Mas não posso pedir que venha.

— Por que não? A mãe dele está aqui. É a última chance de vê-lo antes que parta para Ítaca comigo. Claro que você não privará o menino de se encontrar com mãe, não?

— Nunca, claro que não — Polimestor tentava pensar rápido. — Mas ele está fora, caçando nas montanhas.

— Nas montanhas?

— Sim, bem no interior. Vários dias de viagem. Ele adora uma boa caçada.

— Que estranho. Primeiro, errei o nome dele; depois, imaginei que não gostasse de andar a cavalo. Tinha certeza de que Hécuba falou...

— Não, não, está certo — respondeu Polimestor. — Ele não gostava de caçar quando chegou aqui. Mas começou a apreciar muito.

— Ah, sim. Compensando os anos que passou atrás dos altos muros de Troia, sem dúvida.

— Exatamente — falou Polimestor.

Cassandra conseguia ver o suor molhando o grosso robe bordado do rei. O cheiro azedo lutava contra o doce perfume de canela, e Cassandra sentiu que sua garganta estava se fechando.

— Então a mãe dele não terá o tão esperado reencontro — disse Odisseu.

— Temo que não.

— Mas talvez valha a pena saber que o filho está tendo uma vida saudável ao ar livre.

— Espero que sim.

Mais uma vez, a cena deu um salto. Cassandra piscou e viu os meninos correndo atrás do escravo, na direção do pai. O mais jovem apontava para o mastro do navio de Odisseu. Nunca vira um barco tão alto e não conseguia parar de falar com o irmão, que adotara a expressão de um homem que já vira todo tipo de barco antes. Eles chegaram até onde estava o pai e, de repente, ficaram tímidos na presença de tantos estranhos.

— Papai, esses são os heróis de Troia? – perguntou o mais velho. Suas expectativas não tinham sido atendidas vendo esse grupo tão variado.

— São – respondeu Polimestor, levantando o menino pela cintura e depois pegando o outro com o braço direito. – O que acha, Odisseu? Belos heróis do futuro, não?

— Você repete as palavras de Hécuba sobre o filho dela. Não quero manter velhos amigos separados.

Ele acenou para um dos marinheiros, que abriu a aba da barraca e mandou que as mulheres saíssem.

— Minha amiga querida – Polimestor virou-se para Hécuba, colocando os meninos gentilmente no chão e abrindo os braços. – Eu não a teria reconhecido.

Ele avançou para cumprimentá-la, os meninos ao lado dele. Todos esses homens desconhecidos em sua costa os deixavam nervosos, e eles queriam estar perto do pai.

— Envelheci desde que você esteve pela última vez em Troia – concordou Hécuba.

— Não, senhora. Não quis dizer...

— Quis, e não tenho mais vaidade. Morreu na guerra, como meu marido e meus filhos – ela falou. – Se pudesse ter me visto um ano atrás, teria me reconhecido imediatamente. Foi a dor que deixou marcas em mim, não o tempo.

— Suas perdas foram grandes – disse Polimestor.

— Foram insuportáveis – ela respondeu.

— Devem ter sido.

— Foi. É. Há muito tempo, não consigo suportar o peso que os deuses colocaram sobre minhas costas – ela disse. – Uma perda após a outra. Só no ano passado foi Heitor, depois Príamo, aí Páris, então...

— Os deuses foram muito duros com você — ele falou. — Vou fazer oferendas e implorar por misericórdia em seu nome.

— Vai?

— Com certeza. Senhora, ninguém poderia vê-la e não desejar aliviar seu sofrimento. Ora, até Odisseu, antigo inimigo de sua cidade e da casa de Príamo, a trouxe aqui para receber o conforto de seu velho amigo.

Hécuba balançou a cabeça lentamente. As servas se reuniram perto dela, agrupando-se ao redor de Polimestor.

— Como pode falar comigo depois do que fez? — ela perguntou.

— Senhora?

— Não minta para mim, Polimestor. Não mereço ouvir as palavras de um traidor assassino avarento como você. Não tinha ouro suficiente? Esse território era pequeno demais para você? Seu palácio era muito pobre? Seus santuários estavam em péssimo estado?

— Eu não...

— Príamo enviou uma grande soma para você cuidar do nosso menino. Não tente negar nem me enganar, seu velho farsante. Eu mesma coloquei o ouro na mochila dele. Mas aquilo não foi suficiente para você — ela cuspia as palavras, a saliva pousando no robe bordado de Polimestor. — Eu teria dado a mesma soma outra vez para manter meu menino seguro. Você só precisava avisar que ele valia pouco para você. O valor dele estava muito além do ouro para mim. Os gregos têm todo o tesouro de Troia agora, de todas as maneiras. Que diferença teria feito para mim se o ouro tivesse vindo para um trácio em vez de para um espartano, um árgivo ou um itacano?

— Ele está seguro! Que mentiras contaram a você? — gritou Polimestor.

Mas Hécuba não tinha vontade de continuar conversando. Houve um brilho de metal refletindo os raios do sol, embora ele deva ter fechado os olhos para evitar a visão daquilo. Num piscar de olhos, Hécuba enfiara a lâmina pequena e afiada na garganta do filho mais velho de Polimestor. O sangue jorrou indecentemente quando duas das servas fizeram o mesmo com o filho mais novo.

– Eu o enterrei com minhas próprias mãos, Polimestor – ela gritou. – Como ousa mentir para mim?

– O que você... – o rei trácio gritou horrorizado, mas a carnificina não terminara. Enquanto o sangue dos meninos se esparramava pela areia, Hécuba e suas mulheres voltaram as facas contra o rei. Não apontaram a garganta ou o coração. Quando ele tentava abraçar os filhos, desejando, desesperado, que voltassem a viver, as mulheres furaram os olhos dele. Seus gritos de horror se misturaram aos uivos de dor, e o sangue que escorria de suas órbitas enegrecidas se unia ao dos filhos. Os escravos não tentaram ajudá-lo por estarem em menor número que a tripulação de Odisseu, endurecida por anos de batalha.

– Você eliminou minha linhagem – sussurrou Hécuba. – Agora, eliminei a sua. E vou deixá-lo vivo para se lembrar de que, se não fosse traidor, assassino, violador de promessas e enganador de amigos, seus filhos teriam ficado com você até sua velhice. Você os teria visto crescer. Agora sabe que a última coisa que terá visto foi a morte deles. Espero que tenha valido a pena roubar o ouro.

Ela se afastou da carnificina e acenou para Odisseu.

– Obrigada.

Odisseu e seus homens começaram a voltar aos navios, ignorando Polimestor – curvado sobre o corpo dos filhos. Os uivos do rei foram diminuindo até virarem soluços e depois gemidos impotentes. Odisseu olhou para ele com desprezo. Todos os seus homens tinham se manchado com o sangue dos camaradas, mais de uma vez, nos últimos dez anos de guerra. Tinham pouca simpatia por um traidor que recebera pagamento dos troianos para criar um menino da casa real, que poderia ter crescido determinado a vingar o pai, os irmãos, a própria cidade. Os gregos não podiam deixar o rei trácio impune. Polimestor seguira seus instintos, que eram maximizar lucros sempre que visse a oportunidade, sem levar em conta os custos para os outros. Isso não poderia ser permitido. A punição dele serviria de lembrança a todos os outros gregos que pensassem em trair sua palavra que tal comportamento não seria tolerado, pelo menos não por Odisseu.

Quando o último homem embarcou, ele chamou Hécuba e suas mulheres para acompanhá-lo. Polimestor, ouvindo o nome da inimiga, soltou os filhos mortos e virou-se para o lado de onde vinha o som das ondas.

— Você vai morrer antes de chegar a Ítaca — ele gritou. — Vai se afogar nos mares, e ninguém chorará por você ou marcará seu túmulo.

Hécuba parou ao lado do rei destroçado.

— Estou morta desde que enterrei Polidoro — ela falou. — Não faz diferença onde irei cair.

※ ※ ※

Cassandra tentou recuperar a respiração, desesperada para se manter calma. Fechou os olhos e depois os abriu de novo no presente. Viu a mãe, a irmã, a cunhada, todas sentadas ao lado dela nas rochas, exatamente como tinham estado antes de ela seguir a mãe até a Trácia. Mas, então, a cena começou a se desenrolar desde o início. Não foi menos horrível revê-la. Mais ainda, na realidade, agora que ela vira o que estava por acontecer. Mesmo assim, deixara passar um detalhe, logo no começo, quando Hécuba subiu no barco de Odisseu. Ela, Cassandra, estava parada nas areias de Troia vendo a mãe partir. Podia sentir que Andrômaca já havia ido embora. Conseguia ver outras mulheres — primas e vizinhas — partindo com outros guerreiros para vários reinos. Contara todas elas. Todas, exceto uma. Onde estava Polixena?

A resposta apareceu subitamente. E, dessa vez, não conseguiu fazer nada para evitar que a náusea tomasse conta dela.

29

Penélope

Meu marido Odisseu,
         sei que está na terra dos mortos. Quando o bardo começou a cantar sua viagem para o Mundo Inferior, confesso que chorei. Depois de tantos anos, acreditei que não tinha mais lágrimas, mas estava errada. Cometi um simples erro quando ouvi a canção, claro: assumi que apenas os mortos podem entrar no reino de Hades. Não é absurdo pensar isso, não é mesmo? Quero dizer, quem mais já cortejou o favor da terrível Perséfone sem ter morrido primeiro? Orfeu, acho. Mas ele tinha, possivelmente, o motivo mais forte para sua catábase:[1] enfrentou Cérbero, o cão de três cabeças, para tentar ressuscitar sua amada Eurídice, atacada, na noite de núpcias, pelo dente afiado de uma serpente. Uma circunstância excepcional e de partir o coração, tenho certeza de que você concorda. E, por mais que eu tente, não consigo ver por que você faria a mesma jornada perigosa para consultar um profeta morto. Um profeta vivo não era suficiente?

---

[1] Na mitologia grega, descida ao Mundo Inferior. (N. do T.)

Dizem que Circe, sua amiga bruxa, o convenceu de que a consulta era necessária. Suponho que deveria ser grata de que ela só o convenceu a navegar até o fim do mundo para fazer o que ela mandou. Algumas mulheres realmente fazem tudo para evitar que um marido volte para a esposa. Contudo, para ser honesta, Odisseu, você acreditou que essa viagem era necessária? Você já estava tão longe de casa (não tenho certeza absoluta de onde fica Eana, a ilha de Circe, mas, provavelmente, não está tão perto do fim da Terra quanto eu gostaria)? E, então, navegar pelo rio que circunda o mundo em perpétua escuridão? Acho que é justo considerar essa uma de suas escolhas mais insólitas.

No entanto, estou pensando como alguém que não o conhece, como um dos bardos que cantam suas histórias. Você não navegou para o lugar de noite perpétua apesar do perigo, não foi? Você o fez por causa do perigo. Eu o conheço, Odisseu. Há poucas coisas de que você gostaria mais que a chance de se gabar de que levou seu navio até o fim do mundo e o trouxe de volta. Que história fantástica, diriam as pessoas. E você objetaria: não, qualquer um teria feito a mesma coisa na sua posição. Exceto que, de certa maneira, ninguém mais chegou a estar na sua posição, certo?

Todos os outros gregos retornaram para lares aquecidos (alguns menos que outros). Mas você seguiu o conselho de Circe, uma feiticeira na qual sabia que não devia confiar, e terminou na região mais escura, derramando sangue sacrificial em um fosso para atrair os espíritos do Érebo. As sombras dos mortos moram lá, sempre famintas por sangue. E você veio alimentá-las na esperança de falar com o profeta morto, Tirésias. Todavia, foi o espírito de um de seus homens que apareceu primeiro. Elpenor, que morreu em Eana. Ele bebera muito vinho, subira no teto do palácio de Circe e de lá caíra e morrera. Não é a lamentável estupidez da morte dele que comove o ouvinte quando o bardo canta essa parte (caso esteja se perguntando). É a trivialidade disso, dele, um companheiro caído que ninguém percebeu que desaparecera.

Imagine: lutar por dez anos ao lado do mesmo grupo de homens de Ítaca; navegar para casa juntos. E ninguém sente sua falta quando você cai. Tenho certeza de que estavam distraídos, organizando as provisões para a difícil viagem que tinham pela frente. Mas nem notaram o corpo machucado do homem no chão? Vamos esperar que nunca precise reunir outro exército, Odisseu. Sua reputação pode deixá-lo sem voluntários.

Elpenor o obrigou a prometer voltar a Eana e enterrar o corpo dele com a devida cerimônia, e – embora tenha certeza de que estava desesperado para evitar voltar à ilha de Circe – você, claro, concordou. Sempre tão atencioso. E o que são mais algumas poucas semanas no mar depois de todo esse tempo, você provavelmente pensou. Poderia tomar a rota panorâmica.

Jogou mais um pouco de sangue no fosso e esperou por seu profeta. Mas não foi ele que apareceu. Ah, mesmo estando brava, meu coração dói só de pensar em você ali, vendo a sombra de Anticleia. Que modo para um homem descobrir que a mãe morrera enquanto ele estava ausente. Mesmo assim, você manteve a coragem e proibiu o espírito dela de beber até que o profeta desse a você o benefício da sabedoria dele. Ela mostrou os dentes, mas lhe obedeceu, e você esperou.

Quando Tirésias finalmente chegou, atraído pelo sangue animal, o que disse a você? O que eu já falara, sem nenhum dos inconvenientes causados por uma viagem de ida e volta ao inferno. Você ofendeu Poseidon cegando o filho dele. Sua viagem para casa é mais difícil e traiçoeira que a de qualquer outro grego porque você ganhou a inimizade de um deus. E o que mais ele lhe disse? Ah, sim. Que seu regresso seria doloroso. Que você seria recebido por um palácio repleto de pretendentes que estavam morando em seu lar, determinados a cortejar sua esposa.

Essa é uma profecia para mim também, então. Embora eu soubesse que os homens começariam a se reunir quando as notícias de Troia secassem. Uma coisa é esperar que um herói conquistador volte; outra é esperar por um homem perdido no mar – você sabe há quanto tempo está fora? Estamos no terceiro ano agora, desde que a guerra acabou. Mas não tenha medo, Odisseu. Vou aguentar – pelo tempo que puder, claro – a pressão desses pretendentes que gostariam de se casar com sua viúva (como me consideram).

Então Tirésias desapareceu na escuridão, e sua mãe, Anticleia, finalmente se aproximou de você e bebeu o sangue que alimenta os mortos; que alimenta o que resta de seus sentidos. O horror dela quando o reconheceu deve ter sido algo terrível de testemunhar. Pois no leito de morte ela ainda esperava que você voltasse em poucas luas. Morreu de coração partido, Odisseu, esperando que o filho voltasse para casa.

Naquele momento, senti realmente muita pena de você, Odisseu. No entanto, quando o bardo cantou essa parte seguinte, fiz de tudo para que ele não fosse jogado sobre as rochas de Ítaca para se afogar no mar escuro. Primeiro, você perguntou à sua mãe como ela morreu. Então perguntou pela saúde de seu pai. Depois, de seu filho. Depois, de sua honra. Depois, de seu trono. E, por fim, quando perguntou sobre todo o restante, exceto o cachorro, você se lembrou de perguntar por sua esposa.

Quando terminou de falar com sua mãe, você ficou entre os mortos por mais algum tempo. Em que outro momento teria a oportunidade de ver tantas grandes figuras do passado? Você viu Alcmena, Epicasta, Leda, Fedra, Ariadne. Nem as mulheres mortas parecem querer deixá-lo em paz. Contudo, não conseguia ouvir mais nada nesse momento, infelizmente, e fui para a minha cama. Para a nossa cama. Talvez você se lembre dela.

O cachorro está bem, por falar nisso. Envelhecendo, mas não estamos todos?

Penélope

30

As Mulheres Troianas

⬥⫶⇌•❱❰•⇋⫶⬥

As sombras dos gregos se esticavam, longas e finas. Um homem com cabelos grisalhos levara três de seus homens na direção das mulheres. Sua boca formava uma linha sombria. Ele não queria essa tarefa, fosse qual fosse.

– Qual é a garota? A filha de Príamo? – ele perguntou de maneira direta.

Cassandra estava choramingando como as gaivotas que sobrevoavam para pegar os últimos peixes do dia e brilhavam ao sol da tarde. Ainda assistia ao destino da mãe se desenrolar nas pálpebras, embora não pudesse contar o que via. O homem olhou de um rosto para o outro: todos sujos com fuligem e lágrimas, cabelos desgrenhados. Nunca vira uma seleção tão pouco atraente na vida, nem o renome de algumas delas – a rainha dos troianos domadores de cavalo, por exemplo – poderia compensar a falta de qualidade. O que importava a posição que alguém tinha em uma cidade derrotada?

Hécuba falou primeiro.

— Você não parece muito feliz, meu senhor, para um homem que recuperou a esposa — as sobrancelhas do homem se uniram. — Você é Menelau, não é? — ela perguntou.

Ele assentiu.

— Minha esposa vai enfrentar uma sentença de morte quando voltarmos a Esparta. Adultério é crime na Grécia.

— Também é crime aqui — disse Polixena. — Vai se lembrar de que Páris lutou contra o senhor em combate individual, pois era o culpado.

Menelau corou ao se lembrar do infeliz duelo. Ainda não conseguia entender como não vencera. O efeminado príncipe troiano deve ter tido a ajuda de um deus naquele dia. Ou deusa, mais provável.

— Você abrigou os dois por dez anos — ele falou com raiva. — Dez anos. E veja o custo disso, de sua imoralidade — ele apontou para os muros destruídos de Troia. — Isso é o que você merece.

— Obrigada pelas doces palavras — disse Hécuba. — Se for algum consolo, eu ficaria feliz em cortar a garganta de sua esposa para você, a qualquer momento. Raramente quis fazer algo diferente. Mas meu marido, o rei, era um homem gentil, e sua esposa tem, como sabe, um jeito atrativo.

Menelau coçou o nariz inchado e achatado.

— Ela tem mesmo.

— Você não vai deixá-la morrer — disse Hécuba. — Ela conseguirá enfeitiçá-lo e estará na sua cama antes de voltarem a Esparta. Ela terá conseguido fazer isso amanhã.

— Você tem orgulho de sua sabedoria, estou vendo.

— Algumas coisas não exigem sabedoria. Apenas olhos.

— Talvez eu a deixe viver — ele falou. — Você acha que os gregos iriam me agradecer por isso?

Hécuba deu de ombros.

— Você prefere a aprovação de seus homens do lado de fora de seu palácio iluminado pelo sol ou a aprovação de sua esposa no escuro de seus aposentos?

Ele ignorou a questão.

– Vim buscar sua filha.

– Os gregos deram a você uma princesa, da casa real de Troia, além de devolver sua esposa? Que lealdade?

– Os gregos não fizeram isso – ele falou. – Sua filha, você tem mais de uma?

– Eu tinha mais – disse Hécuba. – Agora tenho duas – ela apontou Cassandra e abraçou Polixena de maneira protetora.

Menelau avaliou as duas. Polixena virou os olhos modestamente para o chão. Cassandra olhou direto para ele, sem vê-lo.

– Ela sempre faz esse ruído? – ele perguntou.

– Ela sempre faz esse ruído – confirmou Hécuba – As pessoas dizem que foi amaldiçoada quando era garota. Claro, era uma criança encantadora. De natureza doce, prestativa, quieta. Mas começou a se comportar assim há um ou dois anos e agora só para quando está dormindo.

– Ela é bonita, apesar de... – Menelau apontou para a baba que escorria pelo queixo de Cassandra. – Alguém ficará feliz se encontrar meios de mantê-la quieta.

Hécuba não falou nada.

– Vou levar a outra, então – ele disse. – Venha.

Ele fez um gesto com a mão, e os homens se aproximaram, prontos para levar Polixena.

– Se ela não é para você, por que veio buscá-la? – perguntou Hécuba. Ela não se rebaixaria a implorar por mais alguns momentos com sua adorada garota. No entanto, não suportava vê-la partir.

Menelau balançou a cabeça.

– Tirei o graveto menor – ele falou. – Vamos, garota.

Polixena beijou a mãe e Andrômaca e tentou abraçar Cassandra. Mas a irmã agarrou seus braços e começou a gritar. Os soldados a liberaram para que pudessem marchar de volta com a prisioneira.

31

Polixena

Durante a infância, quando fazia suas orações, Polixena nunca pedia por bravura. Não faria sentido. Sua cidade estava sitiada: ela só tinha lembranças vagas de uma vida diferente daquela. Então, coragem não era algo especial que ela precisasse pedir; era algo comum, exigido de todos. Ela sempre conheceu o medo por aqueles que amava: os irmãos, quando saíam pelos portões da cidade de manhã; as irmãs, quando o suprimento de comida da cidade ia acabando. A mãe, quando os ombros começaram a se curvar, como uma velha. O pai, quando ficava parado nos muros altos vendo os filhos lutarem contra homens determinados a tomar a cidade à força. Cada morto era uma fonte de dor pessoal e de medo cívico: um marido, um filho, um pai perdido e um defensor a menos para lutar no dia seguinte.

Mas sentir medo não era o mesmo que não ter coragem. Qualquer um poderia ser corajoso se não sentisse medo. Os troianos afirmavam que assim era Aquiles, por isso era tão letal. Ele ia para a batalha em sua carruagem, sem se importar se terminaria vivo ou morto. Não se importava com nada. Apenas com a segurança do amigo Pátroclo. Se os troianos ficassem longe dele, Aquiles ceifaria as fileiras deles de maneira aleatória, aparentemente. Demorou meses, talvez anos, antes de os troianos perceberem que a melhor forma de lutar era mandar um pequeno grupo de homens atrás de Pátroclo, o que atrairia Aquiles para o mesmo lado. Os homens sempre morriam, claro. Eles tiravam a sorte para decidir quem teria que participar dessa luta impossível de vencer para proteger os companheiros.

Polixena observara esses homens quando se despediam das esposas e desfrutavam dos últimos momentos com os filhos. Eles tinham ar calmo, enquanto todos ao redor corriam para amarrar as armaduras e preparar as armas. Sabiam que iam morrer, por isso não tinham mais tempo para sentir medo. Tudo que restava era a oportunidade de morrer com coragem, remover Aquiles do campo de batalha tempo suficiente para permitir que os companheiros tivessem a oportunidade de avançar em outra parte, empurrar os gregos de volta aos navios. Na época, Polixena pensara que esses homens estavam loucos de dor ou tristeza. De que outro modo estariam tão despreocupados com a morte? Agora ela gostaria de ter a mesma certeza que eles. Queria muito saber o destino que teria.

Os gregos falavam rápido em sua língua, e ela não entendia o sotaque pesado ou o dialeto. Eles não eram tão lascivos como ela fora levada a acreditar. Um deles a agarrou sob o pretexto de ajudá-la a caminhar no terreno irregular. Mas Menelau gritou algo, e o homem afastou as mãos, a cara lembrando a de um cachorro pego roubando leite de uma jarra.

Acima de tudo, ela esperava que Menelau não tivesse mentido para sua mãe e não estivesse sendo levada para ele. Nenhum destino poderia ser pior que ser escravizada por ele, deixando sua terra natal para ser serva de Helena, a causa de todo sofrimento deles. Bem, talvez não a única causa. Polixena sabia que a mãe sempre deixara Páris fazer o que quisesse. O irmão Heitor nunca cometera o mesmo erro. Não demorou a criticar Páris, e Polixena sabia que ele estava certo. De qualquer maneira, não queria que Helena ficasse mandando que ela pegasse água ou preparasse a comida. Mesmo se virasse serva, ficava com nojo de pensar em fazer tranças no cabelo da ex-cunhada, ou ajudá-la a se vestir todas as manhãs, ou fingir que não via a chegada de seus amantes secretos (Polixena não tinha dúvida de que a personalidade de Helena não mudaria quando voltasse a Esparta).

Sentiu uma súbita onda de raiva fluir pelo corpo: raiva de Páris, de Príamo, de Heitor, de todos eles. De todos os homens que deveriam tê-la protegido e, em vez disso, a abandonaram. E sua raiva estava marcada pela inveja, pois eles haviam morrido, e ela seria escravizada. Os homens teriam competido para ganhar o direito de se casar com ela, e agora ela seria engravidada pelo seu dono, ou por outro escravo, e não havia como evitar isso. Sua prole deveria ter sido parte da realeza, mas agora seria a mais baixa de todas: nascida na servidão. Ela teria que aguentar essa vergonha sozinha.

Sabia que a mãe, a irmã, Andrômaca e as outras mulheres troianas enfrentariam o mesmo destino, mas nenhuma delas estaria presente para consolá-la nem seria capaz de lhe oferecer palavras de conforto. Essa crueldade era típica dos gregos. Se a guerra tivesse sido revertida e os troianos tivessem viajado pelo oceano para sitiar uma cidade helênica, seus parentes teriam se comportado com os gregos da mesma maneira que os gregos tinham se comportado em Troia. Eles também teriam matado os homens e escravizado as mulheres e as crianças. Afinal, era isso que significava ganhar uma guerra. Contudo, embora essas mulheres e crianças pudessem ter sofrido a perda da liberdade, teriam continuado juntas. Um modo de consolo para elas. Enquanto isso, os gregos vinham de muitas cidades e ilhas diferentes e separavam toda mulher troiana do restante da família que sobrevivera. Ela soltou uma maldição baixinho e se virou para Menelau, que caminhava ao lado dela em silêncio, arrastando um pouco uma perna na areia.

– Para qual dos gregos você está me levando? – ela perguntou. Seu grego era forçado, formal. Menelau não falou nada, e, por um instante, ela achou que ele não ouvira ou que ela não conseguira se fazer entender. – Perguntei para onde está me levando – ela repetiu.

– Não devo respostas a uma escrava – ele respondeu. Ela sentiu o rosto corar, mas manteve a calma.

– Não achei que fosse tão covarde a ponto de não querer contar a uma escrava indefesa qual é o futuro dela – falou. – Meu irmão Heitor falou bem de você; disse que era corajoso.

Ela não sorriu quando viu como ele endireitava as costas e levantava um pouco a cabeça. Como se Heitor tivesse falado algo assim. Todos, gregos e troianos, sabiam que Menelau era um grosseiro; um homem que não conseguia largar uma jarra de vinho até estar totalmente vazia. Que bebia seu vinho até muito tarde, todas as noites, sem um pouco de água, e se perguntava em voz alta por que a esposa o abandonara, enquanto os companheiros escondiam a resposta tapando a boca com a mão. Seu irmão, Agamenon, era menos lamentável, mas mais colérico, era o que diziam os troianos. Pelos padrões troianos, nenhum deles era um bom rei, mas os gregos eram menos exigentes, ela supunha.

– Não sou covarde – ele respondeu. – Tirei o graveto menor e cumpri meu dever, como foi decretado pelo conselho dos gregos quando nos reunimos na noite passada. Fui buscar você e vou entregá-la a Neoptólemo.

Polixena reprimiu um estremecimento. Os troianos temiam Aquiles como o grande guerreiro que era: mais rápido e mais letal que um leão da montanha. Mas sua natureza cruel também era parecida com a de um leão. Não havia rancor contra os troianos ou contra qualquer uma das outras vítimas que ele cortara com sua espada como se fossem talos de trigo, pelo menos até Heitor ter matado Pátroclo. Eram simplesmente a presa e mortos porque esse era o destino deles. O mesmo não poderia ser dito sobre o filho.

Neoptólemo era temido tanto pelos troianos quanto pelos gregos: imprevisível e mal-humorado, dominado pela certeza de que nunca seria tão grande quanto o pai. Foi ele que matara o pai de Polixena, Príamo, quando este se agarrava ao altar no templo de Zeus. Que tipo de homem tinha tão pouco medo do rei dos deuses a ponto de violar seu santuário? Sua única certeza era a de que Neoptólemo seria morto, por sua vez, por seus crimes blasfemos. A própria Tétis não poderia salvar o neto da ira de Zeus, quando ela chegasse.

– Você está certa por ter medo dele – disse Menelau, embora ela não tivesse falado nada. – Mas Neoptólemo não vai mantê-la por muito tempo. Você será um presente para o pai dele.

– O pai dele está morto – ela falou. Então, entendeu o que aconteceria com ela.

Agradeceu a Ártemis em silêncio. Ela dissera, muitas vezes, que preferia morrer a viver como escrava. E suas orações tinham sido ouvidas. Acrescentou, esperando que a mãe não descobrisse que a filha mais nova – a última em seu juízo perfeito – logo seguiria o mesmo destino do filho mais novo. Este, sacrificado pela cobiça de um grego; aquela, pelo desejo por sangue de outro.

Embora, talvez, tivesse julgado mal a mãe. Hécuba era uma mulher orgulhosa que se ressentia do jugo da própria escravidão e da dos filhos. Talvez seria mais feliz sabendo que Polixena estava morta em vez de escravizada; aliviada se a vergonha pudesse ser contida em si mesma e não se espalhasse pelas gerações de filhos de Príamo. E com certeza a mãe sofreria menos se soubesse que a filha caminhara voluntariamente para a morte. Polixena continuou andando à frente dos soldados, ao lado de Menelau. Eles não poderiam chamá-la de covarde.

❋ ❋ ❋

Havia menos soldados presentes do que ela previra. Na imaginação, construíra um grande estrado, um bando de sacerdotes com trajes cerimoniais, muitos gregos observando, todos querendo que o sacrifício terminasse rapidamente para poderem comer e beber, preparando-se para partirem no dia seguinte. Contudo, quando ela chegou no acampamento dos mirmidões, era algo bem mais desleixado do que esperara. Viu umas poucas barracas, remendadas, incrustadas de sal. Fora ali que Briseis dormira, ficou se perguntando. A mulher que mantivera toda força grega retida quando Aquiles se recusou a lutar até sua volta. Ela ainda estaria aqui, agora que Aquiles estava morto? Fora herdada pelo filho dele ou presenteada a um de seus tenentes? Polixena estava surpresa com a própria curiosidade. Era estranho se importar com o destino dos outros quando o seu próprio estava chegando a um fim abrupto. Mas se pegou interessada nessa mulher que nunca conhecera. Ficou olhando para todos os rostos, esperando identificar os traços de uma mulher que conseguira alterar o rumo de uma guerra. No entanto, nenhuma das mulheres que viu – acompanhantes e escravas – tinha esse rosto. Ela se sentiu desiludida, mesmo sendo algo irracional. Então, percebeu que seus lugares haviam sido trocados; ela não conseguiria ficar parada ao ver uma garota sacrificada como uma bezerra. Também teria se escondido.

Menelau gritou algo que ela não conseguiu entender, e um jovem saiu de sua barraca para a luz dura da tarde. Fechou os olhos por causa da luz do sol, e isso aumentou sua aparência de irritado. Polixena ouvira falar que Aquiles era lindo: cabelo loiro e membros longos e dourados de sol. Mas esse homem tinha uns cachos ruivos bagunçados que se assentavam de maneira feminina em torno do rosto doce. O queixo era fraco, e os olhos azuis pareciam muito pálidos e pequenos. Ele poderia ter sido bonito, mesmo assim – sua pele parecia marfim –, se não fosse a expressão cruel. A boca era pequena e petulante, e as sobrancelhas mantinham a forma de desaprovação frequente. Polixena viu, imediatamente, por que ele era tão implacável: mesmo parado diante da própria barraca cercado por seus homens, dava a impressão de um menino vestindo as roupas do pai. Mas esse menino era o homem que matara o pai dela quando estava ajoelhado no santuário de Zeus.

– É ela? – perguntou Neoptólemo.

– Quem mais seria? – respondeu Menelau.

Sua antipatia pelo jovem era bastante evidente para Polixena, mas, se Neoptólemo percebeu, não falou nada.

– Achei que seria mais impressionante. Ela deve ser um presente para meu pai, que deu a vida para lutar em sua guerra.

– Ela é uma princesa de Troia – respondeu Menelau. – Estão todas cobertas de fuligem e sal: queimamos a cidade delas e as deixamos na praia.

– Vá se lavar – disse Neoptólemo, sem olhar para ela. – Levem-na e encontrem algo para vestir que não esteja em farrapos.

Duas mulheres tímidas afastaram-se de seus soldados e se aproximaram dela devagar. Ela fez um gesto para elas – não gritaria ou resistiria – e as seguiu até uma barraca próxima.

Polixena esperou enquanto esquentavam água em um grande caldeirão aberto. Pegou um pano da menor das duas mulheres e tentou agradecer. Mas elas não falavam o mesmo dialeto dos troianos. Polixena só podia assentir e balançar a cabeça para ser entendida. Ela embebeu o pano na água quente e passou pela pele. Limpou, aliviada, a fuligem gordurosa. Demorou mais que qualquer banho que já tomara. As mulheres esperaram pacientemente, mas ainda olhavam, ansiosas, para a abertura da barraca, esperando uma explosão súbita de raiva de

Neoptólemo. Com os olhares ficando mais frequentes, Polixena apressou-se, enxaguando o pano enegrecido mais rapidamente.

Terminou de se limpar, e uma das mulheres ofereceu-lhe uma pequena garrafa de óleo. Ela aceitou agradecida e passou uma fina camada sobre a pele. Então, a mulher mais alta abriu um baú e tirou um vestido branco, bordado de vermelho e dourado. Era tão incongruente que Polixena quase riu, como ver uma flor perfeita no meio da lama. Ela levantou os braços, e as mulheres a ajudaram a colocar o vestido cerimonial. Era a última vez que colocaria uma roupa nova e teria mulheres ajudando-a a se vestir, como em Troia. Agradeceu a Ártemis, mais uma vez, por salvá-la da indignidade da servidão. Melhor morrer a viver como essas mulheres, com medo de cada rajada de vento.

Fez um gesto para as mulheres a ajudarem a soltar o cabelo. Nenhuma das duas lhe ofereceu um pente, então ela passou os dedos pelos cabelos, que caíram pelos ombros e pelas costas. Seu cabelo escuro ficaria lindo em contraste com o vestido branco. Ela não tinha joias para usar, mas o bordado serviria como adorno. Deixou de lado a tira estreita de couro com a qual amarrara o cabelo naquela última manhã em Troia. Desamarrou as sandálias e colocou-as ao lado dela. Não tinha mais uso para essas últimas coisas que a conectavam com sua antiga vida. Era apropriado deixar tudo aqui.

Acenou para as mulheres mostrando que estava pronta, e elas correram para abrir a barraca. Ficaram de lado, segurando o grosso tecido remendado para que não tocasse no vestido dela. Polixena saiu para a luz forte, mas seus olhos não lacrimejaram. Um soldado a notou e comentou algo ao companheiro, que se virou e falou com outro mirmidão. Enquanto observava, eles formaram uma fila. O mais próximo a chamou, e ela deu um passo incerto na direção dele. O soldado assentiu, fazendo um ruído tranquilizador com a língua, como se ela fosse um animal. Quando chegou perto dele, o soldado afastou-se, acenando o tempo todo para que ela o seguisse. Polixena não conseguia desviar o olhar dele, e os sons do acampamento, os outros soldados olhando para ela, até o cheiro azedo deles, tudo parecia se afastar dela. Estava concentrada apenas nos olhos de boi dele.

Aos poucos, ele foi parando e ergueu a mão para que ela parasse também. Os homens atrás dela tinham deixado a formação militar e se juntaram em semicírculo. Mas ela não percebeu, assim como não viu o restante dos mirmidões completar o círculo à frente dela. Não via nada além dos olhos do homem, e, quando ele fez um último aceno gentil e se afastou, ela não viu nada além do cabelo vermelho e uma lâmina brilhante.

32

Têmis

O julgamento de Páris – como os deuses passaram a chamar, porque colocava toda a culpa em um mortal por quem somente Afrodite tinha pequena tolerância – forneceu uma rica veia de prazer. Velhos rancores agora poderiam ser resolvidos em um cenário espetacular: uma guerra em Troia. Os deuses escolheram seus favoritos entre os guerreiros que estavam se reunindo para lutar nas planícies troianas. Alguns fizeram suas escolhas por causa de uma relação particular: Tétis apoiava o filho, Aquiles; Afrodite favorecia o filho meio troiano, Eneias. Atena tinha uma antiga fraqueza por Odisseu: ela sempre gostou de homens inteligentes. Outros deuses tinham animosidades ou preferências gerais: Hera nunca perdoaria Troia por gerar Páris; Apolo tendia a favorecer a cidade, mas, às vezes, mudava de lado, dependendo de quem o irritava.

Eles estavam gostando tanto da perspectiva de um conflito prolongado que nunca pensaram – nem Atena – de onde tinha vindo a maçã dourada que dera início a tudo. Era óbvio para todos que Éris era a responsável por colocá-la no casamento de Tétis – a deusa da discórdia não conseguia resistir, não mais do que Ares não conseguia parar de lutar ou Apolo não poderia errar o alvo. Mas Éris não era artesã; não conseguiria criar aquele ornamento sozinha. Ninguém pensou em perguntar a ela como conseguira a maçã, com seu brilho interior e sua bela inscrição. Por certo, não foi algo feito por seres humanos: todos sabiam que os gregos só conseguiam riscar palavras feias e lineares em seus artefatos. A inscrição na maçã era fluida e sinuosa, quase exigindo ser traçada com dedos reverentes.

O único deus que poderia ter feito esse objeto era Hefesto, e ele jurou que não fizera tal coisa. Discutiu acaloradamente quando Afrodite estava se vangloriando de sua bugiganga e exigindo saber por que o marido (que não tinha nenhuma beleza, exceto a que criava na forja) não a dera simplesmente a ela de presente ao terminar de criá-la. Ele estava mais preocupado com a origem da maçã que qualquer outro: havia outro deus que poderia criar essas maravilhas? Se existisse, o que isso significava para Hefesto, cuja habilidade era seu único trunfo para estar no Olimpo? Sem a capacidade de derreter e martelar os objetos mais lindos de bronze, que outro deus iria valorizá-lo? Certamente não a esposa, que já mostrara preferência pela beleza superior do valentão Ares. E onde a maçã foi feita? Era inconcebível que pudesse ter sido criada em outro lugar que não sua forja divina. Então, alguém deve ter entrado ali quando ele não estava. Suas suspeitas caíram sobre vários deuses, mas não tinha provas. E, na realidade, o culpado era alguém que ele nunca nem considerara.

Os deuses do Olimpo tinham tendência a tratar a geração anterior como altiva e indiferente. Os primeiros deuses eram tão vagos. Pelo menos com Afrodite, ou Ares, ou mesmo Zeus, um deus sabia em que estava se metendo. Eles tinham áreas particulares de interesse – amor, guerra, perjúrio, o que fosse – e ficavam dentro delas. Os deuses nem sempre tiveram muito respeito uns pelos outros; porém, se alguém tivesse uma questão para discutir, fosse um caso extraconjugal ou um problema militar, não teria dúvida a qual deus deveria recorrer. Mas os primeiros deuses não eram assim. O que um deus poderia conseguir falando com as Estações, digamos? O clima?

Então, não foi surpresa que Hefesto não tenha pensado em Têmis. Têmis, a divindade responsável pela ordem divina das coisas, participava de um ou outro banquete ou casamento, mas jamais se envolvia em pequenas discussões com Hera ou nos aborrecimentos diários dos outros deuses. Isso era ainda mais curioso quando considerado que Têmis fora casada com Zeus antes de a esposa olimpiana dele assumir o frustrante papel. Contudo, ao contrário da Hera esnobe e ciumenta, Têmis era despreocupada. Talvez eles não tivessem lugar na ordem divina das coisas. E onde era o lar dos deuses mais velhos? Hefesto nem poderia dizer quando vira Têmis pela última vez. Ele só morara – mesmo se sentindo um estranho – nas alturas do Olimpo. Onde mais um deus poderia morar?

Ele teria ficado surpreso se pudesse olhar o passado e vir Têmis uns dias antes do dia do casamento de Tétis e Peleu. Ela estava sentada em um tripé grande e raso, como se fosse uma cadeira esculpida e repleta de ornamentos. O tripé estava colocado em um templo, os três pés robustos perto de uma coluna fina que apoiava o friso ricamente decorado que passava pela borda do telhado. O padrão era regular – faixas alternadas de vermelho e branco –, exatamente como Têmis gostava que as coisas fossem. E o tripé era de todo simétrico, as pernas igualmente espaçadas ao redor da tigela rasa na qual Têmis gostava de se empoleirar. Os pés compridos, com os dedos finos que Zeus admirara tanto outrora (e voltaria a admirar outra vez, agora, se seus olhos não estivessem perpetuamente escravizados a sempre novos pés), balançavam-se livres, enquanto ela cruzava e descruzava os tornozelos. Mesmo assim, notara que Zeus reparara neles quando se aproximou para pedir conselhos. Conselhos ao próprio rei dos deuses! Têmis teria ficado lisonjeada se não considerasse a lisonja uma emoção perturbadora. Preferia pensar em si mesma como imperturbável. Mas balançou o pé um pouco mais alto, de qualquer modo.

Têmis ficou satisfeita (não encantada, teria sido demais) com o vestido novo, com estampa de antílopes. Uma fileira ia da direita para a esquerda, e a fileira abaixo, na direção oposta. Nada desequilibrado nisso: a cabeça de cada antílope mergulhava na direção dos cascos dianteiros, cada conjunto de chifres apontando perfeitamente para cima. O cabelo negro da deusa formava círculos repetitivos perfeitos, partindo do ponto médio da sobrancelha até cada orelha. E ela sorria ao ver o rosto barbado imutável do ex-marido.

– Você precisa da minha ajuda – ela falou. Têmis preferia declarações a perguntas.

– Há muitos mortais – assentiu Zeus. – Muitos, demais.

– Gaia disse que está sofrendo – falou Têmis. – O peso deles é demais para ela suportar.

– Foi o que ela disse. Devemos tirar muitos milhares deles.

– Praga – ela sugeriu, mas o rei dos deuses balançou a cabeça.

– Muito impreciso. Às vezes, só ataca os velhos, que logo estariam mortos, de qualquer maneira.

– Enchente – ela disse.

– Muito indiscriminado. Vai acabar com o gado também.

– Sempre tão consciente de seus sacrifícios – ela riu. Ele lambeu os beiços com o pensamento da gordura de bezerro crepitando no fogo.

– Vulcão – ela seguiu os pensamentos dele até o fogo.

– Muito local.

– Terremoto.

– Número de mortos muito baixo.

– Um terremoto longo.

— Poseidon é sempre muito parcial. Você sabe como ele é. Vai destruir os favoritos de Atena ou Apolo e manter os dele intactos. Vai causar mais problemas que soluções.

Os olhos deles se encontraram.

— Guerra, então.

Ele assentiu.

— Deve ser uma guerra. Você acha que importa onde será?

Ela esticou as pernas até ficarem paralelas ao chão, olhando o próprio pé.

— Acho que não. Depende se você prefere a ideia de uma guerra civil ou... — ela procurou o termo correto e acabou dando de ombros quando não conseguiu encontrar. — Ou guerra comum.

— Nada de guerra civil. Acho que não — Zeus mexeu na barba.

— Oriente contra ocidente é uma boa — ela falou.

— Algo já testado e comprovado — ele concordou.

— Troia serviria.

Ele assentiu.

— Como podemos fazer com que os gregos invadam Troia?

— Sua filha não está casada com um rei grego?

Zeus assumiu expressão assustada.

— Helena — ela explicou. Deveria ter se lembrado de que Zeus só tinha uma vaga noção do número de filhos e filhas que tivera ao longo dos anos, muito menos o que acontecera com eles.

— Oh, Helena — o rei dos deuses permitiu-se um momento pensativo. A mãe de Helena realmente fora uma mulher muito bonita. Valera a pena se transformar em cisne. — Sim, ela se casou com algum ruivo tolo.

— Envie um príncipe troiano para roubá-la — disse Têmis.

Zeus berrou de alegria.

— Boa ideia! — depois franziu a testa. — Para isso, vamos precisar da ajuda de Afrodite.

Têmis não deixou transparecer sua irritação. Quase não queria reconhecer isso para si mesma. Mas, de fato, Zeus já fora mais rápido que isso, ela tinha certeza.

— Dê algo a ela — falou. — Isso sempre funciona.

Zeus assentiu de novo.

— Sim, um suborno. De que ela gosta?

— Bugigangas, bijuterias e as orações desesperadas dos mortais — respondeu Têmis.

— Você tem algo que possa servir? — ele perguntou. — É que não consigo passar muito tempo sozinho no Olimpo...

Têmis pensou por um instante.

— Sei exatamente o que dar a ela — falou. — Encontrei outro dia, quando estava procurando algo no fundo do meu templo. Acho que, se ela encontrar a coisa do jeito certo, você não precisará pedir a ajuda dela.

Zeus ficou confuso.

— E como ela vai me ajudar?

— Ela dará início ao conflito por vontade própria — respondeu Têmis. — Nem vai perceber que está fazendo o que você quer.

— Então não vou dever um favor a ela? — isso era melhor do que ele poderia esperar.

Têmis balançou a cabeça.

— Não — ela disse. — Vai dever um favor a mim.

33

Penélope

—·⋕⇌◆>◎<◆⇋⋕·—

Odisseu, parece quase supérfluo mencionar que minha paciência está esticada como um fio muito fino sobre uma vela. Falta pouquíssimo para que a chama queime e minha raiva se parta em dois. Porque agora se passou outro ano inteiro desde que você deixou a ilha de Eana (e as feiticeiras que o entretinham de maneira tão pródiga) para sua viagem completamente desnecessária ao Hades. Mais um ano depois dos doze que já se passaram desde que você saiu de Ítaca. Provavelmente não parece muito para você. O que é mais um ano, tenho certeza de que você diria. Olhe as aventuras que tenho para contar: isso vale um ano do meu tempo, com certeza. Um ano do seu tempo, talvez. Mas não estou ficando mais jovem, Odisseu, e seu palácio não está ficando mais seguro.

Você deixou o Mundo Inferior, ouvi dizer, e navegou de volta para Circe – o cãozinho leal dela. Claro, todos admiraram seu sentido de dever, navegando por todo um oceano para enterrar o companheiro falecido, Elpenor. Você se lembra dele, Odisseu, aquele que se embebedou e caiu do teto de Circe. Aquele que você nem notou que desaparecera. Aquele que ninguém notou que estava desaparecido. Esse. Mesmo assim, ele era, claro, mais importante para você que sua esposa e – sabe que estava a ponto de dizer "filho pequeno"? Mas Telêmaco não é mais uma criança. Faz tempo.

Menciono isso porque parece que, em algum ponto do caminho, você perdeu a capacidade de medir o tempo. Talvez tenha navegado tão longe que os dias correm para trás em vez de andarem para a frente? Talvez você esteja em algum lugar inspirado pelo deus onde o tempo não avança. Como se poderia explicar, Odisseu, o número impossível de dias em que esteve ausente?

Para minha surpresa, você rapidamente voltou a deixar a ilha de Circe. Bem, imagino que já vira tudo antes, não? E por que ficaria quando poderia navegar em meio às sereias? Sempre atrás de uma aventura, claro. Uma aventura que não o aproxima de Ítaca. Mas você jamais poderia resistir a um desafio, e esse era especial. Nenhum homem ouviu a canção das sereias e viveu para contar. Então, claro, você precisava fazê-lo. Obedeceu às instruções de Circe (bom cãozinho) e cortou um pedaço de cera de abelha em pequenos pedaços. Amassou cada pedaço até ficar macio e deu a seus homens com ordens de taparem bem os ouvidos. A vida deles dependia disso.

Mas não havia cera de abelha para você, havia? Não para o valente Odisseu, que precisava aproveitar a oportunidade para se tornar o homem, o único homem a ouvir a canção das sereias e sobreviver. Você mandou seus homens o amarrarem ao mastro do navio. Avisou que lutaria e imploraria que o soltassem, mas que deveriam ignorá-lo e continuar remando. E – bons homens que são, ou eram – eles obedeceram.

Então, só você ouviu as sereias cantarem sua música mortal. A versão que ouvi (de um bardo cujo canto também é bastante mortal, na minha opinião) foi de que as sereias imploraram para você se aproximar e ouvir a canção delas. Imploraram a você, como grego de grande renome.

Dizem que as sereias sabem como chegar ao coração de um homem, e que é assim que destroem o navio dele. Bem, elas certamente sabiam como chegar ao seu. Cantaram sua linda pátria, seu filho crescido, sua esposa devotada? Todas essas coisas teriam quebrado qualquer outro homem, qualquer outro herói. No entanto, quando as sereias viram que era você, mudaram a música: "Aproxime-se, Odisseu, grego de grande renome". Você está casado com sua fama mais do que já esteve casado comigo. E, por certo, seu relacionamento com a própria glória tem sido incessante. Laodâmia, que morreu de amor por Protesilau (é provável que não se lembre dele, Odisseu, mas foi o primeiro grego a morrer em Troia, há tantos anos), não poderia ter sido mais devota ao objeto de seus afetos que você ao seu. De certa maneira, é bastante emotivo.

Como são as sereias, Odisseu? A canção diz que são do tamanho de mulheres mortais, mas com corpo de pássaro: pés em forma de garras, asas com penas e longas caudas emplumadas. Porém, com cabeça de mulher. E a voz, você poderia descrevê-la? O bardo diz que elas produzem o som mais belo que já se ouviu – homem ou animal. Ele pede que imaginemos a voz feminina mais perfeita misturada ao canto do rouxinol. Ítaca é escarpada, e talvez você saiba onde os pássaros com belas vozes poderiam fazer seus ninhos, mas só conheço o grasnar das aves marinhas, que dificilmente é o mesmo. De qualquer modo, é algo que me intriga: como é a canção mais bela que um homem já ouviu? Talvez um dia, se você voltar para casa, poderá me contar.

Depois daquele grupo de canibais que encontrou no início da viagem, Odisseu – o ciclope cego, os lestrigões que comeram sua tripulação e esmagaram seus barcos contra as pedras –, você agora parece ter entrado na seção monstros marinhos. Quem poderia saber que há tantos tipos? Primeiro, você sobreviveu ao inesperado encontro com uma morte musical. Depois precisou navegar por Cila e Caríbdis. O primeiro é um monstro comedor de homens; o segundo, um redemoinho comedor de barcos: acertei?

Essa rota foi ideia de Circe, acredito. Fico me perguntando se você poderia tê-la deixado chateada de algum modo. Difícil imaginar o que aconteceu, claro. Mas ela parece ter dado o conselho de fazer a viagem mais perigosa que qualquer homem poderia esperar. E, embora a ira contínua de Poseidon seja algo que você atraiu, os monstros marinhos são um belo toque dela. Circe preferia que você se afogasse, acho, que ir para casa encontrar sua esposa e seu filho.

Porque, do contrário, ela o teria mandado por um caminho diferente. Veja, há duas rotas, como canta o bardo, entre Eana e Ítaca. Duas rotas, Odisseu, e você não conseguiu atravessar nenhuma delas com sucesso. Uma o leva pelas Rochas Instáveis, estreita passagem entre dois penhascos, com ondas imensas quebrando contra eles o tempo todo. Se você tivesse confiado que o timoneiro manteria o curso e passaria pelo meio dessas rochas, poderia estar em casa agora. Dizem que Jasão navegou com segurança por esses estreitos, com a ajuda de Hera. Talvez ela também pudesse ter estendido a ajuda a você.

Mas, em vez disso, Circe o mandou por um estreito diferente, entre um segundo conjunto de penhascos terríveis. Dois vastos picos aninhados sob um céu furioso. A rocha mais alta é tão alta que seu pico é invisível, sempre coberto de nuvens. É tão liso que ninguém consegue escalar: não há nenhum apoio para mãos e pés nas pedras brilhantes. Há uma abertura na rocha, no entanto, que Circe contou que nenhum homem mortal consegue ver do convés do navio (quase consigo ver sua expressão quando ela disse isso. Nenhum outro homem mortal, talvez. Mas você não é como os outros homens. Foi isso que influenciou sua decisão para tentar essa rota? A chance de se revelar, mais uma vez, como melhor que qualquer outro grego? Parece muito provável). E naquela caverna úmida mora Cila, um monstro terrível com doze pernas e seis cabeças. Cada cabeça tem três fileiras de dentes, e cada dente é mortalmente afiado. Nenhum navio que passa por ali está seguro, pois cada uma das seis cabeças aparecerá de repente da caverna quando um navio estiver passando. Cada cabeça vai abrir a boca. E cada boca vai agarrar um marinheiro entre as mandíbulas cruéis. E seis homens estarão perdidos.

Então, a tentação deve ser evitar essa rocha e navegar mais perto dos picos mais baixos, do outro lado. Você poderia atirar uma flecha de um ao outro, Odisseu, de tão estreito é o espaço entre essas duas rochas. Essa segunda rocha não é tão íngreme, e no seu pico há uma enorme figueira. Imagine isso, uma figueira crescendo sobre a rocha no meio do mar. Como deve parecer estranho. E, embaixo da figueira, na base do rochedo, está Caríbdis. E, se Cila come homens, Caríbdis come navios. Um redemoinho monstruoso que bebe a água do oceano três vezes por dia e cospe de volta. A água pode sobreviver a essa jornada terrível, mas sua embarcação – despedaçada –, não.

Eu o conheço, Odisseu. Não há nenhuma chance de que, tendo sido informado desses dois perigos, você não tenha tentado inventar um plano para passar ileso entre o redemoinho e o monstro. Não poderia ter se afastado de Caríbdis, mas se aproximado de Cila com a espada desembainhada, pronto para cortar as cabeças vorazes? Circe deve ter dito, acho, que Cila não tem a fragilidade de um pescoço mortal, ou de seis. Tente lutar com ela, Circe teria dito, e você acabará dando espaço para ela engolir os homens que capturara e fazer um segundo ataque. Sua única escolha era entre perder seis ou doze homens. Não perder nenhum homem não era uma opção.

Então, por causa de Circe, ou talvez apesar dela, você pegou a rota passando por Cila e Caríbdis, a rocha lisa e alta à direita, a figueira à esquerda. Contornou a rocha de Cila e perdeu seis homens. Olhou para trás e ouviu como chamavam por seu nome, pendurados nas várias mandíbulas do monstro como peixes nos anzóis. Você deve ter achado que isso era bastante doloroso, creio, mais que os canibais e a tripulação que se afogaram, mais que os ciclopes e seu olho cego. Nunca gostou de ver um homem privado da chance de se defender. Ofende seu sentido de justiça.

E, ao mesmo tempo, ouviu o rugido ensurdecedor da água do mar espumando para dentro do redemoinho de Caríbdis, mas, de qualquer modo, não desanimou. Seu barco estava longe o suficiente para navegar com segurança, embora você estivesse perto o bastante para ver a areia negra e as rochas, quando Caríbdis engoliu toda a água.

Por mais assustadora que tenha sido essa viagem, você passou pelos estreitos e chegou com segurança à Trinácia, ilha verdejante sagrada para Hélio. Nem precisa dizer – precisa? – que Circe dera mais uma instrução. Se você escolhesse parar na Trinácia, teria que se cuidar para não fazer nada com o gado ali, porque ele pertencia a Hiperião, pai de Hélio, e ele não gostaria de perder nenhum deles para um bando de marinheiros esfarrapado. O curso mais seguro teria sido navegar direto, mas como você poderia pedir a seus homens – exaustos e amedrontados pela viagem pelos estreitos e pela perda de seis companheiros – que navegassem, sem parar, por uma ilha que continha nada mais letal que vacas e ovelhas?

Nem o bardo finge que você não avisou aos seus homens, Odisseu. Ele canta vários versos mostrando como você repetiu os avisos que recebeu duas vezes, uma de Circe e outra de Tirésias, no Mundo Inferior. Mas seus homens não estavam mais dispostos a obedecer às suas instruções nesse assunto. Você levara todos eles a passar por tantos perigos, e eles tinham perdido tantos amigos. Não é de admirar que o tenham ignorado e se dirigido à costa da Trinácia por uma noite. Apenas para terem tempo de se recuperar dos traumas e descansar um pouco em terra firme. Mesmo assim você não deixou que se dirigissem cegamente à morte. Você os obrigou a jurar que deixariam as criaturas de Hiperião em paz. E eles obedeceram a você de bom grado. O que era uma noite sem carne? Eles logo estariam navegando para Ítaca, para casa.

Às vezes, é difícil não pensar que você ofendeu mais deuses que impressionou. Pois o que mais poderia explicar o cruel vento sul que soprou por todo um mês – um mês, sem parar! – e os obrigou a ficar na Trinácia por todo esse tempo. Marinheiros gregos raramente têm sorte com o vento, quase como se os próprios deuses quisessem mantê-los fora da água. Não acha? E, embora as rações que Circe dera fossem abundantes, não eram infinitas. E, após tantos dias sem suprimentos frescos, seus homens foram ficando com fome e inquietos. Eles esperaram – tendo aprendido esse tipo de truque com você, imagino – até você dormir. Então mataram o melhor do gado de Hiperião e fizeram um sacrifício aos deuses, antes de comerem a carne restante. "Como os deuses poderiam se ofender com isso?", disseram. Um sacrifício não poderia ser um ato impiedoso, poderia? Além disso, eles construiriam um templo dedicado a Hiperião quando voltassem a Ítaca, e ele perdoaria uma ou duas vacas. Os deuses preferem ter monumentos de pedra que simples gado. Mas o pai do sol não precisa de nenhum templo novo. Consegue ver todos os templos de todos os deuses, todos os dias. O que ele precisava era que seu gado continuasse inteiro, como sempre fora. Ele reclamou muito com Zeus, e com todos os deuses, e eles concordaram que um ultraje fora cometido. Quando os ventos mudaram e você pôde navegar, os deuses resolveram se vingar. O único navio de sua frota que permaneceu intacto durante todas as tribulações foi o preço da fome e do roubo de seus homens. Você foi conduzido de volta aos rochedos de Cila e Caríbdis. Seus homens – todos, menos você, como canta o bardo – se afogaram. Espero que a carne tenha valido a pena.

Você sobreviveu à morte porque saltou do navio estilhaçado e se agarrou à figueira acima de Caríbdis. Ficou pendurado lá até ela ter cuspido a água de volta, aí se soltou. Caiu na água e terminou na praia de Ogígia, alguns dias depois. Isso parece tão absurdamente improvável que quase chego a acreditar.

A primeira vez que ouvi o bardo chegar a essa parte da história pensei que ele cantaria que você construiu um novo barco e começou a navegar para casa. Deveria ser o ponto em que a história termina, não? Mas não foi o que ele cantou em seguida. Exigi saber por quê. Você não sabe onde fica Ogígia, ele perguntou, os olhos cegos começando a umedecer. Não sabia. Por que alguém de Ítaca teria ouvido falar desse lugar? Você demorou nove dias para chegar lá, se o poeta tiver contado direito.

Então, depois de todo perigo que enfrentou, depois de todos os riscos que correu, tenho a palavra do poeta de que você nunca esteve tão longe de mim quanto está agora. Isso mesmo, Odisseu: você está mais longe de casa agora do que estava quando se encontrava em Troia ou em Eana. Está mais distante que quando estava preso na caverna de Polifemo; que quando os lestrigões jogaram pedras e esmagaram seus navios. Está mais distante de casa que quando estava pendurado em uma figueira com poucas chances de viver. Está mais distante agora que quando estava na terra dos mortos.

Sua esposa/viúva,
Penélope

34

As Mulheres Troianas

Nenhuma das mulheres foi capaz de descansar depois que Polixena fora levada. Elas sabiam que todas teriam o mesmo destino, uma a uma. Todavia, após a partida de Polixena, ficou difícil pensar em nada além de quem seria a próxima. Nenhuma delas acertou, exceto Cassandra, que sabia. Porque, quando finalmente o arauto chegou, ele não veio atrás de uma mulher.

As mulheres o teriam reconhecido mesmo se não estivesse carregando o cajado com círculos gêmeos no alto, o inferior dividido por uma cruz. O manto estava amarrado no pescoço com um grande broche dourado, e as botas negras estavam decoradas com lindas fileiras de tachas de metal. Ele estremeceu quando colocou o peso no pé esquerdo, como se uma pedra afiada tivesse atravessado as tiras de couro e se encaixado debaixo do calcanhar.

Cada trégua, cada mudança na guerra de dez anos fora anunciada por Taltíbio. Os troianos o tinham visto muitas vezes caminhando pelas planícies do lado de fora da cidade para consultar os arautos ou Heitor. Ele atravessou a areia com a pomposidade de um homem sagrado por anos: ninguém tinha permissão de fazer mal a um arauto. E, mesmo assim, ele se movia lentamente. Não era só Cassandra que conseguia ver que ele estava relutante em realizar a tarefa que lhe fora designada.

Quando finalmente chegou perto das mulheres, Hécuba olhou para ele. O suor escorria pelo rosto dele, debaixo do manto ornamentado, o capuz puxado para trás mostrando o cabelo negro.

— Você deveria tirar seu grosso manto — ela falou. — Não está tão frio assim.

Taltíbio assentiu, reconhecendo, em pensamento, os avisos que recebera de Menelau e Odisseu sobre a língua afiada da rainha troiana.

— Não tenho tempo para suas palavras, anciã — ele disse. — Vim aqui pelo filho de Heitor.

O grito que se ouviu não veio de Cassandra. Ela vira isso acontecer tantas vezes antes que se sentiu quase tonta pela repetição. Mas para Andrômaca, viúva de Heitor, era algo novo. Por isso foi a voz dela que soltou um lamento tão triste. Foi ainda mais angustiante para sua família, porque ela sempre ficava tão quieta. Já falando baixo antes do nascimento do filho, Astíanax, ela adquirira um tom ainda mais suave depois. O bebê, pouco acostumado a ouvir a mãe tão angustiada, começou a chorar.

— Não — disse Hécuba. — Você não pode estar falando sério. Ele é um bebê.

Sua voz se partiu em dois, como um pote caindo no chão.

— Tenho minhas ordens — disse Taltíbio. — Entregue-me o menino.

Andrômaca abraçou ainda mais a criança que conseguira deixar em segurança durante uma guerra e o incêndio da cidade. O rosto dele ia ficando roxo pelo esforço de gritar.

— Por favor — ela chorou. — Por favor — ela caiu de joelhos diante do arauto, mas não soltou o filho.

As sobrancelhas arrogantes de Taltíbio suavizaram-se um pouco à visão dessa mulher desesperada ajoelhada aos seus pés. Ele se agachou, apoiando os cotovelos nos joelhos.

— Você sabe por que os gregos decidiram que deve ser assim — ele falou tocando o cabelo dela com a ponta dos dedos. Sua voz era mais baixa agora, falando apenas para Andrômaca. — Heitor era um guerreiro incrível, o grande defensor de Troia. Seu filho cresceria e se tornaria um guerreiro também.

— Não — Andrômaca balançou a cabeça. — Ele não vai. Ele jamais carregará uma espada ou uma lança, juro pela minha vida. Ele se tornará um sacerdote ou um lavrador. Não aprenderá a lutar. O futuro que vocês temem não vai acontecer.

O arauto continuou como se ela não tivesse falado nada.

— Ele vai crescer e ouvir o nome do pai com admiração; como era valente, audacioso.

— Nunca vou mencionar o nome do pai — a voz de Andrômaca aumentava, quase gritando. A criança parou para respirar antes de renovar o choro. — Nunca. O nome de Heitor sairá de meus lábios uma última vez se você poupar meu bebê. Por favor. Ele nunca saberá quem foi o pai. Ele nunca se lembrará de Troia. Nunca falaremos sobre isso. Juro pela sombra de minha mãe morta.

— Mas outras pessoas contarão a ele — respondeu Taltíbio. — Heitor não pode ser eliminado da história da guerra troiana. Os bardos já cantam sobre ele. Seu nome também é mencionado nas mesmas canções. O filho crescerá querendo vingar o pai. Terá o assassinato de gregos no coração.

— Vou mudar de nome — ela gritou. — Deixarei Andrômaca aqui em Troia e me tornarei outra pessoa na Grécia. Que importa o nome de uma escrava?

— Importará para seu mestre — disse o arauto. — Seu nome faz de você um troféu. Outro nome teria menos peso.

Os olhos de Andrômaca se moviam procurando alguma solução.

— Então contarei a ele que Heitor merecia morrer — ela falou. — Vou dizer que as canções dos bardos estão erradas. Vou criá-lo acreditando que o pai era um covarde e merecia a morte que recebeu pelas mãos de Aquiles.

Hécuba abriu a boca para refutar essa mentira, mas ainda não recuperara a voz. Olhou em volta procurando por Polixena para protestar contra Andrômaca, ou implorar ao arauto, ou controlar Cassandra, que começava a se balançar na areia. Mas Polixena já não estava, e não havia nada que pudesse ser feito.

– Não – disse Taltíbio. – Você não mentirá sobre seu marido, senhora – ele se levantou esfregando os punhos nas coxas doloridas. Olhou para os soldados gregos atrás dele. – Peguem a criança.

– Não – gritou Andrômaca. – Deixe-me ir com ele. Não o tirem de mim.

O arauto virou-se para ela, a expressão ilegível.

– Você sabe que ele vai morrer? – ele perguntou.

– Se não posso salvá-lo, só peço para morrer ao lado dele.

Taltíbio suspirou.

– Você não é dona de sua vida para desistir dela – falou. Os soldados arrancaram o bebê dos braços de Andrômaca. Astíanax ficou em silêncio pelo choque. O arauto continuou: – Agora, você pertence a Neoptólemo. Não posso permitir que a propriedade dele seja destruída. Ele me culparia, e seu temperamento é singular.

Houve um momento de silêncio antes de o bebê voltar a chorar.

– Por favor – disse Andrômaca, sentindo o desconforto dos homens. Nenhum deles sabia o que fazer com um bebê chorando. – Deixe-me ir com você.

– Você não vai querer ver isso – falou Taltíbio. Ela caiu prostrada aos pés dele, as mãos agarrando suas botas cravejadas de metal. Se o arauto não pudesse ir embora, o filho poderia viver mais alguns instantes.

– Para onde vai levá-lo? – Hécuba finalmente recuperara a voz. O arauto virou-se para olhar para ela. "A velha bruxa de língua afiada perdera um pouco da mordacidade", ele pensou.

— Ele será jogado das muralhas da cidade — ele falou. — Vai morrer onde nasceu.

— Não, não — Andrômaca fez uma última súplica, jogando os braços ao redor das pernas do arauto, quase o derrubando. — Se não posso morrer com ele... — disse. Cassandra soltou um gemido baixo. Essa parte sempre a deixava mal. — Se não posso morrer com ele — ela continuou —, pelo menos me deixe ser a que vai matá-lo. Não o jogue das muralhas. Por favor. Não deixe o corpo dele cair nas pedras. Ele é um bebê. Por favor. Vou sufocá-lo. Ele não crescerá para vingar o pai. Ele vai morrer nos braços da mãe. Qual é o problema disso? Seus gregos vão permitir, não vão?

— Devolveremos o corpo a você — o arauto falou para Hécuba. — Você pode enterrá-lo ao lado de seu filho.

35

Calíope

Então ele tem filhos, meu poeta. Ou já teve. Lágrimas escorrem de seus olhos cegos. Ele não pode olhar para mim; não suporta o que acabou de escrever. Quero acariciar seu cabelo e dizer que tudo ficará bem. Mas não seria verdade. Quem poderia dizer isso sobre uma guerra?

Ele esperava algo diferente de mim, imagino. Dependo da guerra para minha própria existência. Mas depender dela significa que preciso entendê-la. E, se ele quiser escrever sobre ela, que o poeta escreva. Ele está aprendendo que, em qualquer guerra, os vencedores podem terminar tão destruídos quanto os perdedores. Eles ainda têm a própria vida e desistem de todo o restante para mantê-la. Sacrificam o que nem percebem que têm até terem perdido. Então o homem que pode vencer a guerra apenas raramente pode sobreviver à paz.

O poeta pode não querer aprender isso, mas deveria.

36

Cassandra

Cassandra tinha que admitir: a punição de Apolo era um exemplo quase perfeito de crueldade. Ela queria ter o dom da profecia. Queria muito. Passou muitas horas no templo com o irmão, Heleno. Os dois eram um mar de mechas de cabelos pretos e olhos escuros, mas só um deles era bonito o suficiente para despertar o interesse do deus. Ela amava Heleno, mas, como muitos gêmeos, sentia necessidade de algo que o outro não tinha para ter certeza de onde ele terminava e ela começava. Ele sempre dizia que a beleza dela já era uma boa distinção. Contudo, Cassandra queria algo mais; algo que não desaparecesse com o tempo.

Quando Apolo se revelou a ela, foi à noite. Ela e Heleno, às vezes, dormiam no templo, se as orações lhes obrigassem a ficar até tarde: ele no lado esquerdo da porta; ela, no direito. Eles deitavam a cabeça em almofadas macias, e ela se enrolava em um manto inacabado que usava como cobertor. Não era blasfêmia tirar a roupa do deus se o bordado não estivesse terminado e não tivesse sido dedicado a ele. Assim, quando o deus apareceu, ele se ajoelhou atrás da cabeça dela, a língua lambendo o lóbulo da orelha para acordá-la. Ela despertou sobressaltada, pensando ser uma cobra sussurrando em seu ouvido. Sentou-se e virou-se, esperando ver a cobra deslizando pelo chão frio de pedras brancas. No entanto, em vez disso, viu o brilho radiante de um deus ligeiramente maior que um mortal e possuidor de estranha luz interna. Ele exigiu que ela se entregasse, mas Cassandra se recusou. Ele pediu uma segunda vez, e, agora que estava totalmente acordada, ela se recusou de novo, a menos que ganhasse algo em troca.

– O que você quer?

– Ver o futuro – ela disse.

– Algumas pessoas acham que isso é uma maldição – ele respondeu. O cabelo dourado, que caía sobre a testa em ondas deliciosas, era de um brilho irresistível. Ele era bonito, mas, de alguma maneira, frio, apesar de toda a luz quente que exalava. Ela ficava com os olhos entrecerrados para não lacrimejar. – Porém, se é isso o que quer, é o que você terá.

Ela esperava que ele fizesse algo, tocasse sua testa com a mão dourada. Mas ele ficou imóvel ao lado dela enquanto as visões enchiam-lhe a mente. Tudo que acontecera era, de algum modo, menos real para ela que tudo que estava por vir.

– Agora cumpra sua parte – ele falou tocando a pele dela, que parecia azul em comparação ao esplendor dele. A visão do que ia acontecer era potente. Ela temeu o que o deus estava prestes a se tornar, tanto que cruzou os braços e elevou os joelhos até o peito.

– Não – ela disse. – Não.

A beleza de Apolo transformou-se em um piscar de olhos. O Arqueiro sempre jovem e brilhante tornou-se, de repente, um homem cruel e vingativo, a mão se fechando em punho.

– Você ousa a me recusar? – ele perguntou. – Atreve-se a recusar seu deus depois de fazer um acordo com ele?

Ela fechou os olhos e tentou bloquear a voz dele tampando os ouvidos. Onde estava Heleno? Por que ele não acordava? Apolo pulou sobre ela como uma cobra sobre a presa. De uma hora para outra, ela sentiu a saliva dele azedando na boca, e logo depois ele desapareceu.

Ninguém cuspira nela antes, e ela raspou a língua com os dedos, com nojo. Mas o estrago estava feito. O dom da profecia funcionava e era perpétuo. Seu dom de persuasão – para que acreditassem nas palavras formadas por sua língua profanada – desaparecera. E ela sabia, muito antes de falar outra palavra. Já conseguia ver que ninguém que ela amava acreditaria nela, nem Heleno. Conseguia ver seus avisos caírem em ouvidos que se recusavam a escutar. Conseguia ver a frustração borbulhando nos lábios, uma vez que ninguém a ouvia. E percebeu que, em um gesto, Apolo a amaldiçoara a uma vida de solidão e ao que parecia ser loucura. Seu único consolo – e era um pequeno brilho na escuridão – era que não ficaria louca. Mas ela sempre saberia o que estava por acontecer. E isso a aterrorizava a todo instante.

Com o tempo, Cassandra aprendeu a lidar com o horror que a atingira. No início, o peso da tragédia – de toda doença, de toda morte, de toda pessoa que ela conhecia e de toda pessoa que encontrou – era demais para ela. Passava gritando avisos a todos que via, tentando evitar o desastre. Quanto mais tentava, mais surdos eles ficavam. Várias vezes observou o choque no rosto das pessoas quando o que previra – e elas haviam ignorado – se tornava, de fato, realidade. Às vezes imaginava ver um lampejo de reconhecimento nos olhos delas, como se parte daquelas mentes soubesse que ela avisara. Mas esse lampejo logo morria e deixava, em seu rastro, apenas um ódio intenso contra os murmúrios da sacerdotisa, os quais todos atribuíam à loucura dela. Ela se tornou incapaz de enfrentar alguém de fora da família próxima e os servos, porque isso exigia que visse novas tragédias, além dos filhos natimortos, dos cônjuges doentes e dos pais paralisados que já preenchiam sua mente. Então, quando a trancaram em um aposento de paredes grossas na cidadela, com apenas uma escrava (cujo filho morreria de uma ferida não tratada e a mãe terminaria se enforcando com a corda que prendia sua túnica na cintura), foi um alívio.

O quarto era escuro, com pequenas janelas no alto, e lembrava seu templo. Heleno vinha visitá-la às vezes, e a dor pelo que ele iria fazer era atenuada pelo conhecimento de que sobreviveria à guerra, embora seria mantido em cativeiro pelos gregos. E ela também sabia que a mãe morreria acreditando que todos os seus filhos haviam sido mortos porque não acreditava em Cassandra. E como era possível que o adorado irmão gêmeo trairia Troia em favor do odiado Odisseu? Que usaria o dom da profecia, que também adquirira – em menor grau que a irmã, mas com a vantagem de ser ouvido –, para trair a cidade? Tudo porque não recebera a mão de Helena depois da morte de Páris, mesmo sabendo, com certeza, que Helena de Troia voltaria a ser Helena de Esparta. Cassandra quase podia sentir nela o cheiro do solo rochoso do Peloponeso. Helena nunca permaneceria em Troia quando a guerra terminasse.

Cassandra não precisava tentar perdoar o irmão porque já vira como o ressentimento o mudava muito antes de que isso acontecesse. Ele não podia evitar o ciúme mais que um pássaro poderia evitar suas asas. Ela manteve a inocência do irmão, mesmo quando conseguia prever sua culpa. Ainda a manteve, mesmo no dia em que Troia caiu, e ela terminou agarrada aos pés da estátua de Atena até que um guerreiro grego a afastou do santuário pelos cabelos, antes de violentá-la no chão do templo.

Um ano depois de Apolo a amaldiçoar, ela ficara abatida pela náusea que quase sempre acompanhava suas visões. Jamais teve certeza de se a náusea era um elemento da visão em si ou uma consequência das coisas horríveis que ela via. Achava difícil comer, mais difícil ainda não vomitar quando a força da profecia era muito forte. Mas, aos poucos, aprendeu que poderia controlar alguns dos efeitos das visões se pudesse se concentrar no que precedia ou vinha depois da pior coisa que aconteceria (que era o que ela via primeiro e com mais clareza).

E, às vezes, claro, as visões eram um conforto. Então, mesmo quando Troia caiu, mesmo quando fugiu para o templo de Atena, ela sabia que seus gritos por socorro seriam ignorados, e não ficou chocada. Mesmo quando o guerreiro grego Ájax arrancou o cabelo dela para afastá-la da estátua da deusa, mesmo quando lascou o pé de pedra ao puxar seus dedos desesperados, mesmo quando ele a penetrou, mesmo quando ela gritou com o sangue e a dor, ela sabia que seu estupro seria vingado. Viu o odiado Odisseu fazer um apelo aos gregos para que Ájax fosse punido por violar o templo e a imagem de Atena e viu que os gregos o ignoraram. Mas também sabia que Atena teria sua vingança: a deusa não perdoaria nenhum grego por esse ultraje, exceto Odisseu. Não traria de volta os cabelos ou a virgindade arrancados dela, mas era um consolo.

E, após viver tanto tempo sabendo, com antecedência, que Troia sofreria um saque horrível, que os irmãos, o pai, a irmã e o sobrinho seriam mortos, ela talvez estivesse tão aliviada quanto os gregos ao ver a cidade cair. A antecipação do desastre era mais angustiante que o desastre em si, e, pelo menos, quando os incêndios tomavam conta de tudo, o pavor diminuía. Parcialmente.

Quando os gritos de Andrômaca, no instante em que o filho era arrancado dela, perfuravam o coração já destroçado de Cassandra, ela tentou focar a mente na cunhada daqui a um, dois, cinco e dez anos. Mas a técnica que funcionara no passado não estava dando certo agora. Ela não conseguia ver nada além de devastação para onde olhasse: os múltiplos sofrimentos de Andrômaca e Hécuba eram grandes demais para ela. Como sempre, quando enfrentava um ataque aos sentidos, sua mente se voltava ao horror mais profundo. Ela tentou respirar devagar, sabendo que isso, às vezes, diminuía o pânico. Mas não conseguiu. Para ela, não haveria nada depois da pior coisa. A pior coisa que estava vindo para ela custaria sua vida e a vida de...

Por um momento, ela perdeu a capacidade de respirar e caiu inconsciente.

※ ※ ※

O sono não deu trégua a Cassandra. As visões surgiram como sonhos, tão vívidos quanto quando estava acordada. Ela sempre soube que seria reivindicada por Agamenon, embora jamais soubesse o porquê – conseguia ver o futuro apenas de quem tinha proximidade física, então só teve certeza do próprio papel quando os soldados argivos a arrastaram da rocha e a levaram ao rei.

Cassandra foi a última da casa de Príamo a deixar a península de Trôade. Nem Hécuba nem Andrômaca estavam ali para se despedir dela. Hécuba já fora embora com Odisseu para se vingar de Polimestor. E Andrômaca fora levada por Neoptólemo. Cassandra não conseguia se distrair pensando em Andrômaca, por mais que tentasse. Voltaria para a cunhada durante a viagem para a Grécia. Não teria outro remédio.

Quando viu Agamenon pela primeira vez, sentiu um choque de reconhecimento. O homem rechonchudo e grisalho com óleo grosso no pouco cabelo que restava e uma camada de gordura bastante visível na cintura a deixava assombrada. Ele era idêntico à visão dela, até o modo feio como torcia os lábios quando olhava para ela e a achou um prêmio menor.

— Essa é uma princesa de Troia? – ele perguntou aos seus homens. – Está em farrapos.

– Todas estavam em farrapos, rei – disse um dos homens. O tom de paciência cansada era tão familiar a Cassandra que ela quase sentiu como se fosse um dos irmãos falando. Precisou se lembrar de que o homem era um estranho cuja voz ela ouvira milhares de vezes. – Essa é a sacerdotisa, filha de Príamo e Hécuba.

Agamenon assentiu, os olhos focados nela.

– Ela tem certa beleza – ele disse. – Mais que aquela que ficou com Neoptólemo?

Cansado, o argivo não permitiu que seu rosto traísse sua irritação.

– Acredito que sim, rei. E a mulher que ficou com Neoptólemo era apenas a nora de Príamo, lembre-se. Ela nem era troiana de nascimento.

– Era a viúva de Heitor, não? – perguntou Agamenon. Nem Cassandra nem o argivo cansado foram enganados pela fingida ignorância.

– Era, rei, mas não era troiana. Essa – ele apontou o dedo para as costas de Cassandra – nasceu na casa real. E era a sacerdotisa de Troia. Dizem que foi abençoada pelo próprio Apolo.

Agamenon revirou os olhos, algo que Cassandra jamais entendera antes. Agora, parada diante dele, conseguia ver que havia pouco ele fora privado de outra garota, filha de um sacerdote de Apolo. Que o sacerdote e o próprio deus interferiram para o regresso dela. Viu a garota refletida em algum ponto dos olhos dele, escondida atrás de uma barraca, colocando folhas na bebida dele. Então Agamenon também irritara Apolo. Ela se perguntou por que o Arqueiro deixara que eles voltassem para a Grécia em vez de compartilhar a raiva de Atena e afundar o navio. Mas o desejo de se afogar não servia para Cassandra. Ela já sabia que chegaria ao solo argivo e o que a esperava ali.

37

Gaia

———•⁃⁑⁃◦⦁◯⦁◦⁃⁑⁃•———

Gaia – a Grande Mãe nascida do Caos, o primeiro dos deuses – esticou os membros doloridos, e a terra se moveu. As montanhas se chocaram, mas foi tão fraco que a única prova era o tremor das folhas nos galhos. Ela ouviu o som distante dos homens lutando e sabia que um conflito maior iria começar. Zeus ouvira seus apelos, consultara a filha dela, Têmis, e a decisão fora tomada. Haveria uma guerra poderosa, do tipo que os homens jamais tinham visto.

Gaia presenciara uma guerra mais destruidora, mas havia muito tempo. Ela fora testemunha da Titanomaquia, quando os Titãs travaram uma guerra contra os deuses olimpianos, e a destruição fora impossível, interminável, ensurdecedora. Ela nunca acreditara, quando os Titãs foram trancados longe da luz, atrás de portas de bronze que jamais poderiam ser quebradas, que iria querer outra guerra. Mas ela queria, agora.

A humanidade era absurdamente pesada. Havia muitos deles, e não mostraram nenhum sinal de que iriam parar de se reproduzir. "Parem", ela queria gritar. "Parem, por favor. Vocês não cabem todos no espaço entre os oceanos; não podem plantar comida suficiente na terra entre as montanhas. Não podem criar gado suficiente nas pastagens ao redor de suas cidades; não podem construir casas suficientes nos picos das colinas. Vocês precisam parar para que eu possa descansar sob seu peso cada vez maior." Ela soltou grossas lágrimas quando ouviu o choro das crianças recém-nascidas. "Chega, disse a si mesma. Chega."

Os homens faziam oferendas a ela, sacrifícios de carne, grãos e vinho. Mas ainda eram muitos, e ela sofria por carregá-los. Enviou uma mensagem a Zeus, filho de Cronos, o qual, por sua vez, era filho de Urano, marido de Gaia. Zeus não deixaria de dar uma resposta à dor dela. Ela o apoiara muito no passado. E ele sabia que sua reclamação era verdadeira. Sabia que o aumento da população não poderia ser sustentado. Ela não falaria para ele como diminuir o número de seres humanos; deixaria isso nas mãos dele. Ele falaria com Têmis, e os dois armariam um plano. A divina ordem das coisas seria restaurada quando o problema dos mortais fosse corrigido. Gaia pensou na última vez em que a humanidade ficara muito pesada e se lembrou de que Zeus não deixara que sofresse por muito tempo. As guerras tebanas, quando sete guerreiros marcharam contra a cidade de Tebas, e uma guerra civil, que se espalhara pelo restante da Grécia, haviam servido para resolver a situação naquele momento. Mas, dessa vez, o problema ficara ainda pior. Uma guerra maior era necessária.

Ela sentiu a tristeza percorrê-la: seu propósito era criar e sustentar os homens. Mas eles continuavam tirando mais do que ela tinha para dar. Olhou para a vastidão e viu árvores despidas dos frutos, campos arados até não conseguirem dar mais colheitas. Por que os homens não podiam ser menos gananciosos, ela se perguntava. Sua tristeza se transformou em irritação. E por que eles não prestavam atenção nas lições dadas por Zeus? Passavam bastante tempo nos templos dele, afinal. Por que não olhavam para as guerras que haviam assolado Tebas e entendiam que eram necessárias porque eles não paravam de consumir?

Que, se continuassem como estavam, os mares ficariam vazios de peixes, e a terra, vazia de grãos?

Quando houvesse menos homens, menos mulheres, menos crianças, ela lamentaria por aqueles que tinham partido, mas saberia que era a única solução. Estava tão cansada que podia se sentir afundando sob eles. "Perdoem-me", murmurou para a brisa. "Perdoem-me, mas não consigo mais aguentá-los."

38

Penélope

——◦◦○◦◦——

Odisseu, sinceramente, não sei por onde começar. Contudo, como você está certamente morto agora, acho que não importa muito. Eu poderia muito bem estar uivando essas palavras em um abismo em vez de enviá-las a você. Talvez seja isso que estou fazendo. Nesse caso, deve haver um eco, porque eu juraria que, às vezes, posso ouvir as palavras uivando de volta para mim.

Isso vai ficando cada vez melhor. Dez anos em guerra contra uma cidade com todas as forças que a Grécia conseguiu reunir ao seu lado. Parece ridículo, não? E essa é a parte mais defensável da sua ausência. Dez anos de guerra, seguidos de três anos inteiros vagando pelos altos mares, sem conseguir voltar para casa, com uma desculpa após a outra. Você encontrou um monstro. Você encontrou uma bruxa. Canibais destruíram seus navios. Um redemoinho engoliu seus amigos. O próprio Telêmaco jamais teria inventado desculpas assim, e era um menino. Não é mais, claro. Agora ele tem vinte anos. Um homem que precisa da própria esposa e de um filho. Precisa do pai, também, claro. Mas você raramente pensa nisso.

E agora mais sete anos – sete! Odisseu, você pode se lembrar do que isso significa? Mais vinte e oito estações, mais sete colheitas, garotos virando homens, mães mortas, pais doentes – sem nenhuma palavra sua. Mas pode ficar descansado (e tenho certeza de que está descansando bastante), o bardo resolve tudo. Você foi capturado, é o que ele canta, na ilha de Ogígia. "Capturado?", perguntei na primeira vez que ele cantou essa parte da sua história. "Quem o capturou? Que cruel carcereiro tranca meu marido afastando-o da luz e o priva da liberdade de um homem livre? Que cruel tirano, com quais forças sob seu comando, poderia aprisionar meu pobre Odisseu?"

Para ser justa, ele pelo menos teve a decência de parecer envergonhado. "Não foi nenhum tirano", ele falou. "Nenhum homem o prendia." (Isso está começando a parecer um de seus álibis, Odisseu: quem cegou o ciclope? Ninguém. Quem o capturou? Ninguém.) No final, depois de um longo interrogatório, ele admitiu que foi uma mulher que o fez prisioneiro. "Uma velha horrível?", perguntei. "Que vive em uma casa velha caindo aos pedaços, num bosque, e o adotou como filho para cortar lenha e caçar javalis selvagens para ela comer?" "Não", foi a resposta envergonhada. "Uma ninfa." Claro que foi.

Calipso é o nome dela, foi o que me contaram. Não me espanta que ele estivesse tentando encobrir isso. Ela tem – se podemos confiar no bardo – uma voz encantadora. Bem, você sempre gostou de música, não? Talvez ela o faça se lembrar daquelas mulheres-pássaros que você estava tão desesperado para ouvir.

A ilha dela fica no meio do nada, longe de Ítaca e de todos os outros lugares. Ela vive em uma caverna grande, algo que me parece quase bestial, mas aparentemente tem uma lareira e queima tora de cedro para o calor e o aroma caseiro. Você costumava ter uma casa em Ítaca, claro, mas talvez nossas toras não estejam mais de acordo com seus padrões atuais. A caverna dela está cercada de florestas densas, aparentemente, o que parece um eufemismo quando o bardo cantou pela primeira vez que ameacei açoitá-lo. Ele me garantiu que não estava descrevendo nada vulgar, apenas choupos e ciprestes, lar de corujas, falcões e outros pássaros. Não consigo decidir se está rindo de mim ou não. Tudo parece positivamente idílico – em termos de prisões, quero dizer –, com uma videira repleta de uvas maduras crescendo ao redor da entrada da caverna e nascentes murmurando com água fresca borbulhando nas proximidades. Campos de salsa crescem do lado de fora, pontilhados de violetas, porque assumo que ela gosta dessa cor. Ou talvez ela as coma. Com seus casos, Odisseu, torna-se cada vez mais difícil adivinhar.

E Calipso parece ser a anfitriã perfeita, desde que você ignore a parte em que é – e parece quase estranho ainda ter que o lembrar disso – meu marido, não dela. O bardo descreve como ela é ótima tecendo em seu tear de ouro, por exemplo, e tenho certeza de que você apreciou tanto quanto qualquer pessoa. Provavelmente, precisava de um manto novo depois do naufrágio, imagino.

Também estive tecendo, caso esteja interessado. Você, é possível, está se perguntando o que mais estive fazendo nos últimos vinte anos: poderia ter tecido mantos para toda a Ítaca nesse tempo. E talvez tivesse feito isso, se não estivesse empenhada em tecer uma mortalha sem fim. Não, não precisa se desesperar: seu pai ainda não viajou para se encontrar com sua mãe no Mundo Inferior. Laerte vive, embora esteja velho, e frágil, quase dobrado pela dor de esperar a volta do filho.

Mas você está fora há tanto tempo, Odisseu, que Ítaca não o vê mais como seu rei. Algumas das velhas famílias sim, claro. Elas continuam leais a você, como eu. Mas há muitos jovens disputando seu lugar. Se pudesse vê-los brigando entre si como cervos. Esperava que Telêmaco fosse forte o bastante para mandá-los embora, mas ele é um jovem quieto e cauteloso, com propensão às lágrimas. Cresceu sem pai, claro, e isso o deixou com incertezas de como deveria ser. Por muitos anos, fui forte o suficiente para mantê-los distantes, usando sua reputação. As histórias que nos chegavam de Troia eram tão impressionantes. Você era um rei guerreiro; ninguém ousaria desobedecer à sua esposa.

Mas há muito tempo aquelas histórias não são mais novas. Quando ouvimos notícias suas? Sete anos atrás, e você estava enfrentando uma série de obstáculos impossíveis e implausíveis, um após o outro. Quando os bardos terminavam de cantar, nenhum de nós sabia se você estava vivo ou morto. Sete anos de silêncio significa que a maioria dos itacanos tem certeza de que você morreu. Sou incapaz de aceitar que você esteja morto, mas igualmente incapaz de acreditar que está vivo. Talvez esteja tecendo sua mortalha. Os filhos dos nobres, que eram muito jovens para navegar com você tantos anos atrás, cresceram e se tornaram homens mimados achando que têm privilégios. Todos convencidos de que deveriam substituí-lo. Todos sabem que a melhor rota para isso é se casar com a viúva. E assim, Odisseu, me encontro em uma casa cheia de jovens comendo e bebendo todas as nossas provisões.

Lembra-se do vinho, dos grãos e do óleo que guardávamos em barris debaixo do grande salão? Eu cruzava os braços – lembra-se – quando descíamos os frios degraus de pedra, longe do calor e da luz, para irmos ao depósito? A primeira vez que aconteceu você achou que eu estava tremendo por causa do frio. Afrouxou os alfinetes da capa e a colocou ao redor dos meus ombros. Seu cheiro naquela lã macia quase me fez chorar de alegria (eu estava grávida, claro. Em geral, não sou uma tola sentimental). Então, me vesti com sua roupa e respirei profundamente. No entanto, da próxima vez, e na seguinte, você percebeu que eu sempre cruzava os braços no depósito, estivesse frio ou não. Não precisava perguntar: apenas sabia que vinha de uma sensação duradoura de felicidade. Da satisfação de saber que, não importava o que trouxesse o inverno, estávamos prontos. Tínhamos muitas provisões guardadas do mofo e dos ratos em nosso depósito fresco e seco.

Bem, nada disso existe mais. Esses homens grosseiros e cavernosos invadiram minha casa e destruíram tudo que encontraram dentro dela. Dormem com minhas servas, então não sei mais em quem confiar. E, se o pensamento de sua esposa em perigo não o leva a agir, eles também estão tramando matar seu filho. Ele partiu em viagem para buscar notícias do pai: para Pilos, acho, e talvez Esparta. Então, está seguro, por enquanto (tão seguro quanto pode estar um homem que parte de casa. Espero que você seja um caso excepcional). Mas ele acabará voltando, e não vão deixá-lo em paz por muito tempo.

A esperança de Telêmaco é que eu me case com um desses jovens bonitos e gananciosos, reduzindo, assim, a ameaça que representa para eles. É isso que você iria querer, Odisseu, se estivesse vivo? Não posso fingir que não pensei nisso. Eles são tão jovens. E eu não sou. É tentador pensar em suas carnes duras e cheias de vigor. Afinal, você não se manteve fiel. Suas infidelidades são o assunto das canções por toda Acaia e além. Há crianças aprendendo a tocar a lira cantando sobre suas outras mulheres. E ninfas. E deusas.

Você me humilhou, e estou muito tentada a retornar o favor. Um jovem seria delicioso. E grato. Mas, oh, Odisseu, eles são todos tão estúpidos. Não consigo aguentar isso. Preferia que meu velho marido esperto voltasse para casa a me juntar a um jovem estúpido. Sobre o que iríamos conversar? Embora imagine que eles não iriam querer conversar muito. Os jovens raramente fazem isso.

Eu os enganei por três anos (não é nada para você, claro, mas é toda uma vida para uma mulher cuja casa está repleta de convidados indesejados) dizendo que não posso me casar antes de completar a mortalha de Laerte. Eles acreditam em mim, claro. Ele está tão encurvado e cansado; eles não conseguem imaginar que vai durar mais uma noite. E tecer é uma tarefa irrepreensível para uma mulher. Sempre fui boa nisso, você sabe. Mas a mortalha nunca acaba. Como falei, eles são estúpidos. Então, nunca perceberam que passo os dias tecendo a mortalha e, à noite, desfaço tudo que teci. Você teria percebido isso imediatamente se tivesse visto como meu esforço nunca avança. Talvez nem pensem que uma mulher dedicaria tanto tempo a enganá-los. Leva exatamente o mesmo tempo para desfazer quanto para fazer, claro. A linha deve passar pelo tear da mesma maneira. Assim, passei três anos fazendo e desfazendo, avançando e recuando.

Eles não teriam desconfiado da minha tramoia até agora se uma das servas não tivesse me traído e contado ao seu amante. Eu poderia ter estrangulado aquela mulher. Mas era tarde demais; ela estava sob a proteção dele. E eu perdi a minha.

O bardo me conta que você olha para o oceano e quer voltar para casa. Que implora para Calipso o libertar. Que promete a ela que sou menos bonita, em especial depois de tantos anos, mas que sou sua esposa, e você me ama mesmo assim. Não posso mentir, Odisseu. Teria preferido que você não tivesse dito isso. Ninguém quer ouvir falar de sua idade e da falta de beleza em uma canção.

Então, talvez eu devesse desistir de você, mesmo que queira muito voltar. Talvez devesse deixá-lo com Calipso, que precisa tão desesperadamente de um marido a ponto de roubar o meu e mantê-lo prisioneiro por sete anos. Mas o bardo cantou algo mais outro dia. Ele disse que Calipso ofereceu a você a imortalidade se ficasse com ela em sua ilha de prazeres. Como consorte de uma ninfa, você teria recebido o dom da vida eterna. E, assim canta o bardo, você recusou.

Um dos pretendentes – bêbado, claro, com meu vinho – falou que não acreditava. "Nenhum homem mortal abriria mão da chance de ter a vida eterna", ele falou. "Não acontece em nenhuma história que já ouvi." E – bêbado como estava – ele tinha razão. Não há outra história na qual um mortal receba a oferta do dom da imortalidade e a recusa. Mas você recusou.

Volte para casa, Odisseu. Não posso esperar mais.

Penélope

39

Clitemnestra

Dez anos era muito tempo para guardar rancor, mas Clitemnestra nunca fraquejou. Sua fúria não aumentava nem diminuía, mas queimava em um calor constante. Ela poderia aquecer as mãos com esse rancor nas noites geladas e usá-las para iluminar seu caminho quando o palácio estivesse mergulhado na escuridão. Ela jamais perdoaria Agamenon pelo assassinato da filha mais velha, Ifigênia. Nem por ter enganado a esposa dele e a filha com aquela conversa de casamento. Ela só pensava em como iria se vingar dele e em como poderia persuadir os deuses a apoiar suas ações. Tinha certeza de que Ártemis seria sua aliada, porque tudo fora causado pela afronta de Agamenon à deusa tantos anos antes, em Áulide. A morte de Ifigênia fora ideia do sacerdote para ganhar Ártemis de volta para a causa argiva e conseguir um bom vento para levá-los a Troia. No entanto, se a deusa ficara com raiva de Agamenon uma vez, poderia ficar de novo. Se alguém sabia disso, era a esposa dele.

No início, Clitemnestra não pretendia matá-lo. Por um ou dois anos, orou todos os dias para que ele fosse morto na guerra e para que sua morte fosse vergonhosa. Que ele não morresse no campo de batalha troiano (algo pouco provável, por causa da tendência de se esconder atrás de seus homens), mas fosse esfaqueado à noite por alguém que conhecesse e em quem confiasse. Todavia, os anos se passaram, e ele ainda vivia.

Depois de cinco anos, ela decidiu por uma nova estratégia. Todos os dias que ele não era morto era um dia que ela passava planejando como o mataria depois que voltasse a Micenas. O plano era complexo, e ela se deleitava com isso. Acordava com a primeira luz e se espreguiçava, considerando todos os ângulos e cantos, até ficar totalmente satisfeita. Precisava estar em perpétuo estado de prontidão porque quem poderia saber quando essa guerra infinita terminaria? E ela precisava que a vingança estivesse pronta. Matá-lo não seria suficiente para que pagasse pelo horror que cometera.

O primeiro passo era mandar um mensageiro a Egisto, primo de Agamenon e ferrenho inimigo, convidando-o ao palácio real de Micenas. Era um processo prolongado, e levou alguns meses para que fosse convencido de que não era uma armadilha. Os próprios servos dela ficaram horrorizados por ela ter feito contato com o filho de Tiestes. Mas Clitemnestra não estava interessada na aprovação ou na compreensão de seus atos. Na realidade, contava com o oposto.

Ela era engenhosa, persistente, e Egisto acabou chegando em Micenas acompanhado de seus guardas. Escravos correram pelos altos salões do palácio para encontrar sua senhora e contar que o grande inimigo da casa real estava do lado de fora, exigindo uma audiência. Ficaram surpresos quando ela se levantou e caminhou até os portões do palácio para cumprimentar o homem, repreendendo os escravos por não terem tratado bem os hóspedes, deixando quatro homens armados do lado de fora em vez de recebê-los de maneira apropriada.

Clitemnestra nunca vira Egisto antes (a inimizade familiar era antiga) e ficou surpresa ao ver a pouca semelhança entre os dois primos. Ele tinha a mesma boca feminina de Agamenon, um homem que ela não conseguia mais ver como marido, apenas como inimigo. O cabelo dele ia para trás a partir de um mesmo ponto do meio da testa. Mas Egisto era mais jovem, mais alto, quase esbelto. Sua expressão era incerta, como se estivesse nervoso, mas tentasse disfarçar. Ela ficou se questionando se empunhara uma espada em alguma batalha. Contudo, não precisou se perguntar por muito tempo.

Ela o viu antes que ele a visse; notou como ele admirava a grande altura da cidadela, boquiaberto pelo par de leões de pedra que ficava acima dos portões que cruzara para se encontrar com ela. Não ficou intimidado, ela pensou, mas bastante impressionado.

Os escravos dela abriram as portas, e ela saiu, alta e segura. Viu a expressão dele mudar. Nervoso. Mas também tomado por um desejo inesperado.

– Primo – ela falou, curvando-se diante dele. – Por favor, entre – ela parecia um pouco perturbada, porém era pura aparência. – Lamento muito que meus escravos tenham deixado você aqui enquanto iam me buscar. A falta de cortesia não ficará impune. Vou mandar açoitá-los.

O rosto de Egisto mudou novamente para um sorriso ansioso.

– Não importa, senhora. A espera foi breve e nos deu um momento para desfrutar da vista magnífica – ele apontou para as montanhas distantes atrás dele. Micenas estava localizada em uma região incomparável; a terra de Clitemnestra se estendia por todos os lados. Seria, ela pensara com frequência, fácil de defender.

– Você é muito gentil, primo – ela falou, endireitando-se.

— Por favor, não açoite os escravos por minha causa — ele falou. — Não é necessário.

Ela observou como ele acreditava estar sendo magnânimo e viu como o fato parecia aumentar a confiança de Egisto. Isso seria muito fácil.

— Farei o que me pede — ela respondeu. — Você é meu convidado de honra. Pode entrar para que eu lhe ofereça algo para beber.

— Seria uma honra.

— A honra é toda minha — ela disse. — Seus homens gostariam de se juntar a nós? Ou prefere comer sozinho?

Os guarda-costas de Egisto eram muito bem treinados para mostrar qualquer surpresa. Uma mulher casada, uma rainha, oferecendo-se para comer sozinha com um homem que ela não conhecia? Não era um comportamento habitual. Mesmo assim, um deles deu de ombros. Vai saber que tipo de coisas aconteciam em Micenas?

— Meus homens comerão com seus servos, se isso for aceitável para você — disse Egisto. Clitemnestra assentiu e gesticulou para os escravos.

— Alimentem esses homens. Eles fizeram uma longa viagem — disse ela. — Não longa em distância, eu sei. Mas já faz tantos anos que nossas metades da família não estão unidas que deve parecer uma estrada infinita chegar até aqui — ela pegou a mão de Egisto. — Essa é nossa chance de resolver os erros do passado — falou e o puxou um pouco para perto dela, quase o derrubando. — Venha comigo. Vamos começar nossa amizade com vinho.

E, quando enlaçou o braço no do estranho e o conduziu pelos corredores do palácio, os dois perceberam que o comprimento de seus passos (ele na túnica de viagem; ela no vestido longo e fluido) era idêntico. A rainha mostrou as belas tapeçarias (as mais finas no roxo mais escuro) que estavam penduradas ao longo das paredes. Ele conseguia ver como ela era rica, mesmo sem ver as obras mais opulentas. Contudo, olhando para os nós que criavam os padrões intrincados tão adoráveis e precisos, Clitemnestra teve a sensação inabalável de que um tecido estava sendo criado por ela. E os nós na tapeçaria, uma vez amarrados, seriam impossíveis de desfazer. Ela estremeceu de prazer e apertou ainda mais o braço de Egisto.

* * *

Seduzi-lo foi um dos prazeres mais fáceis de que ela podia se lembrar. Ele queria tanto ser amado e estava muito desesperado para que falassem o que devia fazer. Ela adorava aquela pele jovem, os braços ágeis, a barriga dura. Ela o amava nas horas escuras da noite, e o amava mais quando o sol da manhã banhava a pele dele e a transformava em ouro. Às vezes, precisava se lembrar de que tinha uma ambição maior em mente que um relacionamento adúltero com o inimigo jurado do marido. Mas nunca se esquecia disso por muito tempo, não importando quanto ele fosse uma distração.

A devoção dele, depois de conquistada, não seria perdida facilmente. Ele tinha caráter quase canino: ela precisava impedi-lo de segui-la pelo palácio. Ele detestava Agamenon quase tanto quanto ela, o que significava que sempre tinham algo para conversar. Ele também detestava qualquer lembrança da vida dela antes da chegada dele, desprezando Orestes e Electra igualmente. Os dois meninos – ela achava difícil não pensar em Egisto dessa maneira – quase brigaram várias vezes. Por isso, ela mandou Orestes morar com parentes distantes. Queria mantê-lo a salvo, e foi o único modo que encontrou. Não tinha dúvida de que Egisto acabaria matando o filho em pouco tempo, e Orestes ainda não provara ser um grande guerreiro. Ele era filho do pai, nesse sentido, pensou ela. Gostava como o amante se irritava rapidamente, mas nunca com ela.

Clitemnestra teria pouco do que reclamar se não fosse mãe de filhas. O fantasma de Ifigênia nunca estava distante: ela sentia a respiração da filha no pescoço, às vezes. Trouxera Ifigênia de volta de Áulide para Micenas e a enterrara no lugar mais próximo aprovado por um sacerdote (embora ela não soubesse por que continuava a ouvir sacerdotes, depois que um deles a tirara dela). Fazia oferendas de uma mecha de cabelo todos os anos, no dia da morte de Ifigênia. Mas a filha não poderia descansar sem a vingança que merecia. E a cada ano Clitemnestra se curvava diante do túmulo dela e prometia que puniria o homem que a gerara e matara. Mas a guerra continuava, e ela não conseguia cumprir a promessa. Então, Ifigênia jamais saía de perto dela.

Ela também era assombrada por Electra. Todos os dias, desejava que Electra tivesse sido sacrificada por Agamenon no lugar de Ifigênia. Por razões que não conseguia entender, a filha sobrevivente idolatrava o pai ausente, aparentemente sem dar importância ao fato de que ele cortara a garganta da irmã para conseguir vento. "Se fora a vontade dos deuses", ela disse uma vez, quando Clitemnestra perguntou, ou melhor, implorou saber como poderia se importar tão pouco com a irmã. Claro, Electra era muito jovem para ter conhecido Ifigênia. Muito jovem para conhecer o pai, também. No entanto, odiando a mãe como odiava, e a Egisto, da mesma forma que ele a desprezava, ela optou por se aliar a um assassino. Era a única coisa que tinha em comum com a filha, pensou Clitemnestra. Embora Egisto ainda não fosse um assassino.

Clitemnestra foi ficando cada vez mais segura de que os deuses ficariam do seu lado. Sabia que eles haviam sido ofendidos por Agamenon no conflito troiano. Sendo tão grosseiro e estúpido, claro que fizera algo. Qualquer deus ficaria ofendido por tal idiota andando sob a luz do dia, muito mais quando ele se gabava de ser rei. Eles o haviam punido em Áulide, corretamente, por sua arrogância. Mas ela não acreditava que eles quisessem que o preço a ser pago fosse sua adorada filha. Por que fariam isso? Ifigênia era só uma criança.

E o assassinato fora – ela hesitava, procurando a palavra apropriada – tão desonesto. Matar uma garota, uma filha, fora ruim o bastante. Mas fazer isso em um ritual que zombara de sua juventude, de sua virgindade... Um casamento falso! Alguma mãe já sofrera algo mais perverso ou cruel? Vestir a garota, prometer a ela que um grande guerreiro seria seu marido e depois a matar. Pelo menos ela sabia que o marido ganhara a inimizade de Aquiles por incluir seu nome em toda essa situação nojenta. Que príncipe grego poderia fazer algo senão ficar chocado vendo seu nome ser usado como armadilha para uma garota indefesa? Agamenon poderia ser tão descarado para se rebaixar a isso, mas outros homens tinham mais classe.

Clitemnestra sabia para quem orar e rezava para todos eles. Para Ártemis, contra quem a indignação original se dirigira. Para Himeneu, deus do casamento, cuja instituição fora tão afrontada por esse crime desprezível. Então, ela orou para Noite, que esconderia seus planos de vingança. Por fim, orava para as Fúrias, que a acompanhariam enquanto cumpria a vontade delas.

E, nesse tempo todo, ela mandava batedores em todas as direções do continente atrás de notícias de Troia.

✳ ✳ ✳

Nove anos depois de Ifigênia ser morta como um animal, Clitemnestra mandou seus vigias pela última vez. "Não volte", falou a cada homem, "a menos que traga notícias do retorno dele. E envie uma mensagem para cá a cada dez dias, assim saberei que está vivo e vigiando." Ela sabia que esses homens, obrigados a deixar a linda cidade de Micenas para esperar no topo de penhascos, exigindo notícias de qualquer viajante a chegar de todos os portos do Oriente, ficavam reclamando o tempo todo. Mas não se importava.

E depois de um ano – um ano inteiro esperando – a mensagem finalmente chegou. Veio em forma de fogo, como sua fúria. Os vigias acenderam fogueiras no alto de cada montanha, um após o outro, e a notícia chegou a ela antes de que a qualquer outra cidade grega.

Ela enviou seus escravos mais confiáveis para descobrir mais. Eles voltaram a pé, pois tinham cavalgado até a exaustão dos cavalos. Os navios argivos haviam partido de Troia, informaram os escravos. A cidade estava em ruínas: seus templos tinham sido derrubados e esvaziados. A riqueza da cidade fora dividida entre os gregos; as torres tinham caído. Os troianos, famosos domadores de cavalos, estavam mortos, e as mulheres, escravizadas. Agamenon – rei de Micenas havia tanto tempo distante – estava voltando para casa em seu navio carregado de tesouros e concubinas. Ela só tinha dias para preparar uma recepção adequada para o marido. Clitemnestra recebeu as notícias em silêncio. Estava pronta.

Primeiro, explicou a Egisto, mais uma vez, por que ele deveria se esconder quando Agamenon voltasse. Ele deveria se esconder e realizar uma tarefa vital: evitar que Electra falasse com o pai para que não entregasse o plano deles antes do momento certo. Egisto era um garoto muito impetuoso: teria corrido na direção do rei com a espada em mãos assim que ele pisasse no palácio, se ela deixasse. Não conseguia entender, até ela explicar, como isso levaria a uma revolta dos micênicos. Havia pouco afeto pelo rei ausente na cidade, mas não tão pouco para que pudesse permitir o assassinato de um homem desarmado ao voltar da guerra. Em especial se ele trouxesse riquezas para dividir com o povo (embora, para si, Clitemnestra risse da ideia de que Agamenon dividiria algo com alguém, mesmo com a esposa).

– O que eu deveria fazer com Electra? – perguntou Egisto. – Ela não vai querer chegar perto de mim se eu pedir.

Clitemnestra deu de ombros.

– Se for preciso para mantê-la fora do caminho, coloque uma mordaça nela, no depósito – Electra realizara um sacrifício de ação de graças quando ouviu que o pai finalmente estava voltando e a rainha não estava disposta a perdoar. – Contei que eles derrubaram os templos troianos?

Egisto assentiu, mas essa parte da história não despertou seu interesse. Ele se importava muito menos que a amante com o favor dos deuses. O pai ensinou a ele, quando era jovem, que a aprovação dos deuses importava muito menos que a vontade de um homem. Mas Clitemnestra ficou muito interessada nessa notícia, mais que em outras. Claro que os homens de Agamenon tinham atacado os templos e os sacerdotes. Se o rumor que ouvira era correto, eles não tinham nem respeitado os apelos de Príamo quando se encolheu no altar de Zeus. Ela balançou a cabeça, surpresa de que mesmo homens que obedeciam a Agamenon pudessem ter tão pouco respeito pelo rei dos deuses. E, então, chegou um segundo rumor, que a encheu de raiva e deleite em medidas quase iguais: o de que a concubina que Agamenon estava trazendo para casa era uma sacerdotisa de Apolo. A arrogância a fez perder o fôlego. Pegar uma sacerdotisa, cujo corpo era sagrado para o Arqueiro, e usá-la como prostituta. Agora Clitemnestra podia contar com mais apoios além do de Ártemis. Apolo também estaria do lado dela.

Ela contou os dias da viagem de Agamenon e mandou os vigias voltarem para casa. Não precisava mais confirmar os rumores: ela logo saberia quem viajou com o antigo rei de Micenas. Preparou-se para o retorno dele. Uma pequena mentira sobre o filho, Orestes. Electra fora do caminho. Ela olhou para o espelho escuro e admirou o maxilar forte. Deveria tentar esconder a expressão definida e ávida que se apoderara dela nos últimos dez anos. Perguntou-se como aqueles anos tinham afetado a irmã, Helena. Ela ainda era tão linda que os homens choravam apenas ao vê-la? Revirou os olhos com uma lembrança de sua irritação. Provavelmente, ainda era.

Chamou as servas e mandou que lhe fizessem tranças no cabelo. Quando estava com Egisto, ela adquirira o hábito de deixá-los soltos, para que a diferença de idade dos dois ficasse menos evidente. Mas, como rainha, para receber o marido aventureiro, ela precisava apresentar uma aparência diferente. Enquanto admirava o longo pescoço (menos parecido com o de um cisne que o de Helena, sem dúvida nenhuma, mas ainda bonito), percebeu que estava ansiosa pelo dia seguinte. Planejara aquilo por tanto tempo e agora tinha o duplo prazer não só de realizar sua vingança como também de ver seu plano se concretizar.

❋ ❋ ❋

Clitemnestra o sentiu antes mesmo de ouvir o barulho das botas nas rochas duras. Saberia – mesmo sem os vigias e seus faróis cheios de raiva – que Agamenon estava perto. Os pássaros ainda cantavam, as cigarras ainda zumbiam, a brisa ainda movia a erva seca e amarelada ao redor do palácio. Mas ela sabia que algo mudara: podia sentir o calor queimando dentro dela. Respirou fundo e prendeu a respiração, fechando os olhos por um momento. Falou com os escravos, os quais correram para cumprir a ordem como fora ensaiada. As tapeçarias foram tiradas das paredes e levadas para os portões frontais do palácio. Os escravos se organizaram em grupos de quatro, cada um segurando uma ponta do pano roxo escuro que parecia brilhar sob a incomum luz solar.

O dia estava quente e seco, e a brisa não trazia nada do ar fresco do mar até a cidadela. Ela conseguia sentir a poeira levantada pelos pés dos soldados que marchavam dos barcos para suas casas. O caminho fazia uma curva que subia até a colina, vindo da praia, por isso era possível ouvir os homens antes de vê-los. Quando viraram a última curva, ela mandou que os escravos fizessem uma reverência e se curvou também. Manteve a pose por um instante, antes de se levantar para ver o marido pela primeira vez, desde que seus olhos se encontraram sobre o corpo da filha, em Áulide, dez anos antes.

Como ele parecia pequeno. Fora enganada pela lembrança de que era mais alto, imaginou. E, se os anos a deixaram mais magra, ele ficara mais grisalho. E barrigudo. Ela se perguntou como um homem poderia ficar mais gordo durante uma guerra. Ele tinha o rosto vermelho, suando em suas roupas ridículas. Que tipo de homem usava um peitoral de bronze e capacete com plumas ao voltar para casa? Alguém que acreditava que seu poder estava assentado na roupa, ela imaginou. O couro vermelho da bainha era muito lindo, cravejado de tachas douradas. Ela não o reconheceu e pensou que deveria ter sido uma conquista da fabulosa riqueza de Troia. Ter matado a filha para um pedaço de pele de animal decorado. Ela podia sentir o desprezo criando um sorriso de escárnio na boca e se conteve. Agora não era hora de perder o controle. Isso viria depois.

Os argivos não tinham terminado a guerra sem baixas. Ela tentou calcular quantos homens Agamenon perdera: um quarto, um terço? Alguns tinham tido mortes nobres no campo de batalha, ela sabia. Haviam sido enterrados pelos companheiros, as armaduras divididas entre aqueles que ainda poderiam usá-la para fazer algo. Alguns tinham morrido de doença: uma praga causada por Agamenon, claro, com sua recusa a respeitar um sacerdote de Apolo. Ela rira quando ouviu falar da praga; rira até o rosto doer, na cama com Egisto, onde era seguro rir. Tudo que o marido precisava fazer para manter o favor de Apolo era não violentar as sacerdotisas ou as filhas dos sacerdotes do deus. Ela ria no escuro da noite, mesmo quando enviava, de dia, mensagens de condolência aos micênicos que choravam ao ficarem sabendo que o filho, o pai, o irmão haviam sido abatidos pelas flechas do Arqueiro. Agamenon era tão absurdamente egoísta que não conseguia ver que a mais simples abstinência teria mantido seus homens seguros. Ele era como uma criança mimada, agarrando tudo que queria, sem pensar em mais ninguém, nem mesmo um deus. A arrogância era absurda.

Alguns dos homens traziam feridas das batalhas troianas: sem membros, sem olhos. Cicatrizes roxas eram fáceis de encontrar em braços e rostos; inflamações e úlceras em feridas que não tinham sido curadas. Clitemnestra se perguntou se as esposas iriam querer de volta essas criaturas danificadas. Ela teria recebido um aleijado em casa?

Pensou por um momento e decidiu que não. Mesmo assim, tinha certeza de que preferia qualquer um desses homens arruinados ao marido.

E, no centro do grupo, logo atrás de Agamenon, cercado pelos homens dele, viu a sacerdotisa. Fez de tudo para não rir. Esse era o troféu da guerra dele enquanto o irmão trazia Helena, filha de Zeus e Leda? Ela era quase uma criança, embora usasse vestes de sacerdotisa, as faixas ao redor do cabelo ondulando ao caminhar. Sua boca movia-se o tempo todo, percebeu Clitemnestra, como se estivesse murmurando sem parar. Era menor, mais morena que Ifigênia fora na mesma idade. Clitemnestra fazia isso sempre que via uma garota nos últimos anos: ela era mais alta ou mais baixa que Ifigênia, com olhos mais ou menos bonitos? Ela se comportava da mesma maneira que Ifigênia? A pele parecia tão radiante em um vestido cor de açafrão, o cabelo caía tão abundante pelos ombros, os pés se moviam hábeis quando dançava, será que...

Ela passou as unhas pelas palmas para deixar de pensar nisso. Ifigênia poderia descansar em breve.

Os homens pararam na frente dela, que fez outra reverência.

— Marido — ela disse. — Bem-vindo de volta.

— Clitemnestra, levante-se — ele falou. — Você se comporta como se eu fosse um rei bárbaro.

Nada mais. Nenhum pedido de desculpas, nenhum afeto, nada. Não havia, Clitemnestra era honesta o bastante para admitir, nada que ele pudesse ter dito ou feito que fosse capaz de salvá-lo. Mas era uma demonstração de preguiça que ele nem tentasse. Como se quisesse ser morto. Ou, ela considerou uma segunda possibilidade, os deuses queriam que fosse morto. Com certeza era isso.

Ela se levantou e fez um gesto para as escravas.

— Coloquem os tapetes no chão — ela falou. — Meu marido vai entrar em seu lar em um fluxo de vermelho, o sangue dos bárbaros que ele esmagou.

As mulheres avançaram, colocando os tapetes reluzentes no chão.

– O que está fazendo, mulher? – Agamenon olhou ao redor, para ver se seus homens tinham ficado chocados com essa bajulação. O rosto deles permaneceu inalterado, e isso o fez parar. Não era estranho o que a esposa estava fazendo? – Apenas deuses andariam sobre tal tecido – ele falou. – Homens devem andar na terra.

– Você caminharia sobre eles se um deus ordenasse – ela falou. Todos sentiram um estremecimento silencioso, como se Poseidon tivesse tocado levemente o tridente no chão.

Agamenon olhou para o rosto impassível da esposa, para tentar ver se ela falava sério. Sacrificara a filha deles porque Ártemis ordenara. Ninguém jamais poderia chamá-lo de blasfemo: ele obedecia aos deuses mesmo quando exigiam coisas terríveis dele. Mesmo quando exigiram a filha mais velha, ele não hesitou em fazer o que os sacerdotes haviam instruído. Era a vontade de Zeus que Troia caísse, todos sabiam. E, se o preço fosse a filha, então sua única escolha era sacrificá-la ele mesmo ou pedir que outra pessoa o fizesse. Ele fora corajoso, mas se perguntava se a esposa percebera aquilo. Talvez ela preferisse que algum outro argivo tivesse sacrificado a garota.

– Eu faria qualquer coisa que os deuses ordenassem – ele falou. – Como qualquer homem sábio.

– Se a mensagem tivesse sido repassada por um sacerdote? – ela perguntou.

Mais uma vez, ele observou o rosto dela, procurando sinais de desprezo em sua expressão. Mas os olhos dela estavam fixados, com modéstia, no chão, e ele não encontrou traços de seus sentimentos.

– Sim – ele respondeu. O sacerdote, Calcas, transmitira a mensagem de que a filha dele precisava ser sacrificada. Agamenon enfurecera-se com ele, ameaçara matá-lo ou, pelo menos, encarcerá-lo, mas Menelau convencera o irmão, explicara que alguém precisava tirar a vida da garota. Ele até se ofereceu para realizar o feito – Agamenon tinha alta consideração pelo irmão, pela gentileza – mas, no final, não fora necessário.

– E o que você acha que Príamo teria feito em sua posição? – ela perguntou.

Príamo jamais estivera na posição dele. O velho perdera a guerra, sua cidade e a vida. Arrastado aos gritos de um altar, alguém contou a Agamenon. Velho lamentável. Depois de todos aqueles anos de guerra, Agamenon pensou que o rei troiano teria coragem de morrer como um guerreiro em vez de se rastejar no chão como um inseto.

– Ele teria marchado sobre o tecido púrpura, assemelhando-se aos deuses – ele respondeu.

– Então ele não temia a comparação com um deus, do mesmo modo que você? – ela perguntou.

– Ele era um homem arrogante.

– Geralmente, os reis são arrogantes – falou Clitemnestra. – É o que faz o restante lembrar que são reis. Caminhe sobre os tapetes, agora que os colocamos com todo cuidado para você. Que seja uma recompensa por nossa gratidão por você ter voltado. Faça o que pedimos, assim saberemos que você é nobre na vitória como nunca teve que ser na derrota.

Agamenon suspirou e olhou para os próprios pés. Fez um gesto para as escravas que haviam colocado os lindos tapetes carmesins no chão.

– Não com essas botas velhas, ao menos – ele disse. – Uma de vocês, ajude-me a tirá-las. Se vou caminhar sobre o sangue dos meus inimigos, deve ser descalço, em honra dos deuses.

As mulheres olharam para a rainha, que assentiu. Correram e desamarraram as velhas botas do rei. Era impossível dizer que cor tinham sido: vermelhas, marrons, beges? Estavam encharcadas com a lama e desgastadas com a areia da crosta troiana.

Um instante depois, o rei estava diante de seu palácio ancestral, na frente de seus homens e da esposa. As pernas castanhas terminavam em pés estranhamente brancos, como criaturas que só haviam vivido no escuro. O rei olhou para baixo e riu da incongruência.

– Nunca havia um bom momento para tirar as botas em Troia – ele falou, olhando para os homens, esperando que concordassem. Eles estavam começando a se dispersar, saindo do grupo para encontrar as famílias. Agamenon deu um pequeno aceno com a cabeça, convencendo-se de que estava dando permissão para que fossem embora.

Clitemnestra abriu os braços e fez um gesto na direção do tapete.

– Caminhe, rei – ela falou. – Caminhe sobre o sangue de seus inimigos, pise sobre eles. Caminhe sobre a riqueza que ganhou para sua casa. Caminhe sobre as marés de sangue que o trouxeram de Troia. Caminhe.

E Agamenon cruzou o chão carmesim e desapareceu no palácio.

❊ ❊ ❊

– Você também – disse Clitemnestra para a sacerdotisa. – entre. – a garota não respondeu. A rainha se virou para uma das servas. – Como ele falou que era o nome dela?

– Ele não falou.

Clitemnestra estalou a língua.

– Não o rei. O mensageiro que nos contou que o rei estava vindo.

A serva pensou por um momento, mas não se lembrava.

– Vá indo – disse Clitemnestra. – Esquente a água para o banho do rei.

– Sim, senhora – a escrava correu para dentro do palácio.

– O resto, leve isso para dentro e coloque de volta no lugar – mandou Clitemnestra. – Não se esqueçam de limpar a poeira.

As mulheres juntaram os tapetes e os sacudiram gentilmente ao vento, antes de enrolá-los e levá-los para dentro.

Algumas poucas pessoas ainda circulavam do lado de fora do palácio, mas Clitemnestra as ignorou. Os velhos de Micenas não sabiam para onde ir agora que o rei voltara, mas sem os filhos deles. Contudo, o que ela poderia fazer para ajudá-los? A perda deles não era maior que a dela.

– Você, garota – ela falou com a sacerdotisa de novo. – Venha.

Cassandra olhava o teto do palácio com expressão de absoluto horror no rosto. Assustada, Clitemnestra virou-se para seguir o olhar dela, mas não havia nada.

– O que está vendo? – perguntou. Quando falava as palavras, percebeu que não se lembrava da última vez que ficara curiosa sobre o que acontecia com outra pessoa. Quis saber informações específicas, claro, principalmente sobre o paradeiro e a saúde de Agamenon. Mas não se lembrava de estar interessada nas opiniões de outra pessoa em relação a nada, pelo menos nos últimos dez anos. Talvez mais.

– Consigo vê-las dançando – disse Cassandra baixinho. Ela esperou pelo tapa que a mãe teria dado, mas Clitemnestra apenas olhou de novo para o teto e de volta para a sacerdotisa. Não parecia brava, apenas intrigada.

– Quem você está vendo dançando? – perguntou.

– Negras. Três criaturas negras. O fogo negro está queimando ao redor delas. Por que o teto não está pegando fogo? Todas essas chamas negras beijando e provocando, por que ele não pega fogo?

– Não sei – respondeu a rainha. – Por que não pega fogo?

Cassandra balançou a cabeça, dando pequenas mordidas frenéticas nos lábios.

– Não sei, não sei, não sei – ela falou. – Não é fogo real; não deve ser fogo real. É real? Consegue vê-lo agora? Consegue ver as mulheres dançando no fogo? Consegue ouvi-las gritando? Consegue ouvir o barulho das chamas e das cobras?

A rainha pensou bem na pergunta dela.

– Estão gritando por causa do fogo?

– Não, não é por causa do fogo. O fogo não as está queimando. O fogo são elas. Está entendendo? Elas estão envoltas no fogo, banham-se no fogo. Não gritam por isso. Gritam por justiça. Não, não é justiça, isso não é verdade. É algo como justiça, porém mais forte. O que é? – Cassandra olhou para a rainha antes de voltar a olhar para o teto, que ainda prendia sua atenção.

– Você falou que é um fogo negro?

– Sim! Sim, sim, sim! – gritou Cassandra. – Fogo negro. É isso. Consegue vê-lo? – sabendo que seria o último dia dela, tendo sabido disso por tanto tempo, uma coisa que jamais esperava sentir era esperança. Mas a sensação repentina de que outra pessoa poderia ser capaz de ver o que ela via fez com que sentisse isso. Já fazia muito tempo que ela não conseguia compartilhar nada com alguém.

– Não, não tenho seu dom – disse a rainha. – Mas sei o que é isso que está vendo. Mulheres envolvidas por um fogo negro? São as Fúrias.

– Sim!

– E não é por justiça que estão gritando – ela falou. – É por vingança.

– É isso. Elas gritam por vingança, e suas cobras estão gritando também. As mandíbulas estão bem abertas, e as presas, à mostra. Você deve fazer isso por elas, é tudo. Estão esperando por você; elas estão esperando por você.

– São as guardiãs da minha filha – contou Clitemnestra. – Estão dançando ao redor dessas paredes há dez anos.

– Com uma faca? Oh, não. Ele a matou com uma faca. Sua pobre garota, sua pobre garotinha. No dia do casamento. Ela estava tão feliz e, então, oh, sua menina. No altar do casamento.

Clitemnestra sentiu as lágrimas se formando.

– Sim – disse ela. – Isso mesmo. Ele matou minha filha. Ele contou isso a você? O homem não tem vergonha.

Cassandra negou com a cabeça.

– Não contou, ele não conversa – ela falou. – Nunca conversa comigo, exceto para ficar quieta, deitar-se, parar de chorar. Nada mais.

– Então, como você sabia? Os soldados lhe contaram?

– Ela me contou – disse Cassandra. – Ifigênia. Lindo nome, um nome tão bonito. Lindo nome para uma linda garota. Sua garotinha. Custou tanto trazê-la ao mundo. Tanto. Ela quase não sobreviveu, nem você. Ela era uma garota tão preciosa, e ele a matou. Mas você a verá novamente, mais rápido do que imagina. Ela promete. O irmão e a irmã dela prometem.

As lágrimas escorriam pelo rosto de Clitemnestra.

– Claro que vão. Vão querer vingar o pai.

Cassandra baixou o olhar e se concentrou na mulher parada diante dela: alta, ombros largos, bonita e forte. O cabelo tinha mechas grisalhas, e linhas suaves emolduravam os olhos e a boca.

– Acredita em mim? – perguntou Cassandra. Ninguém acreditara nela desde que conseguia se lembrar. Quem era essa mulher imune à maldição de Apolo?

– Claro que acredito. Eu o vi matá-la.

– Ninguém acredita em mim.

– Você consegue ver o passado e o futuro? – perguntou Clitemnestra. Cassandra franziu a testa. Parara de notar a diferença entre essas duas coisas havia tanto tempo que parecia estranho que alguém as diferenciasse. A rainha parecia ouvir seus pensamentos. – Ah, para você, são a mesma coisa. Então sabe o que vai acontecer, mas não tenta evitá-lo.

– Não – disse Cassandra. – Não adianta fugir do que já aconteceu.

– Mas ainda não aconteceu – disse a rainha. – Se fugir agora, poderá evitar. Você é jovem, tem pernas rápidas. Poderia descer a colina correndo, se esconder entre as árvores, esperar que um pastor ou alguém a encontre e se case com você.

– Apolo já tomou sua decisão – disse Cassandra. – Tudo termina hoje.

– Você não vai lutar contra a vontade de seu deus?

Cassandra removeu a touca da sacerdotisa, que usara desde que um dos homens de Micenas dera a ela na viagem de volta. Ele prendera novas fitas ao cabelo dela, sem perceber que Cassandra sabia que tinham sido saqueadas do templo de Hera em Troia. Mas ela não reclamou. Sentou-se pacientemente, murmurando, enquanto ele tirava as fitas manchadas da touca dela e as substituía. Ele falava banalidades baixinho o tempo todo, como se estivesse conversando com um animal selvagem.

– Pronto – ele falou, quando deu um passo para trás e admirou a guirlanda que renovara.

Agora ela arrancava os grampos do cabelo. Clitemnestra ficou surpresa ao ver que Cassandra não estremeceu. Ela jogou a touca no chão e pisou com o pequeno pé esquerdo. Clitemnestra foi tomada por uma súbita lembrança do lindo pé branco de Ifigênia.

– Você finalmente rejeitou o deus? – ela perguntou.

– Ele me abandonou – respondeu Cassandra. – Não é mais meu deus – era a única explicação do porquê a rainha acreditava nela quando mais ninguém acreditou por tanto tempo. A maldição de Apolo não distorcia mais suas palavras quando saíam de sua boca. O deus estava ausente.

– Ele teria protegido você – disse Clitemnestra.

Cassandra riu, um terrível som de algo raspando, enferrujado pela falta de uso.

– Ele teria guiado sua mão – Cassandra falou. – Talvez ainda guie. Leve-me para dentro. Você tem um altar pronto.

Clitemnestra assentiu.

– Só precisa do sacrifício – ela falou.

– Vamos realizar o sacrifício juntas.

※ ※ ※

Clitemnestra esperara tanto por sua vingança que, às vezes, nas piores horas, ela se perguntava se matar Agamenon seria suficiente. Porque, depois, o que ela faria? Não era possível matá-lo duas vezes. E se (uma vozinha, um *daimonion*, falava em sua cabeça) ela olhasse para o cadáver dele e não sentisse nenhuma onda de vitória? Qual seria, então, a força que a impeliria a continuar?

Mas ela não precisava se preocupar. Matá-lo seria tão satisfatório quanto esperava. Em parte, porque ele se escondera em uma guerra durante dez anos, envelhecendo e ficando mais amargo a cada mês: enquanto os homens ao redor dele morriam, ele se agarrara à vida. Então, ela sabia (sabia no fundo da mente) que estava tirando algo que ele valorizava muito. Até demais.

Ela andou rapidamente pelos corredores, garantindo que tudo estivesse sendo feito na ordem correta. Verificou que o banho estivesse sendo preparado do jeito que ele gostava: quente, perfumado, como uma oferenda ao templo. Ela levou a sacerdotisa para a sala do altar dentro do palácio e pediu que esperasse ali. Jogou incenso no fogo, e a garota, muda de novo, se ajoelhou no chão, diante do fogo, e murmurou suas orações e profecias em silêncio. A doce fumaça quase sufocou Clitemnestra, mas parecia acalmar a garota. Uma sacerdotisa estava acostumada à queima de incenso, imaginou Clitemnestraa rainha.

— Volto daqui a pouco — falou ela. — Você ainda tem tempo para fugir.

Mas a garota estava surda e muda, por isso a rainha puxou a cortina da entrada e a deixou em suas orações.

Ela caminhou até a banheira: uma enorme reentrância circular no chão do palácio. A água estava fumegando, e ela fez uma pausa até seus olhos se ajustarem ao piscar das tochas e à névoa sufocante. Conseguia ver Agamenon, rechonchudo e encolhido, sentado no meio da banheira. Pegou o roupão roxo que tecera com tanto cuidado para o momento.

— Aqui, marido — ela falou e caminhou até a beira da água. — Vamos vesti-lo de roxo e levá-lo para o quarto ao lado. Vamos passar óleos perfumados e raspar os últimos resquícios de Troia de sua pele.

— Você me assustou, mulher — disse o rei, como se ela não tivesse notado. — As escravas não podem trazer o óleo aqui?

— Temos um divã preparado para você — falou Clitemnestra. — Com vinho e mel esperando em sua taça.

O rei revirou os olhos sem nenhuma graça e se levantou. Subiu os três pequenos degraus da banheira até a esposa e estendeu os braços. Ela o ajudou a colocar o braço na manga direita e rapidamente enfiou o outro braço na manga esquerda, antes que ele pudesse perceber que não era uma túnica, mas uma rede, uma armadilha, uma emboscada. As mangas não tinham pontas; eram fechadas e presas ao corpo da roupa, com os braços dentro; ele estava preso. Agamenon tentou rasgar o tecido com os dedos, mas Clitemnestra costurara várias camadas nas mangas, então não era possível rasgar. Ela o empurrou e amarou os cordões na parte de trás da túnica, com um nó rápido.

— O que está fazendo? — ele gritou. Com raiva, não com medo. Só teve medo quando viu o metal brilhando na mão esquerda dela. Não notara a espada encostada na sombra de um pilar. Ele não a reconheceu:

era uma arma curta feminina. Onde a esposa poderia ter encontrado essa coisa?

Ela enfiou a espada no estômago dele, acima dos braços presos, e ele gritou. Ela puxou a espada e a enfiou mais alto, abrindo o espaço entre duas costelas do lado direito. Ele gritou de novo e caiu de joelhos, enquanto ela puxava a espada uma segunda vez. Os gritos eram ensurdecedores, mas ninguém veio ajudá-lo. Ninguém.

Ela ficou parada ao lado dele e enfiou a espada para baixo, mais uma vez no meio das costelas dele. Agamenon sentiu o ar desaparecer dos pulmões quando ela enfiou a espada de novo. Abriu a boca para soltar algum som, mas não tinha voz. Olhou para baixo e viu suas entranhas se espalhando pelo chão, a cor roxa das vísceras perdidas no meio do roxo do robe traiçoeiro.

A viúva ficou de pé por cima do corpo dele e sorriu. Tudo estava indo conforme o planejado. Viu o sangue dele tingir a água de vermelho. Era típico de Agamenon estragar algo mesmo depois de morto, pensou. Ela se sentiu cálida e corada com uma alegria selvagem, como se também pudesse dançar no telhado, tomada pelo fogo negro. Isso lembrava a ela de que sua vingança não estava completa, então caminhou tranquila até o altar.

A sacerdotisa ainda estava lá, ajoelhada no chão, esperando calmamente por seu destino. Clitemnestra hesitou durante duas batidas de seu coração acelerado, mas sabia que precisava matar de novo. Nada de Agamenon poderia continuar existindo, exceto seu sangue correndo pelos filhos. Cassandra previra isso, e era o que seu deus exigia. Clitemnestra ficou atrás da garota e levantou a espada para cortar o pescoço dela. Ela devia morrer, mas, ao contrário de Agamenon, não havia necessidade de sofrer. Quando estava a ponto de cortar a veia de Cassandra, a garota abriu os olhos e virou-se para sua assassina.

– Sinto muito – disse ela. – Sinto muito pelo que acontecerá.

E, nos anos seguintes, quando Clitemnestra se lembrava daquele momento, sempre tinha certeza de que era ela que deveria ter falado aquelas palavras. Pois o que a sacerdotisa poderia lamentar?

✳ ✳ ✳

No telhado do palácio, as Fúrias pararam de dançar. Elas se entreolharam, assentindo animadas. O trabalho delas estava feito; a vontade delas fora, finalmente, realizada. Fora pela qual mais precisaram esperar, dançando pelos corredores e nos pisos de pedra quentes, esquentando os pés descalços e as frias cobras. No entanto, depois de um ou dois anos, haviam ficado entediadas. Elas tinham subido ao telhado para tentar ver o retorno do homem culpado, assim poderiam gritar nos ouvidos dele quando acordasse ou tentasse dormir e deixá-lo louco. Tinham esperado muito pelo retorno dele. Não falavam sobre todos os outros culpados que haviam ficado impunes nos anos que passaram esperando no teto do palácio de Micenas. As Fúrias logo tratariam deles. Nesse momento, não sentiam mais nada além da exuberância com o acerto final que acontecera aqui.

E mesmo assim – uma delas virou a cabeça, como se tivesse acabado de ouvir um som, mas não tinha certeza. As cobras pararam de se contorcer, e as chamas diminuíram. Um segundo som, depois um terceiro. As Fúrias não disseram nada, mas começaram a descer do teto com todas as víboras, o fogo, cotovelos e joelhos. De onde vinha isso? Correram pelas paredes externas do palácio, e o som ia crescendo. Um barulho de martelo vinha do depósito. A porta era feita de madeira grossa, com faixas de metal enegrecido, mas paradas do lado de fora elas ouviram alguém batendo, implorando para sair. Electra estava trancada ali havia horas e não era nenhuma boba. Sabia que o pai estava morto, assassinado pela mãe. Os escravos tinham contado a ela: fora Egisto? As Fúrias não sabiam nem se importavam. Tudo que ouviam eram os punhos dela batendo na porta trancada e as lágrimas, ao implorar para que pudesse ver o cadáver do pai.

As Fúrias não se preocupavam com portas ou paredes. Apareceram ao lado dela e a rodearam com o fogo negro. Suas cobras se enrolaram no cabelo dela, e, embora Electra não pudesse ver as mulheres ao seu redor, ou as cobras que se enrolavam nela, sentia o calor incandescente e sabia o que devia fazer. Devia encontrar o irmão, Orestes. E deviam vingar a morte do pai.

40

Penélope

Amada deusa Atena,
   elevo a você minha oração de agradecimento. Faço isso na última hora da escuridão, antes que o amanhecer rosado tome o céu. Odisseu está no andar de cima, dormindo em nossa cama, algo que nunca pensei que voltaria a acontecer. Meu marido em Ítaca, depois de uma ausência de vinte anos. Telêmaco também está dormindo, tendo voltado em segurança de suas viagens. Eles apenas começaram a contar o que aconteceu e como os dois voltaram para mim no mesmo dia, sabe-se lá de onde. Mas as histórias virão. Já sei que é a você que devo agradecer.

Foi você que os protegeu. Sei que sempre gostou de Odisseu: tão inteligente, como você. Não acho que é arrogante de minha parte afirmar isso, não? Perdoe-me, Atena, se for. Os longos anos sem meu marido me deixaram com a língua afiada. Imagino que saiba como é isso. E sei que tenho que agradecer por convencer a ninfa, Calipso, a devolvê-lo. Dizem que você implorou ao próprio Zeus para intervir. Que convocou um conselho de deuses para exigir que Odisseu fosse liberado e voltasse para casa. Dizem que obrigou Poseidon a deixá-lo navegar ileso e convenceu os feácios a recebê-lo. Sem você, meu marido certamente estaria no fundo do mar.

Ele voltou disfarçado, claro. Típico de Odisseu. Nunca abordar um problema diretamente, se puder resolvê-lo lateralmente. E tenho certeza de que temos que agradecer a eficácia do disfarce dele: a própria mãe teria dificuldade de reconhecê-lo. A própria esposa não tinha certeza de que era ele. Mesmo quando olhei bem nos olhos dele, não tinha certeza.

No entanto, antes de se apresentar, ele se escondeu por um ou dois dias com o criador de porcos, Eumeu. Os bardos cantam sobre o grande retorno de todos os heróis gregos (alguns, sejamos honestas, estiveram bem melhores que outros). Mas tenho certeza de que somente na história do meu marido os porcos jogam um papel crucial. Se os homens dele não são transformados nesses animais, ele está dormindo perto deles, tudo para não voltar para a esposa em casa. Assumo que ele tenha ouvido o que aconteceu com Agamenon e como Clitemnestra recebeu o velho covarde em casa. Dizem que ela o cortou como uma árvore velha na banheira. Dizem que ela o derrubou com um machado ou o furou com uma faca – os detalhes variam, dependendo de quem conta. Mas uma coisa é certa: aquelas filhas de Leda são uma praga para seus homens. Será que Odisseu ficou preocupado achando que teria uma recepção semelhante aqui em Ítaca? Que eu, a devota Penélope, o trataria como Clitemnestra tratou o marido dela? A ideia é absurda. Meu nome é sinônimo de paciência e lealdade, não importa qual bardo esteja cantando. Mas esse é o meu Odisseu. E o seu Odisseu. Sempre descobrindo as coisas da maneira mais difícil.

Então foi na cabana de Eumeu que ele voltou para casa. Não no início (essa última parte da história foi tudo que ouvi até agora). No início, ele quase foi dilacerado por cães. Tinha se esquecido – claro que tinha – de que os cães do criador de porcos não eram os mesmos que latiam para estranhos quando ele partiu de Ítaca. Cães não podem esperar tanto tempo quanto esposas: esses cães eram os filhotes dos originais, acho. Quando viram um estranho se aproximando deles, rosnaram, latiram e ameaçaram despedaçá-lo. Apenas quando Eumeu os acalmou, concordaram em permitir a passagem do estranho. Odisseu assumiu que os cães eram ferozes, até a manhã seguinte, quando ouviu os passos rápidos de um jovem vindo na direção da cabana. Os cães não latiram ou rosnaram, mas emitiram um ganido alegre para dar as boas-vindas ao amigo deles, Telêmaco. Odisseu nem sempre revela o que pensa, como você sabe. Mas acredito que aquele momento – quando o filho foi reconhecido pelos cães de Ítaca que não conheciam o antigo dono – o deixou chateado. Foi ainda mais angustiante ver como o filho cumprimentava Eumeu, como um filho cumprimentaria um pai. Seu único filho, já adulto, um jovem, abraçando outro homem e contando a esse velho servo as histórias que um garoto deveria contar ao pai. Odisseu é o mestre da discrição quando quer. Contudo, nessa ocasião, as lágrimas escorreram pelo rosto dele e se acumularam na barba. O filho via outro homem como pai. Odisseu não podia mais esconder sua identidade. Queria ser abraçado e recebido em casa. Então revelou a Telêmaco o que ainda devia me revelar. Isso – devo acrescentar – é bastante típico.

Ele fez perguntas a Telêmaco a noite toda: como estavam as coisas no palácio, se a rainha voltara a se casar, quem eram os pretendentes que a cortejavam dia e noite, como contara Eumeu? O criador de porcos disse que estavam bebendo o vinho da rainha e comendo todos os porcos, um a um, todos os dias. Era verdade? Quantos eram? Eram fortes, estavam armados? Ele já estava planejando a vingança contra os homens que haviam ousado pensar em se casar com sua esposa. Alguns dirão que isso foi cruel e injusto. Odisseu ficou fora por vinte anos: quem não pensaria que estava morto? Eu duvidava de que estivesse vivo; o pai dele também duvidava; a mãe morrera duvidando de que ele voltaria. E sei que o filho dele, Telêmaco, também duvidava (embora seja grosseiro de minha parte mencionar isso). Não é de espantar que os jovens de Ítaca quisessem uma chance de se tornar reis: quanta reverência poderiam ter por um governante que nunca tinham visto?

Se algo pudesse ter acontecido diferente (espero que você não se importe por eu mencionar isso, Atena), gostaria que Odisseu tivesse se sentido capaz de confiar em mim antes. Uma coisa é saber que o marido está lutando uma guerra do outro lado do vasto e escuro mar. Outra é saber que foi desviado por monstros, deuses e prostitutas em todas as etapas da volta para casa. Mas é o último giro da faca descobrir que ele se reuniu com o filho antes de se encontrar com a esposa. Sei o que ele vai falar quando eu comentar isso com ele algum dia. Vai dizer que precisava ter certeza do resultado antes de embarcar na batalha. Ele sempre foi cauteloso, sempre pesou as opções. Mas aqui estava ele, tão perto de mim, e, ainda assim, eu estava completamente sozinha. A única pessoa a quem eu poderia recorrer buscando conforto era nosso filho, e Odisseu o afastou de mim também. Só por um ou dois dias, eu sei. Mas Telêmaco era e é meu único filho. Minha chance de ter mais filhos ou filhas foi tirada de mim quando Odisseu navegou para Troia. E ele deveria saber – os dois deveriam saber – que, depois de anos esperando por um marido que não voltava, a ideia de perder meu filho quando se aventurou pela Grécia tentando encontrar o pai desaparecido era algo que não poderia suportar. Eu perdoaria qualquer coisa que meu filho fizesse: que mãe não faria o mesmo? Todavia, de todas as coisas que Odisseu fez em sua ausência, essa última crueldade é a que me parece mais difícil perdoar. Eu sei – novamente – qual será sua defesa: foram apenas uns poucos dias; foi por um bem maior. Fácil para ele falar, pois não passou vinte anos esperando. Não consigo afastar a sensação de que Odisseu estava mais preocupado em ter sucesso em sua vingança que com uma feliz reunião com a esposa.

E essa é a segunda razão das minhas orações, Atena. Dou graças a você por trazê-lo para casa. Mas quem é esse que voltou? Meu marido:

o homem inteligente, intrigante, bom pai e bom filho? Ou um guerreiro destruído, tão viciado em carnificina que acha que todo problema deve ser resolvido com uma espada? Porque o homem que amei vinte anos atrás detestava a perspectiva de uma batalha. Fingiu ser louco para evitar ir para Troia. Será que ele se lembra disso? Eu me lembro. E ele nunca foi covarde: você sabe disso tanto quanto eu. Mesmo assim, ele evitou a guerra o máximo que pôde. E ouvi todos esses relatos de suas inteligentes emboscadas, seus truques e suas manhas, e pensei – o tempo todo – que esse é meu homem. Esse é meu Odisseu, sempre criando a melhor trama, sempre salvando o dia com sua inteligência. Em algum ponto, parei de notar quantas pessoas morreram por causa de suas tramas? Pensei que era uma consequência fortuita, quando, na realidade, era o objetivo principal? Quando ele perdeu todos os homens na volta para casa, será que isso foi um acidente? E se – Atena, espero que não tenha que falar em voz alta esses pensamentos, mas eles vão me atormentar até colocá-los em palavras – ele se livrou dos homens em vez perdê-los? E então?

Perdoe-me, deusa: interrompi minha oração por um momento. Não quis desrespeitá-la. Onde eu estava? Ah, sim. O disfarce de Odisseu enganou a todos. Mesmo aqueles de nós – como eu – que o conheciam muito bem. A única criatura que ele não poderia enganar era Argos. Foi porque – com toda sua inteligência ajudando-o – você se esqueceu de que o cão poderia se lembrar de quem era ele? Não quero sugerir que tenha sido sua culpa, claro. Mas Argos era filhote quando Odisseu partiu para Troia. Ele treinara o cachorrinho para obedecer às suas ordens. Então, ele partiu, e o filhote cresceu e acabou ficando com o focinho grisalho e começou a andar mais devagar. É raro que um cão mestiço viva mais de vinte anos. Mas ele viveu; assim, quando Odisseu passou por ele, indo da cabana de Eumeu para o nosso palácio, o nariz do velho cão sentiu o cheiro dele. Argos já não latia havia uns dois anos, e não latiu naquele momento. Em vez disso, abanou o rabo – uma ou duas vezes – e baixou as orelhas, como se esperasse que Odisseu se abaixasse e coçasse entre elas. Meu marido viu o rabo e as orelhas se moverem e soube – naquele instante, ele soube – que o cachorro velhinho era o filhote que deixara para trás. Queria acariciar o animal, mas temia revelar sua verdadeira identidade. E, um momento depois, isso se tornou irrelevante, porque Argos – que era tão velho, frágil e não estava acostumado a emoções – deu o último suspiro. É bastante absurdo que em toda essa horrível saga de guerra e tragédia seja a morte desse velho cão que mais me perturbou. Mas foi assim, e não há como negar. O cachorro espera a vida inteira pela volta do dono e morre quando seu desejo é cumprido. Mesmo os bardos pensariam que é muito sentimental para incluir em suas canções.

Odisseu chegou ao palácio – em seu lar, finalmente – ainda disfarçado de mendigo. Eu o recebi como receberia qualquer estranho que precisasse de uma refeição e um teto sobre a cabeça por uma noite. Você sabe melhor que eu, Atena, que é nosso dever aos deuses receber todo estranho como hóspede. Os pretendentes o receberam como teriam feito com qualquer vagabundo. Zombaram dele e o ameaçaram. Antínoo jogou um banquinho nele, que o atingiu nas costas. O mais interessante foi que nenhum deles notou que aquele velho, aparentemente maltratado, não se encolheu quando um banco de madeira bateu em suas costas. Fora jogado com certa força, e, mesmo assim, ele nem piscou. Não vou afirmar que reconheci meu marido nesse ponto. Como poderia, quando ele estava todo disfarçado? Mas notei isso: para um velho, ele se comportava como um guerreiro. Um ataque pelas costas não o machucou ou alarmou. E, quando Eumeu o apresentou como um cretense errante com notícias de Odisseu, eu me perguntei quem essa descrição vaga poderia estar escondendo.

Os pretendentes, claro, comportaram-se exatamente como eu esperava e sabia depois de tantos anos. Não foi só Antínoo, mas Leócrito, Eurímaco, Agelau e todos os outros. Não eram homens ruins individualmente, acredito. Nem todos, pelo menos. Por certo, não se comportavam de maneira tão cruel, para começar. Chegaram ao palácio em duplas ou trios: tímidos, a princípio, competindo em silêncio pelo meu afeto. Demorou meses, até mesmo anos, para se tornarem esse bando agressivo de homens que Odisseu finalmente conheceu. Eu sempre me perguntava o que acontecera com eles e por que estavam tão ansiosos para ficarem em um lugar no qual não eram bem-vindos. Dando uma pausa na vida, recusando-se a se casar com garotas que teriam aceitado uma proposta, deixando de construir famílias. Em vez disso, preferiam ficar juntos, sob o pretexto de me cortejar. Demorou algum tempo para perceber que essa era, na realidade, a guerra deles. Jovens demais para navegar para Troia, eram crianças quando os irmãos, os primos e os pais se juntaram à maior expedição que Hellas[1] vira. Eles haviam perdido a chance de lutar na grande guerra. Por isso, fizeram a guerra contra meus depósitos e minha virtude, porque não tinham outra coisa pela qual lutar. De certo modo, eu tinha pena deles.

Mas, quando se reuniram, todos os melhores instintos deles desapareceram. Cada um se tornou pior que o outro. Era isso que tornava tão fácil não ser seduzida por eles. Nem mesmo Anfínomo. E, olhe, esse era bonito. Você já reparou nele, Atena? Seus olhos cinza como os de uma coruja estavam sobre meu marido o tempo todo? Se tivesse olhado para o outro lado do aposento, teria visto um jovem alto, ombros largos e braços fortes, com uma gentileza nos olhos que os outros não tinham. Você nunca o veria gritar com um mendigo ou insultar um estranho. Ele tinha voz doce e baixa que se perdia na confusão dos outros, mais barulhentos. Tinha olhos negros e cachos castanho-escuros que poderiam prender os dedos de uma mulher. Imagino.

No entanto, como todos os outros pretendentes, e as servas que Odisseu acreditava que ajudavam na conspiração, ele agora está morto.

---

[1] Personificação da nação grega. (N. do T.)

E nunca vou saber se foi seu desígnio ou escolha total de Odisseu. O que sei é que recebi um estranho em minha casa que foi atacado. E ele revidou os ataques com flechas e uma espada.

As flechas, provavelmente, foram culpa minha. Não conseguia me livrar da ideia de que aquilo precisava chegar a uma conclusão. O suposto cretense estava em meus salões, e havia algo familiar nele. Os pretendentes estavam se comportando como uma matilha de cães selvagens. Eu sabia que precisava tomar uma decisão, então ofereci a eles um teste de força e habilidade: atirar com o arco de Odisseu uma flecha por doze cabeças de machado. É preciso muita força para atirar com aquele arco, em particular. Tem um desenho único que a maioria dos homens não reconheceria. E é preciso habilidade para atirar uma flecha com aquela arma, para não falar da precisão e da força necessárias para atravessar doze machados. Honestamente, duvidei de que qualquer um conseguisse. Apenas pensei que isso os manteria quietos por um tempo, para que pudesse descansar. O barulho de todos aqueles jovens poderia ser ensurdecedor.

Eu estava testando o cretense para ver se, de fato, era meu marido? Telêmaco acredita que eu suspeitava de que era Odisseu o tempo todo. Com certeza, eu sabia que meu marido seria capaz de atirar com o arco: já o vira fazer aquilo inúmeras vezes em nossa juventude. Não acredito que tenha sido minha motivação, mas talvez você – ou um dos outros deuses – tenha colocado a ideia na minha cabeça. Realmente, nunca pensara naquilo antes, testar meus pretendentes daquela forma. Claro que todos fracassaram, e claro que Odisseu se sobressaiu. Não só se destacou, mas agora tinha nas mãos uma arma, enquanto os pretendentes não tinham nada. E tinha, precisamente, o tipo de arma que poderia igualar as probabilidades entre um homem contra muitos.

Não era um homem lutando sozinho, era? Meu filho lutou ao lado dele, e mancharam nosso piso com sangue. Meu marido revelara-se a Telêmaco, a Eumeu e até (descobri mais tarde) à velha ama, Euricleia, antes de se revelar a mim. E, quando finalmente o fez, estava encharcado com o sangue dos homens que haviam tornado minha vida miserável, e com o sangue do único que não. Ele matara Anfínomo com uma flecha na garganta, deixando seu adorável rosto ileso. Os olhos do garoto me encaravam ao lado do pé esquerdo de Odisseu.

Meu marido, enquanto isso, estava até os joelhos com o sangue dos pretendentes e diante dos corpos trêmulos das servas – todas penduradas no mesmo pedaço de corda –, e foi aí que ele contou que era meu marido. Sempre que sonhava com o retorno dele, jamais imaginei que seria tão violento ou cruel. Nunca pensei que demoraria tanto para limpar tudo. E não acho que ele pensou nem um pouco em como pediríamos desculpas às famílias daqueles detestáveis jovens grosseiros. Ou, na realidade, como eu poderia encontrar novas servas, levando em conta o que acontecera com o último grupo. Assim, Atena, a oração que ofereço é esta: obrigada por trazer meu marido de volta, se foi isso que você fez. Imagino que logo descobrirei se o homem que dorme no andar de cima, na cama que ele mesmo construiu de uma velha oliveira, é um impostor. Ele conhece as velhas histórias de nosso casamento, disso tenho certeza. E Telêmaco o adora, o que é ótimo. Então, talvez não importe se ele é o homem que partiu, ou alguém mudado, ou até outro homem. Ele ocupa o espaço que Odisseu deixou.

Sua devota, Penélope.

41

As Moiras

——··⋕⋚•❖•⋛⋕··——

Era a mesma cena todos os dias: Cloto segurava o fuso, Láquesis ficava olhando com apreciação ávida nos olhos, e Átropos se sentava no canto mais escuro, a lâmina curta quase invisível na escuridão. Cloto passava o fio pela mão direita e girava o fuso com a esquerda. Não se lembrava de ter feito outra coisa, nunca. Pegava um pedaço de lã em uma mão e o torcia em uma corda grossa e áspera. Antigamente, talvez arrancasse espinhos ou rebarbas da penugem macia, mas havia muito desistira de fazê-lo: eles arranhavam sua mão. O fio era tão frágil nesse ponto, quase lã ainda, não era um fio. As fibras se separavam com a menor pressão, então ela precisava ter cuidado. Láquesis não a perdoaria se encurtasse o tempo de vida de um único mortal por causa de sua falta de jeito. Era tarefa dela tecer o fio da vida, mas era o de Láquesis decidir quanto tempo ele duraria. Cloto já sugerira que trocassem de trabalho por um tempo, assim ela poderia descansar os dedos doloridos. Mas nenhuma das outras nem chegou a pensar nisso, o que apenas provou o que ela sempre soube: que tinha a tarefa mais difícil das três, e isso nunca mudaria. Não é de admirar que sentisse tão pouca simpatia pelas vidas mortais que passavam entre seus dedos.

A graxa nas fibras mantinha as pontas dos dedos macias quando ela as esfregava no fio grosso. Quando ia ficando mais forte, ela o enganchava ao redor do fuso, e o peso fazia com que ficasse mais comprido e mais fino ainda. Somente aí Láquesis prestava atenção no fio. Não usava nada para medi-lo, apenas seus olhos aguçados. No momento crucial, acenaria com a cabeça, e Átropos usaria sua espada curta para cortar no espaço entre as mãos de Cloto. Outra vida medida e completa. Às vezes, elas julgavam mal: Láquesis nem sempre acenava com o vigor necessário, e, envolta na luz sombria, Átropos errava. Quem fora aquele homem, Cloto tentava se lembrar, que vivera tanto tempo depois que as Moiras interferiram em seu período de tempo mortal? Ela não conseguia se lembrar do nome dele, apenas que era tão velho quando morreu que parecia uma pilha de folhas de outono. Às vezes, Átropos cortava muito antes ou muito depois, ou no ponto errado. E, às vezes, Cloto não conseguia formar o fio da maneira correta: suas mãos estavam secas, a lã não estava oleosa o suficiente, e as fibras simplesmente se desmanchavam antes que Láquesis pudesse encontrar algo para medir. Ela não sentia pena dessas almas, porque, se ficasse pensando nas consequências de suas ações, terminaria paralisada e nunca mais giraria o fuso. Mas preferia que uma das outras cometesse um erro, porque isso levava – na maioria das vezes – a uma vida mais longa, não mais curta. Quando o fio não se formava, poderia significar uma mãe de luto, parada sobre um berço, chorando para o céu, que não a ouvia.

42

Andrômaca

———·∷⟨⊙⟩∷·———

Q uando Andrômaca olhou para o alto das montanhas que se erguiam acima do Épiro, desejou que a fizessem se lembrar do Monte Ida, mas isso não aconteceu. O Monte Ida erguia-se até uma ponta perfeita, tão alto que, pelas manhãs, ficava envolto pela névoa, e ela e Heitor nunca conseguiam ver o topo. Observara o sol afugentar a névoa e, a cada vez que o ponto mais alto voltava a ser visível, ela sentia a calma inundá-la, como uma criança que finalmente consegue ver o pai voltando para casa. Sentia saudade da montanha, mas, quando pensava nisso em vez de em todo o restante que perdera, percebeu que conseguia evitar o choro.

Mas Épiro não era Troia. Os picos não tinham a natureza paterna do Ida. Aqui, havia montanhas de todos os lados, então Andrômaca se sentia presa no fundo de um poço. Fora levada de sua bela cidade, com suas grossas muralhas e alta cidadela, para o que era pouco mais que uma aldeia. Bem, um conjunto de aldeias. Épiro ficava na parte mais norte da Grécia, então suas montanhas estavam o tempo todo cobertas de neve, e

Andrômaca sempre sentia frio. Ela nunca usara uma túnica de lã em Troia, ou em Tebas, onde crescera. Mas em Épiro era uma necessidade.

Quando eles desembarcaram aqui – ela borrou os detalhes daquele período de sua vida o máximo que pôde, mas se lembrava dessa parte –, ela fizera um manto para si em poucos dias. Não tinha escolha se não quisesse morrer por causa do terrível vento do norte que descia das montanhas. Neoptólemo mandara que fiasse a lã (um presente de seus não tão leais súditos) e tecesse. E ela obedecera. Contudo, embora tivesse começado a tarefa com raiva (uma princesa de Troia reduzida à escravidão), ficara entusiasmada, ansiosa, para se cobrir com o tecido grosso nas noites frias. Foi perceber isso – o desejo de não sentir frio – que a fez aceitar que poderia não querer morrer, afinal.

Ela passara a viagem de Troia como morta. Não conseguia se levantar do catre nem comer; só bebia um pouco de vinho se estivesse diluído quase totalmente em água. Ela observou, com leve interesse, como os ossos de seu pulso iam ficando mais pronunciados e, uma ou duas vezes, passou os dedos pela clavícula, sentindo como o vazio de cada lado de seu pescoço ia ficando mais profundo. Apenas no quinto dia, quando Neoptólemo gritou, berrou mesmo, a um palmo de distância do rosto dela – o bafo de vinho deixando-a enjoada de um modo que o mar nunca conseguira –, exigindo que ela comesse e parasse de danificar o que era propriedade dele, foi que Andrômaca conseguiu engolir uma pequena quantidade de sopa rala. O marinheiro que trouxe a sopa parecia sentir pena dela quando a viu regurgitar ao levar uma colher grande demais aos lábios. Mas ele também tinha medo de Neoptólemo. Havia um rumor de que ele jogara um dos próprios homens fora do navio na viagem para Troia, por causa de algum pequeno erro. Os marinheiros não queriam correr o risco de serem deixados à deriva, de virem os companheiros continuarem a navegar enquanto tentavam desesperadamente se manter à tona por mais um momento. Neoptólemo não era conhecido por ter expressado arrependimento por qualquer crueldade que realizara contra qualquer pessoa – homem, mulher ou criança.

Andrômaca sentia que sua mente começava a viajar por uma estrada que não poderia permitir que tomasse. Ela se concentrou na colher à frente da boca e tentou mantê-la nivelada para que a sopa não derramasse sobre o vestido imundo. O marinheiro assentiu lentamente, encorajando-a, como se fosse uma inválida. Esperou que ela terminasse de comer e retirou a tigela em silêncio.

Mas apenas comer não trouxe a vida de volta. Os olhos não conseguiam se focar em nada a não ser o horizonte, ela não ouvia ninguém falar com ela a não ser aos gritos e não conseguia suportar nenhum toque ou gosto. O mundo material a repelia porque (ela tinha certeza) não poderia viver mais nele. As Moiras tinham cometido um erro quando permitiram que fosse levada a bordo do navio de Neoptólemo. Ela deveria ter morrido na costa de Troia, no lugar do filho.

Ela teceu mal o manto, embora já tivesse sido uma excelente artesã. O último manto que tecera fora para Heitor – escuro e brilhante para que usasse nas batalhas – e ficara maravilhoso. Foi rasgado por Aquiles quando enfiou a espada feroz no corpo do marido, e ela viu como se estendeu pelo chão atrás dele, como uma poça de sangue, quando Aquiles arrastou seu cadáver três vezes ao redor das muralhas da cidade.

Em Épiro, ela se descuidou da limpeza da lã, então o tecido final arranhava sua pele. Não fez um fio fino; assim, o manto estava coberto de partes onde a lã era muito volumosa para ficar lisa. E não deixou os fios esticados, por isso o tecido tinha uma borda enrugada bem feia. Mas, em algum momento do processo de tecer, ela se pegou querendo terminar o manto para não passar frio. E, embora não tivesse entendido isso no momento, era o primeiro sinal de sua vida após a morte.

Contudo, quando Andrômaca terminou o manto e se envolveu nele, ainda sentia frio. Ela se lembrou de um dia perto do início da guerra, quando um jovem lutador troiano fora carregado de volta para a cidade pelos companheiros. Ele fora atingido nas costas – um golpe de sorte de um arqueiro distante –, e era terrível ver o sofrimento dele. Não era a dor que o incomodava: sentia menos dor que praticamente qualquer outro troiano ou grego que ela vira ferido. Era a distância do que acontecera com ele e o que podia perceber. Estava deitado, incapaz de sentir a flecha, ou a coluna, as pernas ou os pés. Fora abandonado por todas as sensações abaixo do peito. Quando os curandeiros pediram que descrevesse seus sintomas, ele falou apenas que seu corpo parecia frio. Essa foi a única reclamação nos três dias seguintes, depois disso morreu. E foi o que tomou conta da mente de Andrômaca quando se submeteu a Neoptólemo.

Ela não tinha certeza de quanto tempo estava vivendo em Épiro antes de perceber que estava grávida. Não disse nada a Neoptólemo por um tempo, porque não conseguiu encontrar as palavras. Sentia muitas coisas ao mesmo tempo e passou várias horas trabalhando no tear (agora tecendo novamente boas roupas, embora não chegassem perto do que ela fizera para Heitor) antes de conseguir isolar alguns dos sentimentos e dar nome a eles. Sentiu medo, em primeiro lugar. Neoptólemo raramente falava com ela, a não ser quando gritava ordens. Não tinha ideia se queria que a escrava tivesse filhos. Ele não tinha filhos, até onde ela sabia, e ainda não tinha esposa. E se ela contasse, ou ele percebesse as mudanças no corpo dela, e a punisse? Chutaria a barriga dela até o bebê morrer? Andrômaca sentiu uma onda de enjoo que não vinha do bebê. Ou melhor, vinha do primeiro filho, Astíanax. Fora Neoptólemo que matara seu menino, arremessando-o das muralhas de Troia antes de entrar no navio para trazê-la até Épiro. Como poderia confiar que um homem que matara seu primeiro filho não mataria o segundo? Não havia como.

Ela moveu a lançadeira para cima e para baixo pelos fios da urdidura, puxando a trama gentilmente para não esticar as pontas, empurrando cada linha completada para cima, assim não ficaria nenhum intervalo. A firmeza do trabalho, a sensação dos fios passando pelos dedos, a calma forçada de alimentar a lançadeira: essas coisas a ajudavam a continuar respirando e dando nomes. Então veio o medo, que foi o primeiro sentimento: tanto para o bebê como para ela mesma. Depois veio a repulsa. O sangue dela estaria misturado com o do homem que matara seu filho. E Neoptólemo era filho de Aquiles, que matara seu marido. Ser escravizada por esse cruel clã de assassinos já era algo terrível, mas gerar um novo rebento era pior. Ela se sentia contaminada pela criança dentro dela e não tinha confiança de que o sentimento passaria quando ela nascesse. Raiva, esse foi o terceiro sentimento. Pois tudo que ela dissera a Heitor acontecera: "Não continue lutando sozinho", ela dissera. "Não corra muitos riscos. Lute entre os troianos, não à frente deles. Sua honra já está assegurada. Chame a atenção de Aquiles, e ele vai matá-lo, aí o que acontecerá com sua esposa e seu filho? Seremos escravizados, e ninguém cuidará de nós."

Não havia nenhum prazer em saber que estava certa, claro, apenas um temor que ia crescendo aos poucos. Por que Heitor não ouviu as sábias palavras da esposa? Como ele poderia ter abandonado a esposa e o filho? Tudo acontecera como ela previra, mas pior. E se... Ela evitou pensar. Não conseguia nem começar a pensar em um "e se", ou o sol e a lua cairiam sobre ela.

Portanto, medo, repulsa, raiva. Culpa, esse foi o sentimento seguinte. Ela sentia terrível culpa. Porque, apesar de tudo, sentia uma pequena chama de alegria inexprimível. Seu corpo, que havia tanto tempo não era dela, finalmente proporcionava certo conforto. Ela não tinha nada para amar, a não ser as lembranças, dolorosas demais. E agora tinha algo. E, apesar do medo, da repulsa, da raiva e da culpa, a chama continuava a queimar dentro dela.

✳ ✳ ✳

Andrômaca nunca chegou a amar Neoptólemo, porque era pedir demais até mesmo para uma mulher igual a ela. As ações dele não podiam ser desculpadas, nem ele mostrou o menor remorso pelo terrível dano que causara a ela e às mulheres que eram sua família. Mas ela tampouco podia manter o ódio visceral que sentira quando ele a levou para a Grécia. Não era possível continuar odiando um homem com o qual convivia tão de perto: a aversão precisava morrer, ou ela morreria. E, embora o temperamento dele fosse terrível, e ela, às vezes, recuasse com medo da raiva dele, não era tão cruel quanto temia que fosse. Quando ele viu o filho pela primeira vez, ela segurou a respiração. A ama de leite entregou a criança, e ela viu um doce sorriso transformar seu rosto mal-humorado. Ele não era um homem bom, mas Andrômaca percebeu, de repente, que poderia ser, apesar disso, um bom pai. Deu ao filho o nome de Molosso.

Ela não ficou chateada com a esposa dele, quando Neoptólemo se casou com Hermione, a jovem filha de Menelau e Helena. Qualquer um conseguia ver que não havia nenhum afeto entre eles. E, embora visitasse a cama dela nos primeiros meses, a atração de sua juventude rapidamente empalideceu, e ele voltou a procurar Andrômaca, atrás de conforto. Estava deitada no escuro ao lado dele, já não mais enjoada pela leve acidez de seu hálito. Ouvia como ele respirava tranquilo, mas sabia que ainda não dormira. E, mesmo assim, ficou surpresa quando ele falou.

— Eu a matei da maneira mais indolor que pude.

Ela sentiu como seu corpo se endurecia.

— De quem está falando?

— Sua irmã — ele falou. Polixena. Neoptólemo matara a cunhada dela (ela não o corrigiu) na praia, para apaziguar o fantasma voraz do pai.

— Foi? — ela perguntou. Tentou manter o tom mais neutro possível. Lágrimas de gratidão seriam malvistas por ele tanto quanto lágrimas de raiva.

— Os gregos haviam decidido — ele disse. — Não partiriam sem o sacrifício. Tinham sacrificado a filha do general em Áulide. Precisavam sacrificar a filha do seu rei para voltarem para casa — era uma peculiaridade dele se referir aos homens pela posição, não pelo nome. Sempre o general, nunca Agamenon. Seu rei em vez de Príamo. Então, continuou: — Ela não era nenhuma covarde. E morreu como nobre.

No escuro, Andrômaca assentiu. Sabia que ele sentira o movimento da cabeça dela.

— Ela sempre foi valente — respondeu. — Sempre.

— É ela que atormenta meu sono — ele falou. Andrômaca cravou as unhas nas próprias mãos. Não Astíanax, um bebê. Não Príamo, um velho indefeso. Apenas Polixena despertara a consciência do homem que ela pensou ser um monstro. Será que ela ainda pensaria que era um monstro se as circunstâncias não a tivessem forçado a encontrar algo mais no caráter dele, assim se tornaria mais tolerável?

— Por quê? — ela perguntou.

Ela ouviu um som abafado, e ele passou a mão rapidamente pelo rosto.

— Não sei — disse ele. — Ela era tão... — dessa vez, ele sentiu como ela ficava rígida. — Você não deveria ouvir isso — ele falou. Mas ela percebeu que, embora não pudesse pensar nesses eventos sozinha, por medo de que a dor a destruísse mesmo agora, sentia-se reconfortada ouvindo as palavras dele. O choque veio primeiro, mas ela conseguia sentir o consolo que o seguia.

– Pode contar.

– Ela queria tanto morrer – ele falou. – Não resistiu. Ofereceu a garganta para que eu a cortasse. Por que não tinha medo?

– Ela estava com medo – respondeu Andrômaca. – Mas tinha mais medo da escravidão. Mais medo de ser separada da terra natal. Mais medo de pertencer a um homem que não conhecia e não escolhera. A morte não a assustava porque preferia isso a um destino pior.

Houve um silêncio enquanto ele pensava no que ela dissera.

– Você teria medo de morrer naquele momento? – ele perguntou. Andrômaca estremeceu, como se tivesse levado um tapa.

– Não.

– Vir para Épiro foi pior que morrer?

– Era o que eu pensava.

Houve outro silêncio.

– Ainda acha isso? – ele perguntou. Ela ouviu o inconfundível tom de esperança na voz dele e quase riu diante de tal absurdo. Seu capturador, o assassino de seu filho, desejando sua aprovação. E, no entanto, ela percebeu que não poderia negar.

– Não. Tenho Molosso agora.

– Quando eu morrer – ele começou, mas parou. Ela não o interrompeu, sabendo que ele, às vezes, precisava pensar antes de falar e ficaria irritado se ela o distraísse. – Quando eu morrer, você se casará com aquele príncipe troiano.

– Heleno? – ela perguntou. O irmão de Cassandra era um dos poucos troianos que tiveram permissão dos gregos para continuar vivo. Ele realizara alguns serviços para os gregos; traíra os troianos, de alguma maneira. Isso estava claro para Andrômaca, mas ela não sabia muito mais.

– O irmão da garota louca – ele concordou. A reputação de Cassandra espalhara-se por todas as partes do exército grego, antes mesmo de ter sido morta pela esposa de Agamenon.

– Muito bem. Mas por que você pensou nisso agora? – Neoptólemo ficou em silêncio. – Alguém nos ameaçou? – perguntou Andrômaca. Ela sentiu o braço dele se estender e sua mão acariciar seu rosto.

– Vão ameaçar – ele falou. – Vão ameaçar.

※ ※ ※

Quando vieram atrás de Neoptólemo, ele não estava em Épiro, mas em Delfos, havia vários dias de distância. Ele foi morto na frente do templo de Apolo por homens de Micenas. Estava em desvantagem numérica. Orestes, príncipe de Micenas, filho de Agamenon, reivindicou Hermione, mulher de Neoptólemo, como esposa. Afirmava estar se vingando de alguma profanação que Neoptólemo cometera, mas Andrômaca sabia que era um pretexto frágil. Se alguém andasse pela Grécia corrigindo cada profanação cometida contra Apolo na guerra de Troia, não haveria nenhum grego vivo. Apolo não lançara uma praga sobre eles por todos os seus crimes? Então, por que Neoptólemo merecia uma punição maior que a do restante? Os piores excessos contra Apolo tinham sido cometidos pelo antigo rei de Micenas, o próprio Agamenon. Que direito tinha o filho dele de se vingar de qualquer outro homem? Ele deveria estar fazendo oferendas e orações em penitência pelos erros do pai, dele e da irmã. Os dois não tinham matado a mãe para vingar o pai ímpio? Como as Fúrias deixaram que ficasse impune?

Quando Andrômaca ouviu que Neoptólemo estava morto, não lamentou. Não poderia chorar por ele. Chorou por si mesma, lançada no mundo, mais uma vez, sem ninguém para protegê-la, e chorou pelo filho, embora seu amor por Molosso estivesse contaminado. O amor tinha vindo tão facilmente quando ela era jovem: adorava os pais e os irmãos. Então, Tebas caíra perante a Aquiles, e o pai, Eecião, e os sete irmãos foram mortos em um único dia. Essa tragédia, cujo choque matou a mãe dela logo depois, não eliminara seu hábito de amar. Ela abriu o coração para Heitor e sua família, deliciando-se com a quantidade de novos irmãos e irmãs. Fora tão obediente a Príamo e a Hécuba quanto fora aos próprios pais. Achara um prazer; nunca entendera os comentários maldosos que outras mulheres faziam sobre as sogras. Perder a própria família fez com que estivesse pronta para amar outra. Então, quando Heitor morreu, ela sofreu como viúva e encontrara consolo na família: a perda dela também era a deles.

Mas a morte de Astíanax mudara tudo, e ela soube que nunca amaria alguém da mesma maneira depois daquilo. Quando o filho caiu destroçado aos pés das muralhas da cidade, ela sabia que algo dentro dela se quebrara e não poderia ser reparado. Como qualquer mãe, descobrira que o amor por Astíanax estava conectado ao medo. Quando ele nasceu, ela se preocupava com toda febre: até uma doença leve a levava correndo aos altares para aplacar os deuses e implorar por ajuda. Ela se importava igualmente com Molosso: juraria isso diante da estátua de Zeus, sem medo de punição. Mas não passava os dias e as noites preocupada que o filho grego ficasse doente ou se machucasse. Não sobrara nela muita coisa da maternidade. Só podia confiar que os deuses o fossem proteger (como não haviam protegido Astíanax), porque ela, agora, sabia que, se o pior fosse acontecer, não haveria nada que pudesse fazer para salvá-lo. Ela fracassara com o primeiro filho e não tinha mais recursos agora que antes. Em vez disso, tinha conhecimento íntimo da profundidade de sua impotência: não havia possibilidade de se autoenganar. Ela amara Astíanax como se pudesse enrolá-lo em cobertores e mantê-lo a salvo do mundo. Amava Molosso como se os dois vivessem à beira de um precipício do qual um ou os dois poderiam cair a qualquer momento.

Então, quando recebeu a mensagem por um escravo de que Neoptólemo estava morto e Orestes se casaria com Hermione, sentiu o costumeiro estremecimento de alarme, mas nem pensou em fugir. Para onde iria, sem ter nenhum amigo na Grécia? E quem a abrigaria de

Orestes? O avô de Neoptólemo poderia dar alguma ajuda, ela imaginou, uma vez que perdera o filho, Aquiles, e agora também o neto. Molosso era tudo que restava da nobre casa de Peleu. Andrômaca mandou o escravo para Peleu, com a esperança de que ele pudesse fazer o que ela não tinha condições e proteger o filho. Mas o fez com poucas expectativas e ficou surpresa quando o velho apareceu brandindo seu bastão como um porrete, exigindo que ela e Molosso fossem com ele para casa.

※ ※ ※

Como Neoptólemo prometera, ela se casou com Heleno. O príncipe troiano tinha o dom de fazer amigos mais que inimigos, e logo os dois conseguiram fundar um pequeno assentamento. A pedido de Andrômaca, começaram a construir uma cidade semelhante ao velho lar perdido: uma nova Troia, menos grandiosa e imponente, mas com uma cidadela alta aos pés de uma montanha. Às vezes, quando a neblina demorava um pouco para se dissipar de manhã, ela conseguia se imaginar novamente em casa. Heleno se parecia um pouco com Heitor, seu irmão, morto havia tanto tempo. Às vezes, ela se pegava olhando o perfil dele e via os traços do primeiro marido no rosto do segundo. Nunca soube se Molosso se parecia com Astíanax se este tivesse crescido. Mas, com o passar dos anos, os dois garotos se combinavam em sua cabeça, e, quando via a silhueta de Molosso voltando de um dia de caça na floresta, também via Astíanax seguindo os mesmos passos. Viveu seus últimos dias em meio às sombras e aos reflexos de tudo que perdera nas catástrofes da juventude. E, se a sombra da felicidade era menos que a própria felicidade, era mais do que ela já esperara encontrar quando estava caída na praia de Troia, chorando pelo amado filho.

43

Calíope

———◆═╬═◄)●(►═╬═◆———

"Cante, Musa", ele falou, e eu cantei.
Cantei sobre exércitos e sobre homens.
Cantei sobre deuses e monstros, sobre histórias e mentiras.
Cantei sobre morte e vida, sobre alegria e dor.
Cantei sobre a vida após a morte.

E cantei sobre as mulheres, as mulheres nas sombras. Cantei sobre as esquecidas, as ignoradas, as que não são contadas. Peguei as velhas histórias e as sacudi, até que as mulheres escondidas aparecessem em primeiro plano. Eu as celebrei em canção porque esperaram tempo suficiente. Assim como prometi a ele: essa nunca foi a história de uma ou outra mulher. Era a história de todas elas. Uma guerra não ignora metade das pessoas cujas vidas afeta. Por que nós iríamos?

Elas esperaram para que essa história fosse contada, e não vou deixar que esperem mais. Se o poeta recusar a canção que ofereci a ele, vou levá-la embora e deixá-lo em silêncio. Ele já cantou antes: pode não querer e não precisa. Mas a história será contada. Mais cedo ou mais tarde, a história delas será contada. Não tenho idade, não morro: o tempo não importa para mim. Tudo que importa é a história.

"Cante, Musa", disse ele.

"Bem, está me ouvindo?" Eu cantei.

Epílogo

A inspiração para esse romance vem de todo o mundo antigo, tanto no tempo quanto na geografia. Algumas coisas são literárias; outras, arqueológicas. Alguns capítulos são totalmente inventados; alguns pegam emprestados materiais conhecidos. Os textos que citei por todo o livro foram *As Troianas*, de Eurípides (também sua *Hécuba*), para os capítulos das mulheres troianas; e *Odisseia*, de Homero, para os capítulos sobre Penélope. Além disso, usei *Eneida*, de Virgílio, para o capítulo de Creusa (embora fale mais sobre como a cidade foi queimada e sobre o sibilante Sinon que sobre Creusa. O que não quer dizer que Virgílio não escreva sobre mulheres maravilhosas: não consegui encaixar Dido nesse romance, o que foi uma tristeza. Mas, quando algo não encaixa, não dá para forçar); o notável *Heroides*, de Ovídio, me deu a primeira visão de Laodâmia e me convenceu de que eu poderia escrever a história de Penélope como cartas para o marido ausente; o capítulo de Clitemnestra deve tudo a *Oresteia*, de Ésquilo, claro. Não há muita coisa sobre Briseis em *Ilíada*, de Homero, mas a praga causada pela recusa de Agamenon de devolver Criseida foi tirada de lá (os sintomas da praga são extraídos de um autor posterior, Tucídides, que contraiu a praga no início da Guerra do Peloponeso, no século V a.C., mas se recuperou para contar a história); *Ifigênia em Áulide* e *Ifigênia em Táuris*, de Eurípides, foram a base para seu capítulo; Andrômaca tira sua história posterior da peça homônima de Eurípides.

Há muitas outras mulheres neste livro cujas histórias quase não existem na literatura do mundo antigo que sobreviveu: Teano e Enone, por exemplo. Personagens femininos geralmente ficam nas sombras ou nas margens das histórias, mesmo quando aparecem (Eurípides e Ovídio são exceções nesse sentido, produzindo trabalhos nos quais as mulheres são o foco e, em geral, o único foco). Às vezes, decidimos coletivamente que há uma mulher, mesmo quando ela não é nomeada. A *Ilíada* é famosa por começar com um verso que normalmente se traduz como "Cante, Musa, sobre a ira de Aquiles". Parece razoável assumir que está direcionado a Calíope, musa da poesia épica (ele, provavelmente, esperava achá-la menos caprichosa do que a descrevi. Embora, se Eurípides tivesse escrito sobre ela, poderia ter sido mais caprichosa ainda). Mas Homero não diz seu nome. Ele nem usa a palavra "musa". Diz *thea*, "deusa".

Pentesileia sofreu muito nas mãos da história, a menos que você queira caçar entre os fragmentos do obscuro Quinto de Esmirna ou do Pseudo-Apolodoro (o que fiz, mas não recomendo). Ela foi uma guerreira poderosa e teve papel importante em um poema épico perdido, talvez do século VIII a.C., chamado *Etiópida*. Apenas umas poucas linhas do poema sobreviveram. Como muitas amazonas, Pentesileia foi uma grande inspiração para artistas plásticos do mundo antigo: as amazonas aparecem em mais vasos que sobreviveram que qualquer outra figura mítica, exceto Hércules. Também, algo extraordinário, há vasos que mostram guerreiros gregos carregando amazonas caídas do campo de batalha. Em um lindo vaso, Pentesileia é carregada por Aquiles da cena de seu duelo. Guerreiros antigos geralmente não tratavam os inimigos mortos com esse respeito ou afeto. Infelizmente, quando Robert Graves estava escrevendo no século XX, transformou essa incrível heroína feminina em um cadáver sobre o qual Aquiles se masturba. Isso deve ser um exemplo do tal progresso sobre o qual sempre estamos lendo.

Dá para ver uma versão mais ornamentada (mais macacos, para começar) dos brincos de Tétis no Museu Britânico. Foram encontrados na ilha onde ela se casou com Peleu na minha versão. Se você vai visitar o museu, também poderia procurar Protesilau, equilibrado na proa de seu barco, exatamente como Laodâmia o imagina em seu capítulo. Ele realmente tem um lindo pé. Você terá que ir até a Grécia para ver os leões de pedra de Micenas, e, enquanto estiver lá, é sempre possível pegar um barco e procurar Troia na costa turca, ver se concorda com o controverso arqueólogo do século XIX, Heinrich Schliemann, que a colocou em Hisarlik, na moderna Turquia. Os traços costeiros e as plantas que dão a Troia seus detalhes neste livro vêm de Hisarlik. Desculpas àqueles que acreditam que Troia estava em outro lugar. Ítaca, lar de Odisseu, provou ser mais difícil de encontrar no mundo moderno (e a rota de volta de Odisseu é fonte de muita discussão). Posso viver com a incerteza: espero que você também. Sinceramente, eu, às vezes, prefiro não saber de certas coisas pelo espaço imaginativo que isso oferece. Só posso pedir desculpas a todos os meus amigos cientistas por essa escolha desprezível.

A versão de Afrodite e Ártemis em *Hipólito*, de Eurípides, foi o ponto de partida para a petulância dos deuses neste romance. Eles têm a maturidade emocional de bebês misturada à imortalidade e a um poder terrível. Conforme voltei aos deuses pré-olimpianos (Têmis, Gaia etc.), a petulância diminui um pouco e aparece certa altivez no lugar. Eu me diverti muito escrevendo a cena na qual as deusas competem entre si pela maçã dourada. Se este livro tem uma ideia central, é essa maçã. Ou, possivelmente, a coruja que Atena se recusa a entregar. Eu jamais daria minha coruja para ganhar um concurso de beleza, caso você tenha alguma dúvida.

A *Ilíada*, de Homero, é (corretamente) vista como um dos grandes textos fundacionais sobre guerra e guerreiros, homens e masculinidade.

Mas é fascinante ver como recebemos esse texto e interpretamos a história que ele nos conta. Entreguei um rascunho de *Mil Navios para Troia* a um amigo muito inteligente para que fizesse comentários e me desse um retorno. Ele foi engraçado, prestativo e gentil, além de só de vez em quando brigar comigo por não ser mais como H. Rider Haggard. Mas ele questionou a premissa básica do livro: que as mulheres que sobreviveram (ou não) a uma guerra são tão heroicas quanto os homens. Os homens vão lutar, as mulheres, não, era o argumento essencial dele. Só que as mulheres lutam (além de Pentesileia e de suas amazonas), mesmo se os poemas anunciando seus grandes feitos tenham sido perdidos. E os homens nem sempre: Aquiles não luta até o livro dezoito dos vinte e quatro da *Ilíada*. Ele passa os primeiros dezessete livros discutindo, amuado, pedindo ajuda à mãe, amuado um pouco mais, deixando o amigo lutar em seu lugar, oferecendo conselhos e se recusando a se desculpar. Mas não luta. Em outras palavras, ele passa quase três quartos do poema em um cenário semidoméstico, longe do campo de batalha. Contudo, nunca questionamos que ele é um herói. Mesmo quando não está lutando, seu *status* de guerreiro jamais é questionado. Espero que no final deste livro, minha tentativa de escrever uma epopeia, os leitores possam sentir que o heroísmo é algo que pode existir em todos nós, em especial se as circunstâncias se apresentarem. Não pertence aos homens mais que as trágicas consequências da guerra pertencem às mulheres. Sobreviventes, vítimas, perpetradores: esses papéis nem sempre estão separados. As pessoas podem ser machucadas e machucar ao mesmo tempo ou em diferentes momentos da vida. Talvez Hécuba seja o exemplo mais brutal disso.

Cassandra é o único papel de todas essas mulheres que já interpretei (em uma leitura de *Agamenon*, de Ésquilo, na escola). Embora a história dela tenha sido difícil de contar em alguns momentos, é a de que mais sinto saudade desde que terminei de escrever este livro.

Agradecimentos

Este livro foi muito absorvente, e houve momentos em que achei que me engoliria. Então, agradeço a todos que não me deixaram afundar. Peter Straus é, ao mesmo tempo, meu brilhante agente e o leitor mais atencioso e sofisticado que alguém poderia encontrar. Sei como tenho sorte. Minha editora em Pan Mac, Maria Rejt, é uma maravilha. Ela e Josie Humber me obrigaram a escrever do meu jeito e raramente aceitaram um "porque está em um fragmento de Quinto de Esmirna" como resposta. Impossível não concordar com elas. Sam Sharman conduziu o livro nos últimos estágios com uma calma que, provavelmente, eu tinha antes de incendiá-la nas ruínas de Troia. Muitas outras pessoas maravilhosas na Pan Mac contribuíram para isso: principalmente Kate Green, que me engana para dar palestras e aparecer em programas perguntando como estou indo. Não se deixem enganar por seu rosto inocente.

Escrever livros poderia facilmente entrar em guerra com meu trabalho na rádio. Não acontece porque meus colegas na BBC são incríveis. Mary Ward-Lowery, James Cook: obrigada por fazerem *Natalie Haynes Stands Up for the Classics* comigo durante a produção deste livro.

Não conseguiria fazer o programa de rádio sem vocês, e o livro não seria bom se eu não estivesse fazendo o programa. Acho que poderia dormir melhor, mas isso pode esperar. Enorme agradecimento a James Runcie e a Gwyneth Williams, por nos deixar fazer os programas.

Os primeiros leitores são as coisas mais importantes que têm um escritor. Obrigada a Sarah Churchwell, como sempre, por ser uma leitora incrivelmente perspicaz e por me dedicar tempo mesmo sem ter tempo nenhum. E obrigada a Robert Douglas-Fairhurst, que é a pessoa em quem penso quando me perguntam quem é meu leitor ideal. O que estou dizendo? Estou sempre pensando nele. Digby Lidstone leu a primeira metade e mandou tirar noventa por cento das vírgulas, então devo agradecer a ele por isso. Elena Richards revisou o rascunho final com pente-fino, e Matilda McMorrow fez o mesmo na fase de provas. Se qualquer uma das duas decidir escrever, esse é o resumo de uma apresentação, e podem contar que escreverei uma mais longa.

Muitas pessoas me ajudaram a não me perder enquanto estava escrevendo. Agradeço e amo todos vocês, especialmente: Helen Bagnall, por ser um milagre de energia positiva na minha vida; tenho muita sorte por conhecê-la. Damian Barr, por sempre saber o momento exato de ligar e falar a coisa certa. David Benedict, por me levar para passear quando eu precisava. Philippa Perry e sua amiga, Julianne, pela percepção e gentileza de sempre. Kara Manley, por estar aqui desde o início. Michelle Flower, pelo apoio moral em forma animal e humana. Julian Barnes, pelos melhores conselhos (com a voz mais paciente) quando eu estava subindo pelas paredes. Marcus Bell, por enviar vídeos de *Hamilton* todos os dias, por um mês, para me animar. Adam Rutherford, pelos conselhos incomparáveis sobre a flora e a fauna da Península de Trôade na Era do Bronze. Christian Hill, por (sempre e ainda) ser a voz da razão no meu mundo em constante mudança.

Acima de tudo, quero agradecer a Dan Mersh por tudo, sempre. E, claro, à minha família: minha mãe, meu pai, Chris, Gem e Kez. Vocês podem ficar com a minha coruja.